EL ARTE DE SER LUMINOSA

EL ARTE

DE SER

LUMINOSA

HARRIET REUTER HAPGOOD

Traducción de María Candela Rey

Argentina – Chile – Colombia – España
Estados Unidos – México – Perú – Uruguay

Título original: *How to be Luminous*
Editor original: Roaring Brook Press
Traductora: María Candela Rey

1.ª edición: febrero 2022

© 2019 *by* Harriet Reuter Hapgood
Publicado en virtud de un acuerdo con Lennart Sane Agency A B
All Rights Reserved
© de la traducción 2022 María Candela Rey
© 2022 by Ediciones Urano, S.A.U.
Plaza de los Reyes Magos, 8, piso 1.º C y D – 28007 Madrid
www.mundopuck.com

ISBN: 978-84-17854-41-6
E-ISBN: 978-84-19029-22-5
Depósito legal: B-13-2022

Fotocomposición: Ediciones Urano, S.A.U.

Impreso por: Rodesa, S.A. – Polígono Industrial San Miguel
Parcelas E7-E8 – 31132 Villatuerta (Navarra)

Impreso en España – *Printed in Spain*

El negro de verdad no existe.

Esa es una de las primeras lecciones que se aprenden sobre el arte. Estrujar pintura negra ya preparada directamente del tubo hace que la pintura parezca artificial, así que, en vez de eso, lo que se hace es mezclar los tres colores primarios: rojo, amarillo y azul. Porque incluso la sombra más oscura o la tristeza más profunda tienen un destello de color en su interior.

Pero yo sé que existe otro tipo de negro.

Lo veo cuando cierro los ojos y me convierto en una paleta de pintura. Este negro es un océano de oscuridad sin fondo. Sumerjo mis dedos en él, lo esparzo sobre un lienzo. Uso un pincel y sacudo las cerdas con un dedo para salpicar constelaciones diminutas sobre el papel. Cada mancha pequeña y solitaria tiene el color de la tristeza.

PRIMERA PARTE

EL DICCIONARIO DEL COLOR

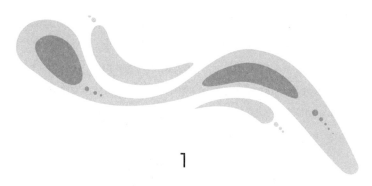

1

LA VIDA EN MONOCROMA

El último color desaparece con un pequeño estallido audible, como si lo hubieran succionado con una pajilla.

Y ahora todo lo que veo está en blanco y negro. Incluso esta cabaña de almohadas. Con diecisiete años, soy demasiado mayor como para estar escondiéndome en una, pero no tengo fuerzas para moverme. Cuando echo un vistazo a través del edredón hacia mi habitación incolora, me convierto en la representación congelada de un «¿Qué mierda es esto?».

Delante de mí, la ventana enmarca nuestro jardín trasero como si fuera una foto vieja. Es el último día de agosto y la luz blanca del sol cae como una cascada sobre los parterres monocromáticos. Rosas, clemátides y madreselvas, todas reescritas en gris.

Hay más de diez millones de colores en el mundo y yo ya no puedo ver ninguno.

Literalmente.

Los colores empezaron a desvanecerse hace siete semanas, el día después de que mi madre desapareciera.

La última vez que la vi fue el día antes de las vacaciones de verano. Yo estaba desayunando; ella se estaba yendo a trabajar. Llevaba la bata de siempre, salpicada de esmalte, y un cigarrillo apretado entre los labios pintados de fucsia, y se despidió de mí con un movimiento intenso de la mano. Me recordó a un tulipán atrapado en un tornado.

Después del instituto, fui a su taller de cerámica con la expectativa de encontrarla absorta en su última pieza. En vez de eso, había dejado el tipo de nota que incentiva a la policía a buscar entre las rocas al pie de cabo Beachy, un acantilado con vistas al mar asombrosas y el lugar más infame de toda Inglaterra para suicidarse.

Sin embargo, al no encontrarse ningún cuerpo —y dado que su carta larga y dispersa no era prueba suficiente—, no se la considera muerta. Está desaparecida. Se ha esfumado en el aire.

Desde aquel momento, el mundo sin ella se ha vuelto un poco más blanquecino. Como si hubieran añadido una gota de lejía al cielo. Al principio, cuando empezó todo esto, sentí que tenía todo el sentido del mundo: la brillante bola de discoteca que era mi madre se había ido, era normal que lo viera todo un poco distinto.

Pero los colores siguieron desvaneciéndose. Con cada minuto, hora y día que no volvía e irrumpía por la puerta principal... ni enviaba uno de sus habituales mensajes de texto exuberantes escritos TODO EN MAYÚSCULA... ni se quitaba los zapatos de una patada y bailaba en el jardín... la saturación iba drenándose de mi visión. Hasta que lo único que quedó fueron los tonos pasteles más sutiles y pálidos posibles. Un último susurro de esperanza.

Hasta el día de hoy. Durante toda la mañana, incluso esos colores apenas presentes han estado desapareciendo. Es el último día del verano; el decimoquinto cumpleaños de mi hermana menor. Si nuestra madre no vuelve por Emmy-Kate, entonces sí que se habrá ido de verdad.

Mientras espío desde mi edredón a través de la ventana, la cumpleañera se acerca haciendo volteretas laterales por el césped. Emmy-Kate también está en blanco y negro. Pero apuesto a que el vestido que lleva puesto es rosa. (Las bragas que enseña cada vez que queda cabeza abajo son de las que dicen el día de la semana, no hay ninguna duda).

Mi hermana concluye sus acrobacias con un salto quedándose de pie y su mirada aterriza sobre mi ventana abierta. Entorna los ojos y los levanta.

Vuelvo a meterme debajo del edredón como una tortuga y despierto al conejo más estúpido del mundo: Salvador Dalí.

—Shhh —le advierto poniéndome un dedo sobre los labios.

Demasiado tarde. Sus orejas se echan para atrás cuando escucha que la puerta trasera se cierra de golpe y que, después, dos pares de pisadas ruidosas suben las escaleras que llevan a mi habitación en el ático. Los brincos de princesa poni de Emmy-Kate seguidos por el *clop clop clop* firme de Niko. No hay cabaña de almohadas en el mundo que esté a salvo de mis hermanas.

Emmy-Kate llega primero y da un giro con su nuevo vestido recargado.

—¡Minnie! ¿A que este vestido parece de Degas? Es *Bailarinas de rosa* —exclama con su voz dulce como el chicle.

Al tener una madre que es una artista famosa, todas somos enciclopedias de arte andantes; Emmy-Kate, sin embargo, piensa y habla con pinturas, utiliza obras de arte para indicar su humor. *Bailarinas de rosa* es una obra impresionista, un borrón de bailarinas de *ballet* más livianas que el aire. Dadas las circunstancias, puede parecer desconcertante que elija una pintura alegre. Pero va a cumplir quince años: es demasiado joven para que le digamos nada sobre la carta, el posible suicidio, el acantilado. Hasta donde Emmy-Kate sabe, nuestra madre solo se ha ausentado sin avisar, y mantener la compostura está a la orden del día.

—Feliz cumpleaños —grazno después de emerger de debajo del edredón.

Emmy-Kate inclina la cabeza hacia un lado y deja caer una cascada de lo que debería ser pelo rubio rojizo. Es gris. Los ojos son grises. El puchero que hace con sus labios brillantes es gris. Mi estómago se revuelve. Tener visión en blanco y negro sería un problema para cualquier persona, pero para una artista —incluso para mí, que no soy más que una mera aspirante— es una maldita catástrofe. Antes de que vomite por lo raro que es todo esto, Niko entra en la habitación con pasos fuertes.

Ríe por la nariz al ver el desorden. Vuelve a hacerlo al verme a mí, que sigo en mi nido de edredón. A pesar de su apariencia glam-*grunge* —piensa en monos y chanclas combinados con peinados *pin-up* y ojos delineados a la perfección—, la mayor de las hermanas Sloe actúa más bien como si tuviera noventa años en vez de diecinueve.

—Minnie... ¿sigues en la cama? —pregunta de forma retórica con lengua de signos.

Niko es sorda, y el movimiento de sus manos cuando signa queda exacerbado por los apósitos que cubren las puntas de sus dedos. Es una auténtica estudiante de arte y se especializa en recortes: piensa en copos de nieve hechos de papel, pero diez veces más complejos. Las heridas son un riesgo laboral.

Examino mi pijama, mi ubicación sobre el colchón y le contesto con signos:

—No, estoy en la luna.

—Humor. Debes de sentirte bien. —Niko pone los ojos en blanco—. Genial. Ahora puedes ayudarme a hacer los panqueques.

Nótese: *los* panqueques. Es nuestro ritual de cumpleaños: un festín de panqueques y Nutella para el desayuno. En general los hace nuestra madre, con una mezcla que ya viene preparada. Esta casa se sostiene a base de alimentos precocinados. Pero ella tiene esa habilidad de hada madrina de convertir lo más ordinario en magia, incluso los panqueques preparados.

Las tres nos quedamos congeladas al considerar que es la primera tradición que haremos sin ella.

Una Emmy-Kate ahora apagada arrastra los pies hacia la puerta.

—¿Minnie? —pregunta solo con una *M* deletreada con los dedos. Cuando estamos las tres solas, no hablamos: signamos.

Trepo por encima del edredón para salir de mi cabaña, y Salvador Dalí hace lo mismo. Niko nos guía en un desfile por las escaleras: hermana tras hermana tras conejo tras hermana. Cuando abandonamos el santuario de mi habitación, echo una mirada por la ventana del descansillo. La vista se extiende a lo largo de la silueta del sur de Londres.

A pesar de las calles de casas adosadas y las torres distantes, nunca he considerado que esta ciudad fuera gris. Tiene demasiados árboles y parques, postes de luz y grafitis y tiendas de pollo frito; el hormigón tiene demasiadas variaciones. Tonos ahumados, hollín, sombras, ladrillos y aceras.

Pero ahora parece plana. Como si no fuera suficiente con que mi madre se haya largado del mundo. También ha tenido que llevarse todos los colores con ella.

Rosa pálido
(Una lista creciente de todos los colores que he perdido)

Rosas claras que desparraman sus pétalos sobre el césped. Rodajas de fresas sobre panqueques en forma de corazón. Cuando era pequeña, las lúnulas de mis uñas sin esmalte bajo las uñas rojas de mi madre mientras me cogía de las manos y me enseñaba a hablar con signos con Niko.
Y sangre, si se diluye con suficiente agua. Como en el caso de que estés en la bañera en el momento de tu muerte, o en un río, o en el mar.

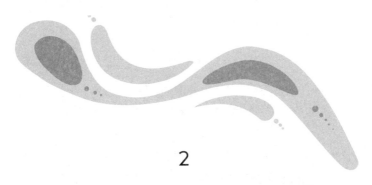

2

EL COLOR DE LA PIEDRA CALIZA

La mañana anterior al inicio de las clases, me despierto antes del amanecer y descubro que mi corazón está intentando fugarse de entre mis costillas. Me escabullo de la casa y comienzo una carrera contra mí misma por las calles bordeadas de hojas en un intento por dejar atrás el blanco y negro. No puedo. La desaparición de mi madre me sigue como una sombra que no me puedo quitar de encima. Los autobuses de dos plantas pasan como ráfagas junto a mí con un tono gris pálido en vez de rojo, casi invisibles en contraste con el asfalto.

Como no soy especialmente atlética, tanto el miedo como yo nos quedamos sin energía a la vez. Desacelero y echo un vistazo a mi alrededor. De alguna forma, he terminado en la otra punta de Meadow Park. Es una zona de naturaleza llena de colinas que se extiende desde mi barrio, Poets Corner, hasta Brixton y contiene de todo, desde una piscina hasta invernaderos comunitarios y un prado de flores silvestres. Es como si alguien hubiera metido un trozo de campo en medio de la ciudad por error. Durante el verano está atestado de gente, pero, como es temprano, los únicos que están despiertos son los pájaros, las personas que salen a correr y las chicas que están de luto. Atravieso las puertas de entrada por primera vez desde la desaparición.

Hay un silencio como el de las bibliotecas cuando subo hasta la cima de la colina, donde está mi destino: el jardín amurallado. Hogar de la primera instalación de arte de mi madre: la *Serie de Arcoíris I*. La obra que la hizo famosa, hasta alcanzar el nivel de superestrella de Rembrandt o Frida Kahlo.

Al entrar, contengo la respiración, como si esperara oír una sirena, ver luces estroboscópicas y presenciar la reaparición repentina de mi madre a todo color. Pero no pasa nada. A la *Serie de Arcoíris I* le falta el arcoíris, pero aun así me quita el aliento.

Varias esferas de arcilla gigantes, grandes como caballos de carrera, descansan sobre bases de plexiglás transparente. Parecen flotar entre los rosales extravagantes del jardín. Hay bolas más pequeñas, del tamaño de canicas o melocotones o pelotas de playa, incrustadas en los caminos y colgadas de las pagodas. Todas están esmaltadas con colores brillantes que parecen esmalte de uñas, el estilo distintivo de mi madre. Normalmente, hacen que las flores parezcan apagadas. Normalmente, es como si el propio Dios se hubiera asomado del cielo y se hubiera puesto a soplar burbujas.

Si algo pudiera restaurar todo el espectro de colores a mi visión, habría sido esto.

Doy un paso más hacia las esferas y me detengo al ver la placa para visitantes. Lo que hace es contar, a turistas y peregrinos del arte por igual, que Rachael Sloe ganó el premio de arte más importante del Reino Unido, el Premio Turner, con esa obra, su debut.

Debajo del cartel, ha florecido un homenaje conmemorativo espontáneo. Una pila gigante de flores envueltas en celofán, tarjetas de condolencias, velas a medio quemar y ositos de peluche cursis. Ya está estropeado por las semanas de lluvia veraniega; las flores que están más abajo están podridas y blandas. Todo el asunto es asqueroso, empalagoso y me hace pensar en una morgue; me recuerda que la desaparición de mi madre ocupa los titulares de las noticias.

Paso bien lejos del homenaje y me entran escalofríos al percibir el olor de las flores. Siento un hormigueo en la piel. Alguien me está mirando... A decir verdad, no me sorprendería que la exhibicionista de mi madre se teletransportara aquí mismo, en mitad de este jardín. Doy media vuelta, segura de que está aquí.

Emmy-Kate me está mirando desde detrás de una de las burbujas más grandes, como si fuera la versión traviesa de Glinda, la Bruja Buena del Norte. Me pongo rígida de inmediato. Solo puedo pensar en el enorme secreto que le estoy ocultando. Suicidio. Es una palabra fea, y temo que mis labios digan la verdad cada vez que hablamos. Han pasado casi dos meses desde la última vez que tuvimos una conversación de verdad.

La culpa se manifiesta como irritación, así que le hablo con brusquedad.

—¿Me estás acosando?

Emmy-Kate levanta el mentón, desafiante, y se pavonea hacia mí. Acaba de terminar su sesión de natación matutina de los domingos; tiene la toalla húmeda sobre los hombros y su pelo largo cae como una cortina mojada que gotea entre los pies de ambas.

—Para nada —responde mientras se escurre una trenza de pelo—. Te he visto desde la piscina así que te he seguido hasta aquí.

—Em, esa es la definición de diccionario de «acosar». —Sacudo la cabeza, intento ser amable.

Emmy-Kate sonríe un poco al escuchar eso a la vez que una brisa sopla por el jardín vacío. Ella tiembla, se abraza a sí misma y posa los ojos sobre el homenaje. Durante un segundo, su cara se queda vacía, como si alguien hubiera estrujado todo el contenido de un tubo de pintura. Me pregunto cuánto sospechará en realidad sobre la desaparición de nuestra madre, pero lo único que dice con su voz melosa es:

—Guau, qué lúgubre. En serio, deprimente como el *Retrato de la madre del artista*. Larguémonos de aquí.

Caminamos hombro a hombro. Las manos de Emmy-Kate revolotean cuando empieza a pintar el aire —es una chica que trata al cielo como si fuera su lienzo personal— y a compensar mi silencio con un monólogo rítmico sobre chicos, el desayuno y las clases de mañana...

Está a punto de terminar con los exámenes de secundaria: yo estoy a punto de terminar con los exámenes de bachillerato. Yo le saco dos años, y Niko me saca otros dos a mí. El año que viene, dejaré a Emmy-Kate y me uniré a Niko en el Silver College de Arte y Diseño. El SCAD. La meca local de las escuelas de arte y el *alma mater* de nuestra madre.

Desde este mirador sobre la colina, los barrios del sur de Londres que casi tienen apariencia de pueblos parecen una manta hecha de retazos de tela: las calles de Poets Corner, después, Dulwich. Camberwell, Peckham; la ancha avenida de Full Moon Lane que los atraviesa todos, como la avenida Broadway en Nueva York o los Champs-Élysées en París, e igual de amplia. Y, al final, a unos pocos kilómetros de distancia, están los sapos rechonchos que son los modernos edificios brutalistas del SCAD.

Aunque el SCAD está cerca del taller de mi madre en Peckham, lo cierto es que nunca he pisado el campus. Tengo la sensación que si lo visitara antes de que me aceptaran me traería mala suerte. Pero lo que sí hice hace algunos años fue buscar su página web y copiar los valores de la universidad en un papel que pegué en mi pared:

> Creemos que el arte y el diseño pueden cambiar mentes y mover mundos. Nuestra propuesta es inmersiva, imaginativa y práctica: porque la teoría sin la práctica es como aprender a nadar sin agua. Desatemos el caos.

En aquel momento, yo estaba del todo convencida de ese concepto. Pero ahora pienso: no hay nada más caótico que una madre desaparecida.

Esa idea me destruye. Es una aniquilación instantánea. Mi madre me abandona a diario. El vacío sale volando del hueco de mi corazón y se expande hasta vaciar el parque y todo lo que contiene, hasta que no soy más que una mancha diminuta en mitad de toda esa nada.

Porque incluso aunque vuelva, nunca existirá un momento en el que no me haya dejado.

Me detengo con un tropezón al pie de la colina, cerca de la piscina de estilo *art déco* en la que mi intrépida hermana menor nada hasta en invierno. Emmy-Kate da un par de pasos sin mí, sin dejar de parlotear, antes de darse cuenta de que me he detenido. Se gira hacia mí y lee el dolor en mi cara.

De inmediato, sus ojos imitan los míos. Lo que las hermanas Sloe tenemos en común —a pesar de tener diferentes padres, carácter y tonos de pelo rojizo— es la piel blanca y delgada como papel de seda y los ojos que proyectan nuestros pensamientos como si fueran pantallas de cine.

—¿Qué? —pregunta ella, y la preocupación hace que los bordes de su voz suenen frágiles.

Me obligo a tragarme el huracán emocional, porque al otro lado de Emmy-Kate, andando a trompicones y vestido con un conjunto deportivo, está el Profesor.

También conocido como el profesor Rajesh Gupta. Un hombre soltero que vive en la casa de al lado y, por algún giro inaudito del destino, es el mejor amigo de nuestra madre. Piensa en el agua y el aceite, el día y la noche. Mi disparatada madre y este profesor de teología, que lleva camisas abotonadas y parece y actúa como si hubiera nacido del polvo de un libro encuadernado en cuero, han sido como uña y carne durante toda mi vida. Él fue el primero en llamar a nuestra puerta después de la desaparición, con una bandeja llena de biryani. Por desgracia, sus platos son secos como la mojama, nada que ver con los curris fragantes y coloridos de Brick Lane al este de Londres.

—Huye —susurra Emmy-Kate, aunque lo dice medio en broma.

—Shhh —respondo cuando él nos ve y cambia de dirección para acercarse a nosotras.

—¡Ah! Chicas —dice, y su frente se frunce con compasión—. Bien, eh, *mmm*. —Trota en el sitio, tose contra un puño, después se inclina y vuelve a enderezarse. Esa es toda la frase. El Profesor consigue que en cada conversación aparezca su planta rodante del desierto particular.

Después de que se aclare la garganta por enésima vez, Emmy-Kate estalla:

—De acuerdo, nos estábamos yendo a casa. —Me coge del codo y empieza a arrastrarme—. ¡Adiós!

—Bien, bien. —El Profesor comprueba qué hora es en su reloj y vuelve a inclinarse y a estirarse—. Bueno. Quizás os acompañe, así veo cómo, eh... está vuestra hermana. Yo os, ejem, sigo.

Trota en el sitio, así que Emmy-Kate y yo no tenemos más opción que seguir caminando. Cuando echo una mirada hacia atrás, no puedo ver el jardín amurallado, ni la *Serie de Arcoíris I*, ni el cielo. No puedo ver nada.

Azul cielo
(Una lista creciente de todos los colores que he perdido)

El cielo, obviamente. Pero no la tarde tormentosa
de julio que mi madre decidió no volver a casa.
El vestido que lleva puesto en la foto de su
graduación del SCAD. Los nomeolvides.
Sus ojos pastel.

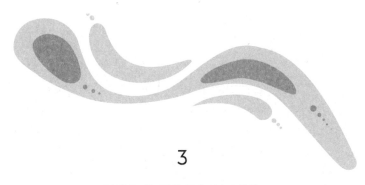

3

TODO ES BLANCO

Tan pronto como el Profesor entra después de Emmy-Kate por la puerta principal, yo me escabullo y entro por la puerta lateral hacia el jardín trasero. Puedo respirar con más facilidad aquí al aire libre, entre las rosas y las dedaleras rebosantes. Nuestra recreación en miniatura del jardín de *Sueño de una noche de verano* está oculta, como si fuera un secreto entre la casa y el terreno. Y yo soy una loca de las flores.

Es algo que mi madre y yo tenemos en común. Ella hace crecer las flores solo con su fuerza de voluntad. Moldea su entorno para que encaje con su estética particular, desde el color *chartreuse* de la puerta principal hasta este excesivo ramo de flores al aire libre… y tres hijas pelirrojas, a pesar de que ella sea rubia natural.

Cierro los ojos, entierro la cara en una rosa inmensa. Inhalar el aroma a mirra casi compensa el no poder ver el color. Aunque sí puedo imaginarlo. Albaricoque. Un tono vívido entre rosado y dorado inherente a mi madre y que hace que aparezca en el jardín como un holograma, que camine junto a mí con esa sonrisa pintada de un rosa intenso, el pelo de sirena recogido encima de la cabeza y delgada hasta los huesos debajo de la bata de artista. En una mano tiene un cigarrillo y en la otra una taza de café: combustible para su carisma. Mi madre cautivaba a todo el mundo: a nosotras, al Profesor, a los periodistas, a los estudiantes del SCAD.

Trabajó allí durante un tiempo, después de que naciera Emmy-Kate. Hizo *Serie de Arcoíris I* cuando todavía era estudiante y ya estaba embarazada de Niko, y, después de la graduación, entró directamente al mundo profesional del arte. Pero luego llegué yo y al poco tiempo, en rápida sucesión, Emmy-Kate, y nuestra madre tuvo que volver al SCAD como profesora. Eso es lo que sus biógrafos llaman «los años salvajes» y nosotras llamamos «nuestra vida».

Después, cuando yo tenía doce años, renunció al SCAD y llegó a los titulares con su retorno revitalizado al torno de alfarería. Mejor, más grande, más atrevida, más famosa.

Esa es la madre que deambula por mi imaginación. No mi madre, sino la artista, la que hace que Emmy-Kate parezca tímida en comparación, la que absorbe hasta la última gota de oxígeno de cualquier habitación.

Es bueno verla. Huelo la rosa desesperada con la esperanza de realizar esta visión. Rachael Sloe, Artista, se gira hacia mí y me dice...

... y me dice...

No consigo recordar su voz.

El recuerdo flaquea, parpadea, desaparece.

Mis ojos se abren de pronto. El jardín es de un gris desolador y todo es demasiado: su ausencia. La incertidumbre. La monocromía. ¿Y cómo puede ser que ya haya olvidado su voz? Solo ha pasado un verano.

Entro abatida a la cocina, donde encuentro al Profesor sentado con mucho respeto en su sitio de siempre en la mesa, delante de Emmy-Kate. El silencio y el periódico del domingo llenan el espacio entre ambos. Al verme, Em suelta un «grrr» de irritación y sale volando de la habitación, no sin antes tirar la toalla húmeda sobre el suelo junto a la lavadora. El Profesor se pone de pie: sé por experiencia que no volverá a sentarse hasta que yo haga lo mismo. Es una pesadilla en las fiestas del barrio.

—Hola —mascullo, e intento rodearlo.

Él vacila y bloquea mi paso.

—Bueno, sí, eh… Minnie. —Se aclara la garganta, pero lo hace con amabilidad.

Mi madre vuelve a aparecer, está ahora junto a la mesa y ríe como una histérica.

¿Qué me pasa? Hace ocho semanas que ni siquiera sueño con ella y ahora la veo dos veces en un día. Y a todo color, además. Pero quizás el Profesor también la esté viendo, porque su cara transmite señales de alarma. Las hermanas Sloe tenemos una teoría: creemos que está locamente enamorado de nuestra madre, pero es un amor no correspondido. Y así ha sido durante los últimos veinte años.

—¿Cómo te encuentras? —pregunta, formal como un esmoquin.

—Bien.

Meto los pulgares en las mangas de mi chaqueta de punto, y me retuerzo un poco donde estoy. Por lo general, no me molesta el Profesor, a pesar su aura académica —es un pilar familiar de nuestra vida, como un sofá viejo—, pero, desde que más o menos he perdido la capacidad del habla, todas nuestras conversaciones son forzadas.

—Eh, ah, eh... Minnie —resopla—. Cómo le decía a, eh... Emmy-Kate, tengo buenas noticias. La universidad me ha otorgado un año sabático. Tengo pensado escribir otro libro. —Junta las manos al frente, como si fuera un campanero—. Y eso significa que estaré, sin ninguna duda, a vuestra disposición por el... eh. Hasta que, *mmm*. Por el *momento* —concluye.

Traducción: el Profesor trabajará desde su casa, justo al lado de la nuestra, durante todo un año. Lo cual significa que «se pasará» por aquí casi todos los días. Durante todo el verano, nos ha visitado para ver cómo estábamos y ha traído consigo horas enteras de silencios incómodos y pakoras incomibles. A pesar de que los trabajadores sociales han aprobado, a regañadientes, a Niko como nuestra tutora —no pusieron buena cara ante sus camisetas de Greenpeace y su aspecto general de persona que siempre lleva monos—, el Profesor se ha autodesignado como el adulto responsable. Dada la falta de padrinos, madrinas, familiares lejanos y hasta de padres inútiles.

Lo único que sabemos de nuestros padres ausentes es que son tres. Cada vez que pedimos más detalles, nuestra madre cambia la historia: son vaqueros, astronautas, estrellas de rock, exploradores, renegados; amoríos de toda una vida, romances de vacaciones o rollos de una noche. Cuenta las historias con la misma facilidad con la que hace girar la arcilla en el torno.

Guarda secretos.

Yo también. Hay uno en su taller.

Si abriera la puerta, podría recorrer sus últimos movimientos con las manos: el taburete giratorio ajustado a su altura, las marcas de los dedos fosilizadas en las bolsas de arcilla, una taza de café con una marca de pintalabios en el borde. Y cuatro hornos, ocupando una esquina como si fueran una familia de Daleks.

El más grande está cerrado, en un ciclo de enfriamiento después de haber cocido el esmalte. Yo soy la única que sabe que dentro del horno está la última obra de arte hecha por Rachael Sloe.

El timbre de la puerta —una melodía acompañada por un destello de luces para alertar a Niko— me saca de mis pensamientos y hace que el Profesor se acerque a la entrada. Cuando abro la puerta, me encuentro a Ash de pie bajo el umbral, con una guitarra colgada en la espalda. Con los vaqueros ajustados, el movimiento caligráfico de su pelo oscuro y la boca torcida de forma permanente en una media sonrisa, bien podría ser el Elvis indio.

—Hola, Miniatura —saluda, y abre los brazos.

La sorpresa me deja de piedra, como si fuera un absoluto desconocido y no mi novio de hace casi un año. (Sin mencionar que también es el sobrino del Profesor). Ash estudia en una universidad en Londres, pero pasa las vacaciones de verano en su casa en Manchester, es decir, a millones de kilómetros de distancia. Hemos hablado por teléfono, pero esta es la primera vez que nos vemos en persona desde… desde que pasó todo.

—Hola —respondo, curiosamente tímida, y me centro en la diana que dibuja el hoyuelo que tiene en el centro del mentón—. Has vuelto.

—He venido directamente —explica, y su acento del norte suena cálido y preocupado.

Cuando levanto la mirada, me ofrece una versión suavizada de la sonrisa fosforescente de siempre. Mis labios tiemblan. Ver a mi novio en blanco y negro… es demasiado raro.

—Ah, Min —exclama al malinterpretar mi cara—. Todo irá bien.

Es probable que lo crea. Ash es un optimista. Es pura despreocupación y positivismo, un chico a quien las tostadas siempre le caen con la mantequilla para arriba. Mis hermanas y yo lo conocimos a la vez, una tarde otoñal empapada de lluvia hace un par de años.

Estábamos refugiándonos del tiempo en la Galería Nacional, estiradas con nuestros cuadernos de dibujo delante de *Las grandes bañistas* saturado de azul de Cézanne, como si estuviéramos en el mismo pícnic que las personas del cuadro. Emmy-Kate estaba haciendo un caos abstracto con pasteles al óleo, Niko hacía cuidados dibujos con lápices de grafito y yo estaba usando todos los rotuladores de tonos azules —cobalto, marino, celeste, zafiro— para probar una nueva técnica de puntillismo.

Llevábamos allí casi una hora cuando una gota de agua salpicó mi cuaderno. Emmy-Kate dio un codazo a Niko, quien pinchó mi brazo con un lápiz afilado e hizo que yo dibujara un garabato azul verdoso sobre la hoja húmeda. Eché un vistazo hacia la derecha: un chico de una belleza inimaginable y una ridícula chaqueta de plumas estaba sacudiéndose la lluvia y sentándose en el suelo junto a nosotras. Llevaba unos auriculares sobre la mata de pelo negro y calzado deportivo que golpeteaba al ritmo de la música invisible, e inclinó la cabeza para observar el cuadro.

Vaya, maldita sea, guau, pensé, y después volví a mirar a mis hermanas.

«¡Santo Miguel Ángel!», signó Emmy-Kate.

Mi hermana, que tenía las mejillas rojas como un tomate, acababa de cumplir trece años dos semanas antes y había sido bendecida, de inmediato, con pechos y un interés por los chicos sin precedente.

«Lo sé», respondí en silencio, y noté con alarma que Niko también se ruborizaba. Éramos un tríptico rosado.

Era algo con lo que no nos habíamos encontrado nunca antes en toda nuestra vida teniendo una mente compartida y una devoción servil a los mismos artistas favoritos: un chico que nos gustaba a todas.

Volví a echar un vistazo al chico para ver si él también estaba dibujando *Las grandes bañistas*. No lo estaba haciendo. Lo que estaba haciendo era mirarme a mí. Bueno, a mi cuaderno de dibujo. Aunque a veces, sobre todo últimamente, me parecía que ambas cosas eran más o menos lo mismo.

«Mierda», exclamó el chico a la vez que se quitaba los auriculares y señalaba la hoja salpicada de lluvia. «He sido yo, ¿verdad? ¿Quien te ha mojado el dibujo? Lo siento».

«Ah», dije en voz alta. Las tres nos habíamos pasado la mañana signando sin hablar en voz alta (la gramática de la lengua de signos británica es diferente a la del inglés hablado, y además así nos resultaba más fácil) y la palabra emergió de mi boca inutilizada con un carraspeo. Froté las salpicaduras con el pulgar hasta formar un borrón con los azules, y deseé poder restregármelas por la cara color remolacha para enfriarla un poco. Emmy-Kate interpretó para Niko a la vez que dije: «Sí. Pero no pasa nada... quiero decir, ahora es una acuarela».

No estaba intentando ser graciosa, pero el chico soltó una risa que se repetía como en bucle y aterrizaba en trozos irisados sobre mí. Él seguía sonriendo, divertido, y me di cuenta de que le estaba devolviendo la sonrisa.

«Dejadme adivinar», pronunció antes de señalarnos una por una. «Minnie. Niko. Emmy-Kate».

El chico radiante resultó no ser psíquico, sino —aunque fuera difícil de creer— el sobrino del Profesor. Era nuevo en la ciudad, había llegado para su primer año en la universidad, y nuestra madre lo había enviado a buscarnos, equipado con descripciones coloridas y líricas de quién era quién. Otro ejemplo de cómo consiguió transformar lo ordinario en asombroso: si el Profesor nos hubiera presentado a Ash, quizás no nos habríamos enamorado todas de él como lo hicimos.

Estoy tan inmersa en el recuerdo de aquel día lluvioso que me parece casi imposible que esté de pie en el porche, mirándolo en la vida real.

—Ven aquí —dice rodeándome con sus brazos.

Cuando me apoyo en su camiseta suave, su pecho me resulta tan familiar como el mapa del metro. Mis pulmones se llenan con su aroma cálido a limón que hace que los nervios que llevo sintiendo toda la mañana se tranquilicen.

—Te he echado de menos, Miniatura —murmura contra mi nube gigante de pelo anaranjado.

La culpa me aprieta el estómago: aunque estoy feliz de que ahora esté aquí, después de todos los mensajes de texto que nos hemos mandado durante el verano, no diría que lo he echado de menos. No tengo oportunidad de analizar ese pensamiento porque...

—¡Ash!

Nos separamos de un salto cuando Emmy-Kate baja la escalera dando brincos y arremete contra nosotros.

Ha cambiado el traje de baño por unos pantalones diminutos y una camiseta cortada; en algunas partes, los centímetros de piel descubierta tienen rayas de cebra coloridas. Em siempre ha pintado con los dedos, pero ahora parece como si se hubiera revolcado sobre el lienzo desnuda. Tratándose de ella, no me sorprendería. Es la hermana que ha heredado la alegría de vivir de nuestra madre. Durante años, ha estado oscilando entre distintas personalidades —loca de la natación versus pintora apasionada—, hasta que, un par de días después de la desaparición, hizo la metamorfosis final en esta *femme fatal* juvenil.

Me empuja a un lado y corre hacia los brazos de Ash.

—*Uff.*

Él se tambalea, con poco equilibrio por la guitarra, y le da un abrazo. Después comienzan su típico apretón/baile/saludo de parque infantil. A pesar de sus ojos de ensueño, dignos de un príncipe de Disney, Ash se pasa la vida haciendo tonterías y, durante un momento, transforma de nuevo a Emmy-Kate en mi hermanita. Echa un vistazo a su aspecto cubierto de pintura, ríe y dice:

—Vaya, mira cómo estás, Picasso junior. Feliz cumpleaños con retraso.

—Ahora que estás aquí, podemos volver a hacer panqueques. —Emmy-Kate se convence a sí misma de la idea y se aleja dando saltos hacia la cocina.

Me dispongo a seguirla, pero Ash apoya la mano sobre mi brazo y tira de mí hacia atrás.

—¿Cómo estás, Min? En serio... —pregunta en voz baja—. Em parece estar bien. Pero ¿tú cómo estás?

Me encanta su acento de Manchester, la manera en la parece unir algunas palabras para formar una sola: *cómoestás.* Pero no tengo respuesta para la pregunta que me ha hecho. ¿Cómo estoy? De acuerdo, respuestas que quepan en una postal, por favor...

No puedo ver los colores

y eso me da ganas de gritar

o prender fuego algo

convertirme en estatua

borrar mis sueños

destruir planetas enteros con mis puños

... ¿todo lo anterior?

Tacho todas esas opciones ridículas y opto por:

—Mañana empiezan las clases.

—Sí. Ya debes de tener ganas de ir al SCAD, ¿no?

La cara que pongo parece vidrio roto, y él levanta las cejas, sorprendido.

—Da igual —respondo, y lo guío hacia la cocina, donde el Profesor ha servido el té como si estuviera en su propia casa.

—Tío Raj, ¡te has equivocado de casa, colega! —exclama Ash placándolo con un abrazo.

Después Ash despeina a Salvador Dalí y se deja caer sobre una silla con la guitarra, desde donde me echa una mirada como pidiendo permiso. Cuando asiento con la cabeza, se inclina sobre el instrumento con la espalda encorvada. Ash no tiene ni el más mínimo interés por el arte; para él, la música lo es todo.

Niko entra con una marcha acelerada y toca el brazo de Emmy-Kate para darle una orden:

—Ponte algo de abrigo.

Como de costumbre, ella va vestida como una *hippie*-feminista-vegetariana: pañuelo en la cabeza, mono, zuecos, camiseta con el eslogan de la causa de la semana. Ballenas, árboles, tigres... el corazón de mi hermana sufre por todo.

Toda la habitación inhala al mismo tiempo al verla tomar las riendas. Resopla al ver la toalla húmeda de Emmy-Kate tirada en el suelo y le quita la mezcla de panqueques de la mano;

aparta los periódicos de la mesa; corta rodajas de pan y las empuja dentro de la tostadora con un *clang*. Niko siempre ha sido la hermana sensata de la familia Sloe, pero últimamente ha entrado en un modo de eficiencia acelerada.

Después de todo eso, saluda al Profesor, con mucho más entusiasmo del que habría mostrado yo. Él le responde con lengua de signos en el mismo estilo agotador que usa al hablar. Niko asiente, semipaciente, y se gira hacia Ash, quien todavía está inclinado sobre la guitarra. Durante un momento, ella lo mira rasgar las cuerdas, y sus propias manos lo imitan a medida que él coloca los dedos para formar los acordes. Él levanta la mirada y le sonríe, la saluda con un «hola» cuidadosamente claro y baja la velocidad de lo que está tocando. Ella le devuelve la sonrisa. Es como si la mecánica de la música fuera una lengua de signos en sí misma.

Cuando ella nota que los estoy espiando, deja de hacer lo que está haciendo y me pregunta sin hablar:

—¿Ash se quedará a desayunar?

—Es probable, ¿por qué? —respondo después de encogerme de hombros y cambiar a la lengua de signos silenciosa de las hermanas Sloe.

—Porque en ese caso también tendremos que invitar al Profesor... —La idea no parece desagradarle, pero echa un vistazo alrededor de la cocina—. No habrá traído comida, ¿no?

Estamos signando demasiado rápido como para que el Profesor pueda seguirnos. Confirmo a Niko que estamos a salvo y ella coloca con estruendo sobre la mesa los cereales, los boles, la mermelada y un plato lleno de pan quemado, y después golpea la mesa para llamar nuestra atención. Cuando la tiene, todos obedecemos su orden de tomar asiento. Con excepción de Ash, que está de pie junto a la silla vacía de nuestra madre.

—¿No vamos a esperar a Rachae...? ¡Aah! —Se interrumpe a sí mismo y sus ojos se abren como platos por la mortificación. Emmy-Kate está interpretando para Niko y sus manos se congelan en el aire—. Lo siento —mascula Ash antes de deslizarse en el asiento de nuestra madre. En voz baja—: Mierda.

Aplasto los cereales de chocolate con los dientes y mi corazón da un vuelco. He tenido todo el verano para procesar la ausencia de mi madre, para llenar los vacíos y acostumbrarme. Pero, ahora que Ash está aquí y actúa como si el agujero que ella ha dejado fuera recién hecho, la herida vuelve a abrirse. La conversación flaquea.

Después del desayuno, Ash y yo nos retiramos al jardín trasero y nos dejamos caer sobre el césped. Es una mañana preciosa: la luz del sol huele a tofe, septiembre se extiende como si fuera una manta.

Arranco una margarita y me dispongo a quitarle los pétalos uno a uno. Podría ser la misma planta con la que mi madre me enseñó este truco cuando era pequeña. Ella arrancaba los pétalos con sus dedos delgados y rápidos mientras recitaba: «me quiere, no me quiere».

Recuerdo que ella me dio una margarita para que lo intentara, y que se rio cuando mis manos rechonchas de bebé la partieron en dos.

«De acuerdo, margaritas no», declaró. Escarbó entre el césped y me dio una nube esférica sobre un tallo. Un diente de león. «Prueba con este. Respira bien hono e intenta soplar hasta que todas las semillas vuelen. La cantidad de soplidos que necesites te dirá qué hora es».

Antes de volver a convertirse en artista, el jardín era su elemento. En algún sitio de esta jungla hay tallos de frambuesas de su época de hacer mermelada, un agujero en el que hicimos un baño de barro de hipopótamos para Emmy-Kate cuando era bebé, trampas para babosas hechas con vasos de cerveza enterrados en la tierra. El último pétalo de la margarita es un «no me quiere» y, cuando dejo caer el tallo a mi lado, deseo poder hundirme yo también en el parterre.

—Tengo que contarte algo —anuncio mientras levanto la mirada hacia el cielo gris y plano—. Sobre mi madre.

—Por supuesto. —Ash desliza sus dedos cálidos en mi mano y se arrastra hacia mí sobre el césped.

—Nos ha dejado una carta —explico. La idea de decirle esto por mensaje de texto se me había hecho insoportable—. Antes de que...

«Antes de que se fuera» suena como si se hubiera ido de vacaciones o a una de las residencias de artistas a las que ha estado yendo los últimos años, durante las cuales ha dejado a Niko a cargo por dos o tres meses. Pero «antes de que muriera» tampoco haría honor a la verdad. Sin un cuerpo, esta situación no tendrá final.

Dejó las tarjetas de crédito. Se llevó el pasaporte y las llaves del taller, como si pensara volver. Se dejó a sí misma como una pregunta, pero no tenemos la respuesta.

No puedo utilizar la expresión «nota de suicidio»: esas palabras no son suficientemente disonantes por lo que significan. De todos modos, está abierta a interpretación. Su carta era demasiado incierta para que la policía pudiera declararlo de forma definitiva: dispersa, infeliz, incomprensible, pero no específica. Y después está todo el asunto del horno. Su última obra, que todavía la espera.

—Sea como sea, ha dejado una carta —intento de nuevo a la vez que una nube empieza a moverse más rápido sobre nuestras cabezas, una señal de que la Tierra gira inexorablemente hacia adelante—. Una carta de despedida. Fui yo quien la encontró.

Ash inhala y aprieta mis dedos.

—Mierda —murmura—. Ya lo sé, Min. Quiero decir, el tío Raj me había contado lo de la carta. Pero no sabía que tú... —Su voz se quiebra—. Que habías sido tú.

Retiro mi mano de la de Ash y cierro ambas en un par de puños, encojo mi cuerpo, sacudo mi cabeza repleta de incredulidad. Estoy a punto de hundirme. Como Virginia Woolf, una escritora que se llenó los bolsillos con piedras y se adentró al río para ahogarse. Tengo montañas enteras en los bolsillos. Tengo todo un maldito continente.

—No le digas nada a Emmy-Kate, ¿vale? —consigo decir—. Niko lo sabe, pero Em no.

—Por supuesto. Oye. Ven aquí.

Yo sigo hecha un ovillo, pero Ash me rodea con los brazos y me cobija contra su pecho. Y poco a poco, en esa posición reconfortante, me relajo. Descanso la cabeza sobre su hombro y trazo líneas con los dedos sobre su pecho.

Mientras estamos aquí, con las piernas y los brazos entrelazados, el sol calienta mi piel. Me dejo derretir en el momento. Dejo que la presencia segura y firme de Ash me envuelva poco a poco. Respiro su aroma. Huele a más que limones, es un aroma cálido, a tréboles y al aceite de coco que lleva en el pelo. Huele a amabilidad. Los recuerdos de los besos del año pasado comienzan a hacerse eco en mi corazón. Ash ha vuelto a casa. Tenerlo aquí es como ponerme una vieja camiseta favorita, gastada y suave por todos los años de uso.

Suspiro con satisfacción. Después despierto con un respingo y me pongo rígida en sus brazos. Esto no está bien. No está bien que baje la guardia cuando ella...

está muerta se ha ido está desparecida es un cadáver

Me alejo rápidamente de su abrazo y me pongo de pie, llena de odio contra mí misma por haberme permitido ese pequeño momento de alegría. Ash hace lo mismo y se endereza con pesadez. No se inmuta por mis movimientos repentinos, pero se sacude el césped de los vaqueros y empuja la punta de mi pie con sus zapatillas gigantes (brillantes y grandes como canoas).

—Oye, Miniatura —empieza—. ¿Estás bien? Tengo que irme, pero anímate, ¿vale?

Le echo una mirada. Me está dedicando una sonrisa exagerada al estilo de los Looney Tunes con el propósito de hacerme reír. Lo único que puedo devolverle es una sonrisa descafeinada. Ash extiende la mano hacia mi mejilla y alza mi cara con suavidad. Se inclina probablemente para darme un beso, pero yo giro la cabeza y colisionamos en un abrazo torpe. Se produce una breve oleada de confusión con aroma a limón, y después se va.

Amarillo chillón

(Una lista creciente de todos los colores que he perdido)

*Narcisos. Los Post-it que mi madre dejaba
desperdigados por todas partes, garabateados
con ideas para esculturas nuevas, temas de
investigación, notas cariñosas para nosotras,
obras de arte que ¡DEBEMOS VER! El beso de Ash.*

Rojo cereza
(Una lista creciente de todos los colores que he perdido)

*Las luces rojas que parpadean sobre el coche
de policía. Un pintalabios llamado Alerta de
Coqueteo que Emmy-Kate usaba el otoño que
conocimos a Ash. El patrón que forman mis venas
cuando el oculista apunta una luz a mis ojos para
hacerme la revisión de las lentillas. Fui a una la
semana después de la desaparición y todo salió
bien, aunque no podía distinguir entre el rojo
y el verde del gráfico.*

*Es por eso que sé que no se trata de un problema
de visión, sino de un problema de Minnie.*

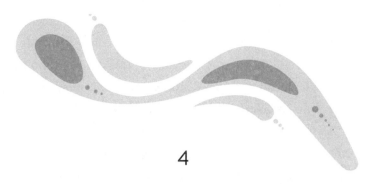

4

EL COLOR DE LOS RECORTES DE PAPEL

En el momento en que pongo un pie dentro de la sala de arte de ventanas anchas del Instituto de Secundaria de Poets Corner el lunes, el murmullo del inicio de las clases se desvanece. Incluso en este instituto enorme de Londres, el silencio y las miradas me han estado siguiendo todo el día: todo el mundo sabe.

Vacilo incómoda bajo el marco de la puerta mientras siento todo el peso de los susurros de mis compañeros. Por primera vez en mi monótona vida, soy parte del cotilleo del día. La mitad de la clase me dedica sonrisas llenas de compasión; la otra mitad, no me mira a los ojos. Eso incluye a un chico nuevo, encorvado en un asiento en la esquina, con la cabeza cubierta por un gorro e inclinada sobre un cuaderno de dibujo. Solo él es inmune al alboroto que recibe mi llegada.

Estoy empezando a sudar bajo las miradas y los murmullos cuando, al fin, Ritika Okonedo se apiada de mí. Se separa de su grupo de amigos y atraviesa la clase al trote como si fuera a levantarme con un abrazo. Pero en el último momento, se detiene y me da un golpecito incómodo en el hombro.

—Hola, Minnie. ¿Has pasado un buen verano? —pregunta. Después, de inmediato, se golpea la frente con la palma de la mano y sacude sus trenzas africanas—. Mierda. No, claro que no. Siento mucho lo de... —Ritika se retuerce el pendiente, no deja las manos quietas—. Ya sabes. Lo de tu madre.

Asiento con la cabeza, ella sonríe y ya se dispone a alejarse, como si lo que me hubiera ocurrido fuera contagioso. Y yo vuelvo a merodear sola. Este es uno de los momentos en los que sería útil tener un mejor amigo o amiga. Me llevo bien con todo el mundo, pero no pertenezco a ningún grupo... Siempre he preferido la compañía de las hermanas Sloe. Durante el almuerzo y los recreos, Emmy-Kate solía presidir la corte de sus amigas de natación mientras Niko se quitaba de encima al mediador comunicativo que la acompañaba a las clases y pasaba el rato con su pandilla de chicas que hablaban lengua de señas británica y querían salvar el mundo. Y yo iba a la deriva entre ambos grupos.

Este año, no me puedo sentar con Emmy-Kate, no cuando yo sé la verdad sobre nuestra madre y ella no. Estoy haciendo una nota mental para esconderme detrás del cobertizo de las bicicletas durante el almuerzo cuando de repente suena un silbido penetrante. La señorita Goldenblatt —lo más parecido a la Mujer Maravilla que puede ser una profesora— entra a la clase con el taconeo de sus botas vaqueras. Todo el mundo se da prisa para ocupar su sitio.

La señorita Goldenblatt coge la hoja de asistencia y sus brazaletes tintinean mientras echa un vistazo a la clase. Sus ojos se posan en mí durante un minuto entero antes de continuar.

—Bienvenidos, estudiantes —exclama—. Queda un año. ¿Qué os parece si lo aprovechamos? Comenzaremos con el programa la próxima clase: adornar vuestros portafolios, prepararos para los simulacros de examen. Pero hoy quiero repasar los

fundamentos. Vuestras herramientas. —Así es como empieza todos los trimestres. Con nuestras herramieeeentas—. Quiero que
cada uno de vosotros me entreguéis un círculo cromático en el
que todas las tonalidades sean *perfectas.*

Como es tradición, ese ejercicio tan básico provoca abucheos...
y un avión de papel de parte de Ritika. La señorita Goldenblatt lo
aparta con la mano cuando pasa silbando junto a su cabeza de pelo
oscuro y ondulado, y añade:

—Pensadlo un momento. Los músicos practican las escalas.
Necesitáis fortalecer vuestros cimientos. Ah, y tenemos a un
alumno nuevo entre nosotros. ¡Escuchadme! Por favor, dad la
bienvenida a Felix Waters. Ahora, poneos a trabajar.

La clase entra en movimiento con sillas empujadas con chi-
rridos y estudiantes que se atropellan por conseguir pinceles y
paletas, jarras de agua y trapos. Ahora que al fin ya no soy el
centro de atención, puedo volver a respirar. Inhalo el aroma de
toda la sala: pintura y aguarrás, familiaridad.

—Minnie. —La señorita Goldenblatt se acerca ruidosa-
mente y se acuclilla junto a mi taburete—. ¿Podemos hablar?

Aparta sus enormes pendientes, junta las manos debajo del
mentón y levanta la cara con la misma mirada de ojos grandes y
compasivos que tenían los trabajadores sociales y el agente de
policía de atención a la familia, la empleada de la organización
de personas perdidas y los periodistas de los tabloides que ras-
trearon nuestra dirección y llamaron a la puerta durante días.
Esto es lo que pasa cuando desaparece una persona querida: la
remplazan cientos de desconocidos.

—Ay, Minnie —exclama la señora Goldenblatt con su voz
ronca—. Me dolió muchísimo cuando me enteré de lo de tu madre. Pobres niñas.

Mis ojos se humedecen. Llevo toda la mañana igual, en Tutoría y en todas las clases. Los profesores están determinados a tener un momento compasivo. Pero sé que la señorita Goldenblatt lo dice en serio, así que le respondo con un tímido «gracias».

Estamos siguiendo el guion del luto, pero no termina de encajar. La desaparición es un planeta diferente. Uno en el que los árboles crecen huecos y no hay océanos, un sitio sin cielo. El suicidio es otra maldita galaxia.

Las manos de la señorita Goldenblatt, cargadas de anillos de plástico, van del mentón al pecho, donde las apoya contra su corazón.

—Avísame si necesitas cualquier cosa, ¿de acuerdo?

Cuando asiento con la cabeza, ella se pone de pie y se apoya a medias sobre la mesa, como si estuviéramos en la parada del autobús.

—Y cambiando por completo de tema, hablemos de portafolios... —Esboza una sonrisa alentadora. La señorita Goldenblatt tiende a las cursilerías. Asiste a las obras de teatro escolares y se pone de pie para bailar durante los números musicales—. Déjame adivinar: ¿solo cerámica y nada más que cerámica? El año pasado no hubo manera de alejarte de la arcilla.

Ah, sí. Al poco tiempo de volver al arte profesional, mi madre me invitó a mí —y solo a mí— a ir a su taller. La primera vez que me enseñó a tornear, se puso de pie detrás de mi hombro cuando yo estaba delante de la rueda y apoyó sus manos sobre las mías mientras su pelo me hacía cosquillas en el cuello. Después nos pusimos una al lado de la otra frente al fregadero para lavarnos la arcilla seca de los dedos.

«¿Quieres saber un secreto?», me preguntó después de empujarme con la cadera. «Sécate las manos y estíralas».

Levanté la mirada y la miré a los ojos en el reflejo del espejo. Ella hizo un guiño y apretó un tubo hasta que un poco de su contenido cayó sobre mi mano. Levanté la mano hasta la altura de mi cara e inhalé profundamente. Glicerina.

«Ehh... ¿y cuál es el secreto?».

«La Fórmula Noruega Concentrada de Neutrogena», respondió.

«Pareces un anuncio». Volví a olerme las manos y me froté la crema por las palmas. «Mamá, no estoy segura de que una crema para manos que puedes comprar en cualquier farmacia pueda considerarse un secreto».

«No, el secreto es que los ceramistas tienen la mejor piel. ¿Lo ves?».

Movió las manos alrededor de su cara como si bailara *vogue* frente al espejo, haciendo poses con sus uñas pintadas de un amarillo fluorescente estridente. Aquella noche, cuando me acosté en la cama, estaba envuelta en una nube de su aroma, pero ahora yo sabía el ingrediente secreto, y mis hermanas no. Me aferré a ese conocimiento para mí misma.

—Tierra llamando a Minnie. —La señorita Goldenblatt chasquea los dedos delante de mi cara—. Arcilla, ¿verdad?

Sé muy bien de qué está hablando mi profesora. Mientras que mi madre torneaba la arcilla para formar burbujas gigantes con curvas gordas y redondas, yo me interesé por la idea de las líneas definidas. A decir verdad, me obsesioné. El año pasado hice azulejos, cientos de ellos. La idea era pasar el verano esmaltándolas y después unirlas para formar una especie de colcha de retazos hecha de cerámica. Pero tampoco es que haya terminado nunca ninguna obra de arte: lo que más me interesa son las ideas, el potencial. Y no he tocado la arcilla —ni pintura, ni papel, ni bolígrafos, ni tinta, ni nada— desde el último día del trimestre. Desde la visita al taller de mi madre y el descubrimiento de la carta. Ni de broma voy a terminar el proyecto.

—A decir verdad —improviso con desesperación—, había pensado en probar un par de cosas diferentes. Experimentar.

Las cejas de la señorita Goldenblatt se levantan tan deprisa que tengo la sensación de que saldrán volando por encima de su cabeza.

—Fantástico —asegura con entusiasmo, aunque me doy cuenta de que siente lástima por mí y que está dispuesta a fingir que todo lo que proponga es una idea brillante—. Da igual lo que termines —añade, poniendo un ligero énfasis sobre la última palabra—, estoy segura de que al SCAD le encantará.

Me da una palmada en el hombro, que parece ser el sitio designado para los gestos de compasión, y prosigue a fastidiar a Ritika al grito de «¿Así que aviones de papel?» mientras atraviesa la clase a zancadas.

Hecho un par de pinturas sobre la paleta y saco el cuaderno de dibujo. El vacío enorme de la hoja blanca palpita delante de mis ojos como si estuviera mareada en alta mar. Durante dos meses, Emmy-Kate no ha hecho mucho más que pintar y Niko se ha pasado todo el tiempo con amigos del SCAD o encerrada en su habitación. La casa está cada vez más llena de pinturas abstractas y pequeños trozos de papel. ¿Cómo me las voy a apañar para seguir el ritmo si no puedo ver en color?

Levanto un rotulador permanente y escribo:

NO LO SOPORTO

Los minutos pasan poco a poco. La señorita Goldenblatt circula por la clase mientras entrega folletos informativos sobre el proceso para solicitar una plaza en las escuelas de arte. No es el mismo que para ir a la universidad: véase el portafolio ya mencionado. No tienes que escribir una novela para estudiar literatura, pero no puedes estudiar arte hasta que no hayas hecho algo de arte.

—Cuarenta minutos, artistas —grita la profesora mientras sus brazaletes de Mujer Maravilla tintinean una vez más.

Mierda. Aparto el folleto informativo y miro fijamente las manchas de pintura gris sobre mi paleta. Me va a resultar imposible crear arte. Todo se reduce a los colores. Vuelvo a levantar el rotulador permanente y empiezo a hacer una lista:

1. Ver la vida de color rosa.
2. Estar verde de envidia.
3. Ponerse rojo.
4. Quedarse en blanco...

Definición de «quedarse en blanco» según el diccionario:
quedarse en blanco
Locución verbal
Coloquial. No comprender nada en un momento determinado; olvidar lo que se iba a decir.

Yo diría que esa definición serviría para describir mi estado ante la posibilidad de que mi madre haya saltado por un acantilado. Aunque quizás no es una posibilidad tan remota que lo hiciera. No cuando se trata de mi espontánea madre, que cambia de opinión constantemente. Suena a algo que haría. En parte, este es el problema. Creo que ha podido hacerlo, pero no quiero creerlo.

Mi corazón se acelera; las palmas de las manos me sudan. Cierro los ojos y respiro profundamente un par de veces. No me ayuda mucho porque, de repente, siento el olor de la Fórmula Noruega Concentrada de Neutrogena. Glicerina. Es tan nítido que mi madre podría estar junto a mí. El espasmo de tristeza me pilla tan desprevenida que me doblo en dos. Soy una Minnie de origami.

Arranco la primera hoja de mi cuaderno de dibujo y la hago una bola en el puño, después me pongo de pie y tiro el taburete con un ruido que llama la atención de todos los que están en la clase.

—¿Minnie? —pregunta la señorita Goldenblatt, y su voz me llega desde lejos.

Pero yo ya estoy saliendo de la clase a trompicones, bajando las escaleras a toda velocidad, saliendo al aire libre e intentando calmar mis pulmones vacíos. Mientras corro, la lista de preguntas crece:

¿Qué hay de que el tiempo todo lo cura?

¿Qué hay de que todo pasará?

¿Qué hay de todas las cosas que dice la gente y que resultan no ser ciertas?

¿Cómo puede una persona empezar a sanar cuando su madre ha decidido abandonarla?

Arcilla

(Una lista creciente de todos los colores que he perdido)

A mitad de camino entre el marrón y el gris,
se aclara y aclara y aclara hasta llegar al beige
de las galletas a medida que el agua se evapora.
Tornear una pieza puede llevar horas. Semanas
hasta que se seque. Días para calentar el horno y
cocerla, días para que se enfríe antes de esmaltarla
y volver a cocerla. Tienes que tener paciencia.
Tienes que esperar a que ella vuelva a casa.

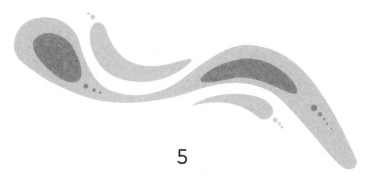

5

SIN DESVANECERSE

Paso el resto del día escondida en la *Serie de Arcoíris I*, ignorando el desfile de peregrinos del arte con ojos tristes que, de vez en cuando, aparecen con flores y hacen fotos, como si aquel lugar fuera un destino turístico más de Londres, junto al Big Ben y la Catedral de San Pablo. Cuando el día escolar llega a su fin, ignoro los irritantes «¿dónde estás?» que Niko me manda por mensaje de texto, y solo regreso a casa cuando se pone a llover. Incluso entonces permanezco en el jardín trasero con Salvador Dalí mientras intento contener mi corazón desbocado.

Cuando al fin entro, la cocina está vacía y huele a moho, como si fuera un edificio abandonado. Y técnicamente lo es. En la planta de arriba, las puertas de las habitaciones de mis dos hermanas están cerradas. Al otro lado de la de Emmy-Kate, se oyen los golpes de alguna música, el chillido de su risa… y después la carcajada grave de un chico. ¿Ahora trae chicos a casa? Por algún motivo, eso me parece lo más solitario del planeta. ¡Sin mencionar que solo tiene quince años!

La evito porque no quiero ser la que arregle esto, la que tenga que darle la charla y explicarle de dónde vienen los bebés. ¿Dónde está Niko? Es ella quien debería estar haciendo de carabina. Observo su puerta mientras me muerdo el labio. Las habitaciones son sagradas. Es un pacto que hicimos las tres para toda la vida... Uno de muchos, a decir verdad. Tampoco es que nunca haya nada que ver en la habitación de Niko. Es muy ordenada: los libros están en las estanterías, la cama siempre está hecha, los materiales artísticos están organizados en cajas de plástico de almacenamiento. No podría ser más diferente de la explosión de cosas que habita el resto de la casa.

Ignoro el pacto y echo un vistazo por el ojo de la cerradura.

Mi hermana mayor está en su escritorio. Pero no está recortando papel: está escribiendo algo de forma frenética en su cuaderno, con los ojos cerrados. Un poco como si estuviera en trance. Está rodeada de cientos de velas enormes encendidas. De las que parecen columnas largas y se ven en los altares de las catedrales. Las llamas titilan y arrojan sombras místicas sobre su cara.

Guau. Emmm... vaya. Me alejo de la puerta. Emmy-Kate se encierra con chicos y Niko está en la mitad de una sesión de espiritismo. Todas estamos perdiendo la cabeza. Y es culpa de nuestra madre. Ese pensamiento hace que una bola de ira ardiente crezca en mi pecho. Es inmediata y está al rojo vivo. Quiero destrozar Londres con mis propias manos hasta encontrarla. Quiero arrojarme por las escaleras.

En vez de eso, escribo un mensaje a Ash para que venga, me quedo cerca de la puerta principal hasta que llega y subimos de la mano hasta mi habitación en el ático. También conocida como la Cueva del Caos.

53

El suelo está cubierto por ocho millones de vestidos de flores, libros de arte con las esquinas de las hojas dobladas, revistas enrolladas, maquillaje, zapatos tirados, envoltorios de chocolate vacíos, proyectos de arte inconclusos, mechones de pelo de conejo, cuadernos de dibujo viejos y cajas y cajas de ceras pastel rotas y estuches de acuarelas a medio usar.

Mi escritorio está tan desordenado como el resto de la habitación y mi portafolio sigue en el mismo sitio donde lo dejé el verano pasado. A su lado hay una caja de zapatos llena de docenas de azulejos sin esmaltar que todavía tengo que cocer. Trago fuerte y aparto la mirada.

—Como de costumbre, me encanta lo que has hecho con la habitación, Min —observa Ash y se gira hacia mí con una sonrisa. Al igual que ayer, es una versión contenida y suavizada de la sonrisa radiante como el sol de siempre—. Debes haber pasado un verano muy ajetreado, ¿verdad?

Los dos nos quedamos congelados cuando nos damos cuenta de lo que ha dicho. Sus ojos se abren como platos y la media sonrisa desaparece.

—Mierda. Lo siento. —Ash se golpea la frente y hace que su mata de pelo oscuro se mueva por todas partes. Ha traído el olor de la lluvia consigo—. Soy un idiota. Quería decir... Era una broma, sobre el desorden. Como queriendo decir que no habías tenido tiempo para ordenar o lo que sea. Yo...

Respiro hondo e interrumpo su tartamudeo.

—No te preocupes. Ya lo sé.

Los tres nos sentamos sobre la cama: Ash, su guitarra y yo. A veces siento que estoy en un triángulo amoroso con mi novio y la música. Hoy estoy contenta de dejar que gane la música. Tampoco es que tenga muchas ganas de hablar. Mientras Ash toca, yo echo un vistazo a la Cueva del Caos: es un capullo, oscuro por la lluvia, y la vista del jardín está emborronada por el tiempo nubloso.

—Me siento como si estuviera en un avión —comento al señalar el espacio neblinoso del jardín.

—¿Sí? —Ash da un golpe a la guitarra y se dispone a tocar una canción de los sesenta que se titula *Leaving on a Jet Plane*.

Me recuesto sobre el edredón y fijo la mirada en las telarañas del techo mientras lo escucho hacer su numerito de gramola humana en el que canta parte de una canción, seguida de otra y de otra. Al final se queda sin canciones sobre aviones, así que pasa a canciones sobre volar. Después, sobre pájaros.

—¿Esta cuál es? —pregunto cuando canta algo sobre alas rotas y aprender a volar.

—¿Esta? —Repite el estribillo—. *Blackbird*, de los Beatles. Espera, mierda. Lo siento. De nuevo. Tocaré otra cosa...

—No, no pasa nada. Me gusta —aseguro con la mano sobre su brazo.

Los Beatles son el grupo de música favorito de mi madre. Su único grupo de música. Los escucha a todas horas, no permite ninguna otra música en la casa, aunque su adolescencia fue durante los años noventa, no los sesenta. Dice que es la *boy band* definitiva.

Estoy pensando en ella en tiempo presente. Es, no era. Pero ¿qué tiene de malo eso? Las personas no dejan de ser ellas mismas cuando mueren o desaparecen. La muerte y la desaparición no borran los panqueques con forma de corazón de los cumpleaños o los vestidos de fiesta con lentejuelas que se ponía para ir a las competiciones de natación de Emmy-Kate.

Su perfume *es* Noix de Tubéreuse de Miller Harris; ella *es* adicta al café negro, a los caramelos de menta duros y a los cigarrillos italianos. Pienso en las veces que se interrumpe en la mitad de una conversación, chasquea los dedos y sale corriendo al taller para sucumbir ante alguna idea inesperada.

Tiene socavones.

Así es como llamamos a los días y semanas en los que se le acaba la energía. Cuando se convierte en un reloj roto en vez de una madre. Los períodos en los que su pelo rubio casi blanco está sucio y grasiento, en los que se queda tumbada en la cama todo el día y no come nada... o nada más que pan tostado, hogazas enteras de pan de golpe, a pesar de que parece un saco de huesos. Pero hacía cinco años que no tenía un socavón.

Salvo que... el suicidio podría considerarse el socavón definitivo.

Estoy desesperada por dejar de pensar en esto, así que le hablo a Ash, y mi voz sale como un chirrido metálico demasiado fuerte:

—Recuérdame de qué disco es esta canción.

—*El álbum blanco.* —Vuelve a cambiar de canción otra vez y se dispone a canturrear al ritmo de *Hey Jude*. Solo que, como de costumbre, cambia la letra y canta «Hey Minnie».

Por algún motivo, las palabras *El álbum blanco* han despertado algo en mi cerebro, como si estuviera sonando una campana a la distancia, el *déjà vu* más leve del mundo. ¿Mi madre no tenía una obra que se llamaba *El álbum blanco*? Me resulta familiar, pero tampoco es que conozca todas sus obras de memoria. Era prolífica. La mayoría de las obras que creó cuando nosotras éramos pequeñas se vendieron a coleccionistas privados; la *Serie de Arcoíris I* es la única obra que está exhibida pública y permanentemente. Lo más probable es que yo solo haya visto alrededor de la mitad de su producción.

Las canciones de Ash llegan a su fin, apoya la guitarra sobre el suelo y se tumba junto a mí. Estamos cara a cara, cuerpo a cuerpo, con los tobillos entrelazados.

—*Hey Minnie* —vuelve a cantar en voz baja mientras apoya una mano sobre mi mejilla.

Con un movimiento tentativo, aparta hacia atrás mi montaña de pelo y me acaricia el lóbulo de la oreja con el pulgar. Me besa en la frente. Cierro los ojos y me besa los párpados, después la mandíbula, después la mejilla. Es como un baile. Me invade la tranquilidad por completo, igual que ayer en el jardín.

Sin embargo, esta vez intento sumergirme lentamente en ella en vez de saltar como un gato mojado. Es una buena señal. A pesar de haber estado separados durante el verano, y de que mi vida haya quedado patas arriba, estamos volviendo a hacer lo que hacíamos antes. Lo estamos retomando desde donde lo habíamos dejado. Es decir… bueno, nos besábamos mucho. Nada de sexo, todavía. Pero por cómo iban las cosas entre los dos, parecía inevitable, tarde o temprano. Estaba a unos milímetros de nuestro alcance, en el horizonte.

Ash sonríe con los ojos medio cerrados y desliza la mano debajo de mi chaqueta de punto para apoyarla sobre la misma parte de mis costillas en la que siempre la posa. La habitación se queda en silencio. Hasta la lluvia se calla. Lo único que oigo es nuestra respiración, sincronizada, y después el pánico lento e inquieto de mi corazón.

Ash acerca su boca a la mía.

—¿Estás bien? —pregunta.

No lo estoy, no del todo, pero asiento ligeramente con la cabeza. Porque quizás esta sea la forma de hacer retroceder el reloj. De devolver las cosas al estado en el que estaban.

Pero cuando nuestros labios se tocan por primera vez en una eternidad, hay una frase de la carta de despedida que se repite en mi cabeza: *desaparecer hacia el cielo*.

Verde oscuro

(Una lista creciente de todos los colores que he perdido)

*Meadow Park bajo la lluvia. La mirada amarga
que Emmy-Kate y Niko me dedicaban cada vez
que alardeaba de ir al taller de nuestra madre:
yo era la única hermana Sloe a quien le había
dado una llave.*

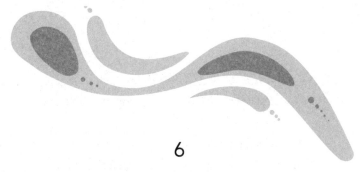

6

EL ÁLBUM BLANCO

Durante los días siguientes, me vuelvo a sentir atraída hacia la *Serie de Arcoíris I* después del instituto. A pesar de que Ash haya vuelto, todavía me siento como si estuviera engripada: tengo un dolor de cabeza constante, mi garganta parece una lija y mis extremidades de plomo. Existir es agotador.

Ahora estoy aquí, encogida debajo de una de las burbujas titánicas, oculta de la vista de los demás. La tierra todavía está húmeda por la lluvia; hay gotas sobre la arcilla pesada que está suspendida en el aire, a centímetros de mi cara. Esto es algo que hago bastante a menudo: esconderme. Ciudad superpoblada, instituto grande, casa adosada, vecino entrometido, dos hermanas y una madre exuberante: a veces la soledad se convierte en una necesidad.

Este es el sitio donde me siento más cerca del espíritu de mi madre, junto a su arte exuberante. Apoyo una mano sobre la superficie curva de la esfera que está encima de mí para sentir el latido de la escultura, y susurro:

—¿Dónde estás?

Y *pum*, allí está, tumbada a mi lado. Tiene pintalabios de color coral y agita un cigarrillo encendido en el aire como si fuera una libélula desquiciada.

—¿Qué te parece si cambiamos un poco las cosas, Minnie? ¿Y si traemos otro conejo a casa? —propone.

El alivio de volver a oír su voz me llena por completo.

—Ya tenemos suficiente con uno —respondo, y ella me dedica una sonrisa torcida. Yo le devuelvo la sonrisa.

Una melodía comienza a filtrarse por el aire. *Here comes the sun*, de los Beatles. Aunque no hay mucho sol, porque el cielo de septiembre está cubierto por un velo de nubes translúcidas que difumina la luz. Por un momento, tengo la sensación de que la canción proviene de ella. Después noto un zumbido y, claro, viene de mi teléfono. Mi madre se desvanece.

La pantalla me muestra media docena de mensajes de texto y una videollamada de FaceTime perdida, todo de Niko. Ignoro los mensajes mientras pienso en mi tono de llamada. Otra canción de los Beatles. Nunca llegué a resolver esa duda que me había quedado del lunes, lo del *Álbum blanco*.

Lo busco en Google y hay cientos de miles de millones de resultados sobre los Beatles. Obviamente. Pero, en cuanto añado el nombre de mi madre —y paso de largo de los artículos sobre su desaparición—, me aparece un artículo de Wikipedia. Dice que *El álbum blanco* fue una obra hecha el año en que nació Emmy-Kate, la última que hizo antes de retirarse del arte de forma abrupta. Hay una imagen diminuta. El pie de foto que aparece allí dice:

Rachael Sloe (n. 1978)

«EL ÁLBUM BLANCO» (2004)

Técnica mixta – cerámica esmaltada y hielo seco

Una instalación evocadora. La única obra de la artista
que no tiene color.

Giro el teléfono para que la imagen ocupe toda la pantalla.

El álbum blanco parece un conjunto de cascarones rotos
—de unos huevos puestos por una mamá ganso malditamen-
te gigante— y alas emplumadas que cuelgan del techo de una
galería. Pero el esmaltado mate hace que las piezas no refle-
jen nada de luz. Parecen esfumarse, imperceptibles y fantas-
males.

Me recuerda a mí misma: flotando en esta dimensión rara y
sobrenatural sin colores. En realidad, no es solo que me recuer-
de a mí misma. Mirar *El álbum blanco* es como si me hubieran
abierto la cabeza, al igual que la parte de arriba de un huevo pasado por agua, y hubieran echado un vistazo a mi cerebro.

Me recorre un escalofrío que sacude a los gusanos que están
debajo de mí. Una claustrofobia que me marea empieza a apode-
rarse de mí y, de repente, soy consciente del peso de la esfera de
arcilla que tengo sobre mi cabeza y del hecho de que nadie sabe
dónde estoy.

De repente, oigo algo que aumenta la sensación espeluznan-
te: pisadas. Fuertes, que se arrastran por el jardín. Ruedo hacia
un lado y espío desde debajo de la burbuja.

En medio del jardín amurallado hay un artista peregrino de
estilo emo, con un gorro y unas Dr. Martens, con la misma expresión boquiabierta de asombro que invade a todos lo que vienen aquí. Lleva un cuaderno de dibujo debajo de un brazo, pero

parece demasiado joven para ser uno de los maniáticos del arte del SCAD: parece tener más bien mi edad y no la de Niko.

Tiene los hombros encorvados, pero, aun así, es obvio que es alto como un pino. Y que está infeliz. Lo noto claro como el agua desde donde estoy tumbada: es el epicentro de su propio terremoto personal, y su tristeza sacude la tierra. *Uf. Bienvenido al club*, pienso. Estoy harta de que las personas se adueñen de la tragedia de mi madre para sí mismas.

Hablando de eso: la mirada melancólica de este chico aterriza sobre el homenaje, desgastado por la lluvia. Estoy esperando que se acerque, que deje un dibujo como algunas personas han estado haciendo, pero se gira y se adentra todavía más en el jardín. Sus ojos están posados en el suelo, así que, cuando pasa junto a mi burbuja, me ve de golpe, pero no lo procesa hasta después de haber dado un par de pasos más.

—Ehhhh... —suelta cuando retrocede y me echa un vistazo desde arriba.

Yo parpadeo. Debajo del gorro, tiene rizos oscuros que forman bucles enteros y caen sobre sus ojos, que tienen círculos oscuros por la falta de sueño. Su piel es pálida, casi tan blanca como la de una Sloe. Tiene la cara angulosa y el tipo de pómulos por los que Emmy-Kate mataría, y que además me resultan algo familiares... Veo en mi cabeza un destello del lunes, del chico nuevo de mi clase de arte que tenía la cabeza pegada al cuaderno de dibujo. Es el mismo chico taciturno, estoy segura.

Y aquí estoy yo, hiperconsciente de estar encogida debajo de una obra de arte invaluable y premiada.

—Qué buena idea —señala él, que no parece perturbado, como si se cruzara con chicas en posición horizontal todos los días. Se pone un cigarrillo en la boca, lo cubre con la mano, lo enciende e inhala profundamente—. Hay algunas esculturas que me dan ganas de hacer eso. De buscar una perspectiva nueva de la obra.

Qué pretencioso. Mi cara arde de irritación y me dispongo a liberarme de mi posición, pero él se deja caer sobre el suelo y se sienta en mitad del sendero, bloqueándome la salida. Su cartera cae abierta a su lado. Mi fisgona interior no puede evitar echar un vistazo a lo que lleva dentro: lápices, carboncillos, ceras pastel duras, tinta... sí, definitivamente es un maniático del arte. Sin ninguna duda, va camino al SCAD.

—Bueno, yo soy Felix —ofrece con la monotonía de Ígor de Winnie Pooh mientras juega con el cigarrillo. Tiene callos en los dedos—. Creo que estamos en la misma clase de arte. En el Instituto de Secundaria de Poets Corner.

—Soy Minnie. —Me concentro y mi mirada está fija en mis piernas y dejo pasar un siglo antes de rendirme y añadir lo inevitable, algo de lo que él, de alguna forma u otra, se acabará enterando—: Sloe. —Hago un gesto con la mano para señalar *Serie de Arcoíris I* y dejarlo claro: sí, ajá, una de *esas* Sloe, adelante, especula lo que quieras.

Este apellido me seguirá durante el resto de mi vida. Al SCAD, si es que consigo reunir el coraje para ir. Mis profesores automáticamente tendrán expectativas, suposiciones. Y debería olvidarme de intentar tener una carrera como artista... Su desaparición no ha hecho más que empeorarlo todo, ha puesto el nombre Sloe en todos los periódicos de Gran Bretaña. Es como si me llamara Minnie Monet o Minnie Matisse. Nada de lo que haga estará nunca a su altura.

—Sí, ah, guau. Quiero decir, ya lo sé. —Felix sacude la cabeza y agita una montaña rusa de rizos. Me observa a través de ellos: una examinación franca, transparente, que atraviesa todas mis capas hasta llegar a los huesos.

Es obvio que sabe todo lo que ha sucedido... hasta los hombres que están en la maldita Luna saben lo que ha sucedido. Ha salido en las noticias de las diez, en la primera plana del *Evening Standard*. Internet está lleno de maniáticos del arte que comparten fotos de sus obras con los *hashtags* #RachaelSloe, #desaparecida, #lahabeisvisto.

Pero es más que eso. Felix parece sentirse de la misma manera que me siento yo. Como si hubiera estallado una bomba atómica. Pero ¿cómo se atreve? ¿Cómo puede su dolor compararse con el mío? Él está de luto por Rachael Sloe, la Artista. No la Rachael real que baila con Salvador Dalí y solo sabe cocinar varitas de pescado.

—Lamento lo de tu madre —anuncia, y clava esos ojos tristes de tormenta sobre mí. Qué asco. Detente. No tienes ni idea.

—Gracias. —Tengo los labios fruncidos por la punzada de resentimiento.

—Sí. —Hace una pausa, da un golpecito a su cigarrillo y tira las cenizas sobre el sendero. Un parte cae sobre una de las esferas diminutas que están incrustadas en el hormigón, pero por lo menos la limpia—. La verdad es que soy un admirador suyo. Quiero decir, me gustaba mucho su obra.

Asiento con un movimiento rígido de la cabeza y me abrazo las rodillas.

—Esto... —Toca la burbuja que está junto a nosotros. La posesividad me consume: resisto el impulso de golpearle la mano para que la quite—. Es... guau. Verlo en persona. Es *más* de lo que esperaba que fuera, ¿sabes?

—Ajá.

—Bueno, da igual —continúa Felix, y suena cauteloso, como si por fin se diera cuenta de que no es bienvenido—. He oído a la señorita Goldenblatt decir que eres una obsesiva de la arcilla...

Ay, no. No me digas que es un loco de la cerámica. ¿Cree que vamos a hacernos amigos porque le gusta el arte de mi madre?, ¿porque le gusta la arcilla? Es uno más de miles. Cuando Niko empezó a ir al SCAD el año pasado se quejaba precisamente de esto, de que los demás estudiantes se acercaban a ella queriendo hablar sobre su madre, pero sin hacer ni el más mínimo esfuerzo por aprender un par de signos, o por lo menos a deletrear con los dedos. Eso es lo que me pasará el año que viene: seré otro clon de Rachael Sloe.

—Yo también. —Felix apaga el cigarrillo contra la suela de sus botas—. De la arcilla, quiero decir. De hecho...

Se interrumpe cuando un par de turistas entran en el jardín haciendo ruido, riendo y hablando. Sacan sus teléfonos, hacen fotos, pero no de la obra de arte, sino del macabro homenaje-santuario, y después de cada uno de ellos delante de él. Selfies suicidas.

Aparto la mirada y me encuentro con mi reflejo sobre la burbuja. Mi yo del espejo es pálida hasta ser casi invisible y tiene una neblina frenética de pelo gris. Parece estar lejos, y no sé si es porque lo que se desvanece es mi visión o yo misma.

Los turistas pasean entre *Serie de Arcoíris I*, cerca de donde estamos sentados, y sus voces todavía son fuertes. No saben que ese sitio es un cementerio.

—¿Estás bien? —pregunta Felix en voz baja.

Lo ignoro, me hundo sobre la tierra y me deslizo de nuevo bajo mi burbuja. ¿A quién le importa que este chico emo, fatalista e imitador de Byron crea que soy rara? Me cubro los ojos con las manos y pienso: *Marchaos de aquí. Todos.*

Cuando vuelvo a abrirlos, el chico se ha ido. Lo único que queda es la colilla de un cigarrillo sobre el sendero y una cera pastel aplastada por una bota Dr. Martens.

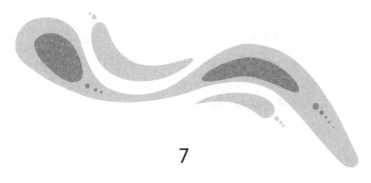

7

BLANCA PALIDEZ

Cuando nos sentamos para cenar el sábado por la noche, Emmy-Kate tira sal por encima de su hombro. En mitad del gesto, se le abren los ojos como platos y se queda inmóvil como una estatua, pero ya es demasiado tarde: una ráfaga de nieve en granos golpetea contra la ventana que está a su espalda.

—Yo solo... —croa ella mientras se esconde detrás de su pelo con olor a cloro.

Pero la imitación de nuestra madre es demasiado vívida. No puedo quitarme de encima la sensación de que por fin ha vuelto a casa. Que está de pie allí, en el jardín, y nos observa desde el atardecer menguante: la curiosa forma en la que hemos empezado a adaptarnos a su ausencia como una ostra alrededor de una perla.

Ash y el Profesor también están aquí. Niko lo ha invitado después de que volviera a «pasarse» por casa esta tarde. Entiendo por qué insiste en que las tres comamos juntas al menos una vez por semana: está algo paranoica con el tema de causar una buena impresión a los trabajadores sociales. Pero ¿por qué lo incentiva a él? Ya tiene su propio microondas en la casa de al lado.

—Bueno, no pasa nada. Ayer fue viernes trece, mala suerte —explica Emmy-Kate con signos y una voz diminuta.

Después de eso, hasta Niko echa un vistazo hacia el salero. Pero antes de que pueda hacer algo tan poco característico de ella como causar desorden, el Profesor lo levanta con un movimiento rápido y lo sacude encima de su comida.

Estamos comiendo patatas fritas y salchichas, aunque vegetarianas de la marca Quorn por respeto a Niko, Ash y al Profesor, pero, aparte de eso, es uno de nuestros platos típicos. Incluso antes de que nuestra madre desapareciera, teníamos una dieta rotativa de pizza y platos para microondas. Comemos como comemos para que ella pueda centrarse en su trabajo en vez de en lo que denomina «monotonía doméstica». A ninguna de nosotras se nos ha ocurrido aprender a cocinar.

«Los mejores grupos alimenticios son los congelados», declaró nuestra madre hace años, durante otra cena; una sin el Profesor.

Estábamos las cuatro reunidas en la cocina. No la habíamos visto de verdad durante meses, no desde el día en el que, de forma inesperada, había anunciado que volvería al taller para comenzar una nueva serie, la primera desde el nacimiento de Emmy-Kate. Nunca antes en nuestra vida habíamos presenciado su yo artista, la madre que solo tenía ojos para la arcilla. Había estado haciendo una serie que se llamaba *Niñas en la luna*, piezas de cerámica con un esmaltado púrpura brillante. Por fin la había terminado esa misma mañana y quería celebrarlo con una lasaña congelada y vino en exceso.

Emmy-Kate cortó la lasaña y se encontró con que el exterior chamuscado ocultaba un centro todavía congelado. Dejó el cuchillo para liberar las manos y anunciar:

«Parece un pastel helado».

«Bueno, eso demuestra que las Sloe somos inútiles para la cocina», declaró nuestra madre con signos y agitó una mano para indicar que era algo esperable. Al hacerlo, se salpicó vino sobre su vestido. «Mierda».

Sin dejar de reír, levantó la sal, arrojó un puñado sobre la mancha y después otro por encima de su hombro, sobre el suelo.

«Mamááá. La cocina ya está bastante desordenada de por sí», protestó Niko con falsa desesperación.

Nuestra madre arrojó otro puñado de sal a propósito y sacudió un dedo mientras le dedicaba a Niko una sonrisa electrizante.

«La domesticidad es el duende de las mentes pequeñas».

«¡Menuda coherencia!», señaló Niko, pero era obvio que intentaba no reírse.

Era curioso lo rápido que volvíamos a ser quienes éramos, incluso después de meses sin casi haberla visto. Había estado comiendo en el taller y prácticamente durmiendo allí, o saliendo de casa en mitad de la noche para ajustar la temperatura de los hornos (no se puede hacer de manera automática). Pero ahora que estaba otra vez en casa en serio, las cosas habían vuelto a la normalidad en un instante.

«Ah, son lo mismo». Las manos de nuestra madre se detuvieron mientras tragaba vino e ignoraba los argumentos que Niko disparaba a toda velocidad.

Todas signábamos en silencio, una ráfaga constante de movimiento y risas. Últimamente, habíamos tenido que mover las manos más despacio y además hablar: mientras nuestra madre había estado en el taller, el Profesor había jugado a ser el niñero y habíamos comido con él todas las noches, signando a su velocidad y con su vocabulario, una mezcla de voces, alfabeto manual e interpretaciones. Pero aquel día nuestra madre había sugerido:

«¿Qué os parece si comemos solo con mis niñas? Tengo la sensación de que hace años que no os veo a todas».

«Esto significa que nunca tengo que ordenar mi habitación», decidió Emmy-Kate. «Por lo de los duendes».

«Exacto», coincidió nuestra madre. Apartó su plato. «Minnie, pidamos una pizza».

«¿Otra?», preguntó Niko.

«Oye, lo que estoy haciendo es enseñaros a ser genios», explicó nuestra madre con signos mientras daba un trago de vino y fumaba, todo a la vez. «Saltaos la cocina y la limpieza, y poneos creativas. ¿Cómo creéis que lo hacían los grandes artistas? Todo el mundo pone a Picasso por las nubes, pero nadie piensa en la pobre señora Picasso, que se pasaba el día con la aspiradora mientras su marido garabateaba».

Emmy-Kate estalló en risitas; incluso Niko soltó una risa por la nariz. Yo tuve que cortar la conversación con la pizzería de lo mucho que me estaba riendo. Nunca me hubiera imaginado que mi madre renunciaría por completo al SCAD dos semanas más tarde, ni que comenzaría una nueva serie que le llevaría casi un año.

La siguiente vez que se tomó un descanso del taller, fuimos más cautelosas con nuestro corazón.

Ahora, los tenedores metálicos raspan en silencio contra los platos de cerámica. De vez en cuando, el Profesor carraspea para aclarar su garganta. Niko intenta mantener una conversación con Ash con signos lentos y se pone roja de frustración cuando él le pide «¿Puedes repetirlo?», una y otra vez. A mi lado, Emmy-Kate está embuchando patatas con una velocidad infernal. En cuanto vacía su plato, anuncia, con signos y en voz alta, todo en un mismo aliento:

—Ya he terminado puedo retirarme de la mesa subiré a hacer los deberes gracias adiós.

Es el inicio de un éxodo masivo. El Profesor se retira a la casa de al lado. Niko lleva la mirada de mí a Ash y de Ash a su guitarra mientras se muerde el labio. Cuando él no hace ademán de acercarse al instrumento, ella me dice que saldrá con algunos amigos del SCAD y echa un vistazo hacia atrás antes de salir de la cocina.

Yo estoy llenando el lavaplatos y preguntándome si hacerlo me convierte en un duende cuando de repente Ash se acerca por detrás. Envuelve sus brazos alrededor de mi cintura y frota su cara contra mi cuello.

—Al fin —murmura—. Hola.

Es la primera vez que nos tocamos en toda la noche: besarnos delante de su tío y de mis hermanas se parece demasiado a *Flores en el ático*.

—Hola. —Estoy a punto de girarme para mirarlo a la cara cuando veo algo por la ventana.

Un par de zapatos de tacón que caen del cielo. Seguidos por Emmy-Kate, que está bajando por la celosía desde la habitación. ¿Qué diablosaurios está haciendo? Salta descalza sobre el césped con un vestido diminuto y una máscara de mapache hecha con delineador, recoge los zapatos y sale corriendo del jardín: es Cenicienta a la inversa.

Me digo a mí misma que no es problema mío en absoluto. De hecho, Emmy-Kate ha tenido una buena idea. ¿Qué tal si, en vez de pasar el rato con Ash, la siguiera? Si corriera hacia la noche y me perdiera en las calles enormes de Londres, si abandonara toda mi vida tal y como lo ha hecho mi madre: el futuro en el SCAD. La visión monocromática. El arte. El Profesor. Incluso la forma dulce en la que Ash me mira en este momento. El sexo.

Terminamos en el suelo de la sala de estar mientras Salvador Dalí se estira todo lo que puede sobre el sillón que está detrás de nosotros. Ash saca el teléfono y se dispone a buscar una lista de reproducción.

—Ay, no —suspiro—. Déjame adivinar, ¿quieres hacerme escuchar algún grupo ruidoso de *grime* que no sabe qué es una melodía?

—Esta te encantará, te lo prometo. —Ríe.

—Siempre dices eso —señalo, pero mis palabras se pierden con la música fuerte y frenética que empieza a retumbar del teléfono.

Ash hace bailar sus cejas y empieza a hacer un *beatbox* ridículo al ritmo de la música. Siento una ola de afecto por sus idioteces.

Pero incluso una canción tan rápida como esta suena abatida. Todo suena abatido. Lo único que quiero es que mi madre entre por la puerta, oiga este sonido que no es música y estalle a carcajadas.

Pero la persona a la que echo de menos no es la madre artista, la Rachael intensa y semiposeída de los últimos seis años. Echo de menos a mi madre de los años salvajes. Esa madre estaría tirando de mí para ponerme de pie mientras baila a ese ritmo espantoso. Levantaría al conejo del sillón para acomodarse allí con un libro y las tres competiríamos por acurrucarnos junto a ella. La pequeña Emmy-Kate siempre ganaba; Niko también, para que pudieran signar con una sola mano y aferrar con la que les quedaba libre una taza de té de hierbas. Y mi sitio siempre ha sido el suelo, recostada contra sus piernas mientras ella me arrimaba sus pies fríos. El mismo sitio en el que estoy ahora.

Y quizás ni siquiera echo de menos a esa madre, sino a esa Minnie. Mi yo preadolescente.

La chica que nunca había utilizado un horno ni besado a un chico, que tenía todos los colores y a sus dos hermanas.

Miro fijamente la puerta de la sala de estar hasta que se abre de pronto y la veo a ella, de pie bajo el marco de la puerta con un vestido de fiesta azul brillante, empapada de agua de mar y con una caracola enorme y rosada en la mano.

—¡Inspirador! —grita—. Minnie, pasar nueve semanas bajo el agua era justo lo que necesitaba, la nueva serie será azul marino. La llamaré *La aventura del cabo Beachy*.

Es como si estuviera de pie bajo su foco personal, la Vía Láctea. Mi madre no tenía solo socavones. Había otros momentos en los que cada uno de sus aspectos parecía haber presionado el botón de pasar rápido; se volvía más ruidosa y feliz y arremolinada. Nosotras considerábamos que entonces estaba iluminada por las estrellas.

La melodía del bajo de la música que sale del teléfono se vuelve loca y me sacude hasta las costillas. La puerta se cierra con un golpe.

—Ups —dice Ash a la vez que baja el volumen y se apoya sobre un codo para levantarse un poco y mirarme desde arriba—. ¿Va todo bien? —pregunta mientras aparta mi pelo abundante hacia atrás y me da un golpecito sobre la frente con un dedo—. Es como si estuvieras a millones de kilómetros de distancia. ¿En qué estabas pensando?

No puedo decirle que me estaba imaginando que mi madre se arrastraba hasta aquí desde el lecho marino después de dos meses. No puedo decirle que, cada vez que la veo, aparece a todo color a un nivel que ya es ridículo, pero que el mundo —incluido él— insiste en permanecer en blanco y negro. Parecería... loca. Dado mi ADN, no me apetece seguir esa línea de pensamiento.

—Estaba pensando si estás *seguro* de que eres bueno con la música —respondo—. Porque me parece que tienes las orejas taponadas. Quiero decir, esa canción ha sido... ¿estamos seguros de que podemos considerarlo una canción?

—De acuerdo, abuela, ya es suficiente —amenaza Ash. Rueda hacia un costado y se dispone a hacerme cosquillas.

Suelto un chillido de protesta que lo hace reír y, cuando un mechón de pelo cae sobre sus ojos, se parecer más a Elvis que nunca.

—Dime el nombre de un grupo —insiste él con una ceja levantada— que no sea los Beatles.

—Yo... —Mi cerebro se queda en blanco—. Eso no demuestra nada —sostengo—, y sea como sea...

Me besa antes de que pueda terminar la frase y los dos reímos contra la boca del otro. Por un instante, floto por encima de nuestros cuerpos entrelazados y veo desde arriba cómo simulo ser normal.

Ash nos mueve mientras nos besamos y se tumba relajado medio apoyado sobre mí, con una pierna encima de la mía y una mano sobre mi cintura. Ya tenemos una rutina para esto. Poco a poco, sus dedos suben hasta mis costillas. Por lo general, hay una línea, justo por debajo de mis pechos, en la que lo detengo para que no siga avanzando. Pero, esta vez, por algún motivo, yo deslizo mis propias manos debajo de la camisa de Ash.

—¿Sí? —murmura él, y noto su aliento cálido contra mi oreja.

—Sí.

Es como presionar un botón que dice SUPERVELOCIDAD.

No sé quién de los dos está guiando, pero mi chaqueta de punto se esfuma bajo sus dedos, que ahora están por todas partes. En mi pelo y debajo de mi vestido, desabrochando mi sujetador y deslizándose en mi ropa interior, todo a la vez. Y ya no estoy pensando en lo triste que me siento. Estoy pensando: *Guau, me siento tan viva*. Noto a Ash —a su erección, quiero decir— contra mi muslo. Rodamos y rodamos y caemos sobre el sillón. Se oye el ruido de algo rompiéndose.

Ash se despega de mi boca de inmediato. Su cara está sonrojada, los ojos parecen tener sueño y los labios están hinchados de tanto besar.

—Vaya —exclama, y se sacude como un perro tonto—. Espera, ¿qué ha sido eso?

—Nada.

Niego con la cabeza e intento besarlo una vez más. En el momento en que nos hemos separado, todo lo demás ha regresado como un aluvión. Y quiero volver a contenerlo.

—Min, espera un segundo. —Ash me aprieta la mano, rueda por encima de mí y, por un segundo, parece un escarabajo que ha quedado boca arriba. Después se sienta y echa una mirada a su alrededor—. Ay, mierda.

—¿Qué?

Me siento erguida mientras me recoloco el vestido y me peino el pelo para disimular un poco que nos estábamos besando. Después veo lo que Ash ve y ahogo un grito.

El cenicero de mi madre. Una pieza de cerámica gruesa hecha por ella. Por lo general, está en la mesilla que está junto al sillón. Ahora yace en dos trozos sobre el suelo. Ninguna de nosotras, ni siquiera Niko, hemos sido capaces de afrontar la tarea de limpiarlo, así que todavía está lleno de colillas de cigarrillo. O estaba. Hay un montón de cenizas sobre la alfombra. Salvador Dalí me dedica una mirada de reprobación por encima de sus orejas caídas. Me inunda una oleada de arrepentimiento.

No solo por el cenicero. Sino por lo que ha ocurrido: ese beso alocado y fuera de control. Nunca antes había pasado eso. Y sé que si llevo a Ash de la mano a la Cueva del Caos, caeremos sobre mi cama y continuaremos con lo que estábamos haciendo. Nos acostaremos. O al menos daremos un paso enorme en esa dirección. Después otro, y otro.

Ya no estoy segura de querer hacerlo.

No es que no sienta curiosidad por las erecciones y las mamadas y toda la mecánica del asunto. (Quiero decir, ya me hago una idea). Pero no quiero perder mi virginidad en monocromo. Y mantener relaciones sexuales es como saltar de un acantilado: una decisión de un segundo que no puede deshacerse. No puedes retractarte, aunque tus sentimientos cambien más tarde. Del mismo modo que no puedo des-romper este cenicero.

No estoy segura de que mi madre comprendiera lo mucho que dura el para siempre.

Después de que Ash se despida, subo a la Cueva del Caos. La ventana está abierta y deja entrar el fresco del cielo de septiembre. Está oscureciendo de esa manera extraña que tienen las ciudades de no oscurecer nunca del todo. Nunca se ven estrellas en Londres; solo un desierto de gris plateado. Hay demasiados postes de luz, demasiados teléfonos y casas alegres, demasiadas personas. Quiero apagar todas las luces a la vez, hundir a esta metrópolis gigante en la misma noche sin fondo en la que estoy atrapada.

Echo de menos a mi madre tanto como echo de menos el amarillo.

Sin los besos de Ash para esconderme, mi cerebro se desvía hacia la posible imagen de ella extendida y ensangrentada sobre rocas mojadas; o de un cuerpo hinchado e irreconocible en medio del mar. Imágenes grotescas que han ido apareciendo destello tras destello tras destello en mi cabeza durante todo el verano. Desde el día en que encontré su carta.

En cuanto terminó de sonar el último timbre del trimestre, me dirigí directamente al taller de mi madre. Se estaba gestando una tormenta: Londres crepitaba de calor mientras yo caminaba hacia Peckham por Full Moon Lane bajo un cielo ardiente color malva. Cuando llegué al taller, situado debajo de las vías elevadas del tren, la puerta estaba cerrada con llave. Mi madre no estaba dentro, pero había dejado un ventilador encendido, así que seguro que volvería en cualquier momento. Yo estaba intentando mantener la puerta abierta para ventilar el espacio cerrado cuando oí el tintineo de los hornos, que suenan casi como un piano.

Los hornos de alfarería no rugen por el fuego como uno se esperaría; no son ruidosos ni mecánicos. De vez en cuando sueltan un sonido suave y silencioso, como el de un tenedor que golpea suavemente una copa.

No tenía ni idea de que tenía piezas listas para cocer. Había estado trabajado en su serie nueva durante semanas: *Schiaparelli*. Columnas de piezas de cerámica esmaltadas de un rosado intenso. Pero cada vez que una de las piezas estaba lo bastante seca como para ir al horno, las rompía todas hasta convertirlas en polvo. Intrigada, revisé los paneles de control de los hornos. Tres de ellos estaban cubiertos con telas para protegerlos del polvo, pero el más grande se estaba enfriando después de un ciclo de preesmaltado, lo que quería decir que debía de haber puesto algo por lo menos el día anterior, o el anterior a ese.

Estaba considerando echar un vistazo por la mirilla cuando llegó la lluvia con un glorioso abandono. Golpeaba contra el asfalto, rebotaba y entraba por la puerta abierta hasta formar charcos en el suelo. Di media vuelta para mirarla, y fue entonces cuando lo vi: un trozo de papel doblado en tres y apoyado sobre su torno. Su letra, inusualmente irregular, decía en el dorso que la carta estaba dirigida a mí:

MiNNiE

Un escalofrío atravesó todo el taller vacío junto con la lluvia. Después, cuando terminé de leer la carta, vino el ruido blanco: el tiempo que avanzaba entrecortado al ritmo de mi corazón que ahora comenzaba a fallar.

No recuerdo haber llamado a la policía ni haberme escondido en posición fetal debajo de la mesa de trabajo a esperar, pero debí de haberlo hecho, porque ahí estaba cuando llegaron. Estaba temblando sobre el suelo frío de hormigón mientras miraba la lluvia y las luces rojas del coche de policía que parpadeaban una y otra y otra vez al otro lado del patio mojado, el último color puro y verdadero que vi antes de que comenzaran a desvanecerse.

Alguien preparó té caliente y dulce, y me pusieron una manta alrededor de los hombros. Respondí pregunta tras pregunta: qué ropa llevaba puesta cuándo la había visto por última vez alguna vez había hecho algo parecido estaba tomando alguna medicación podía darles una descripción una foto reciente dónde vivía yo a quién deberían llamar dónde estaba mi padre…

Esa última pregunta casi me hizo reír. Nunca había necesitado un padre, no cuando había tenido una madre cuya presencia era tan enorme que llenaba el agujero con forma de padre que tenía mi vida, del mismo modo que el aroma nocturno de la dama de noche inundaba el jardín en verano. Y ahora se había ido y era demasiado tarde para preguntar de quién más había salido yo.

Desde esa tarde, las preguntas se han ido mezclando con las mías propias, que todavía no tienen respuesta:

¿Arrastrará algún día la marea su cuerpo hasta la orilla, como ocurrió con el de Virginia Woolf? ¿Será real alguno de los avistamientos que aparecen en internet acompañados de #RachaelSloe? ¿Esta despedida proyectará su eco durante el resto de mi vida o se irá haciendo más fácil con el tiempo? ¿Qué voy a hacer con toda esta esperanza desesperanzada si no vuelve nunca? ¿Y cómo voy a sobrevivir SI YA NO QUEDAN COLORES?

Una certeza me recorre el cuerpo: mi madre también perdió sus colores.

Más de una vez. La primera vez debió de haber sido el año en que Emmy-Kate nació y mi madre hizo *El álbum blanco*, su única obra sin color. Eso es, ese es el motivo por el cual dejó de crear arte. No tuvo nada que ver con haber tenido tres bebés: estaba esperando a que los colores regresaran. Cuando lo hicieron, volvió a trabajar de inmediato.

Pero después volvió a suceder, estoy segura. Es por eso que no dejaba de romper las piezas de la serie *Schiaparelli* en vez de esmaltarlas de rosa. Solo que esta que vez, se dio por vencida de manera definitiva. No sobrevivió una segunda vez sin colores. Entonces, ¿qué significa eso para mí?

Ciruela

(Una lista creciente de todos los colores que he perdido)

Nuestra alfombra comida por las polillas,
arañada por Salvador Dalí hasta quedar
convertida en retazos y cubierta de quemaduras
de cigarrillo. El sostén más infame de Emmy-Kate
por su capacidad de atraer a los chicos.
Un corazón magullado. El cielo frenético
justo antes de la tormenta.

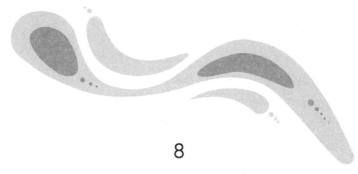

8

COMO EN UN SUEÑO

Es medianoche y Emmy-Kate todavía no está en casa. Ya debe de haberse convertido en calabaza.

No puedo dormir. Salvador Dalí y yo estamos acurrucados sobre mi cama, en el mismo sitio en el que he estado desde que Ash se fue, reproduciendo nuestro beso en la cabeza una y otra vez. Ahora que hemos hecho *eso* —manos debajo de la ropa, sostén echado a un lado, piel contra piel y cuerpos que se retuercen—, no hay forma de volver a besarse con toda la ropa puesta. El único camino es hacia adelante.

Echo un vistazo a la Cueva del Caos. Los postes de la calle arrojan luz artificial sobre la habitación y lo iluminan todo, desde la declaración de objetivos del SCAD hasta el tablón de corcho que hay sobre mi escritorio. Está repleto de postales dobladas de diferentes exposiciones, copias de mis obras favoritas —la piscina californiana de *A Bigger Splash*, de David Hockney, las acuarelas precisas del *Cyclamen and Tomatoes* de Eric Ravilious— y fotos de Niko, Emmy-Kate y mías. Hay un póster pequeño de la muestra que hizo el Tate Modern para el retorno de mi madre; una entrada de cine de la primera cita con Ash. Pero falta algo. Mi copia de la llave del taller suele colgar de una cinta en la esquina superior derecha. Ninguna de las dos cosas está allí.

Empujo a Salvador Dalí hacia un lado —él olisquea el aire indignado—, bajo de la cama, camino hacia el escritorio y reviso el desorden de la superficie. Mis ojos se deslizan sobre la caja de azulejos una vez y después otra. Ajá. La llave, la cinta y el alfiler que suele sujetarlo todo en su sitio han caído dentro. Meto la mano para pescarla y mis dedos rozan los bocetos preliminares que hice de la manta de azulejos.

Después de volver a anudar la cinta y presionar con mucha fuerza el alfiler para que la llave se quede en su sitio, me siento a revisar los bocetos. Son hojas y hojas de azulejos teselados. Una nota de ánimo de la señorita Goldenblatt adorna la esquina de una página: *¡Me encanta!* Pero tengo la sensación de que los ha dibujado una desconocida. Lo cierto es que no me inspiran a ponerme a amasar arcilla. Y otro recuerdo empieza a florecer en mi cabeza como una orquídea de invernadero.

Intento ignorarlo y abro mi portafolio. El lomo cruje por la falta de uso. Páginas y páginas llenas de diferentes técnicas y estilos, diferentes medios —acuarelas, óleos, acrílicos, *gouache*, *collage*, tinta—, fotos de esculturas abandonadas y bocetos de objetos que nunca empecé a hacer o nunca acabé. No hay nada terminado. En medio de cada una de las hojas, la pintura o la tinta o el *collage* desaparecen y dejan ver las líneas iniciales de la idea esbozadas con lápiz. Como si me hubiera rendido.

El recuerdo presiona mi cabeza y se abre camino con sus garras. Un día en el taller, durante el último invierno, mi madre subió el volumen del equipo de música hasta un nivel ensordecedor para que los Beatles retumbaran mientras ella cantaba con voz ronca y empezó a arrojar puñados gigantes de arcilla sobre el torno. Se cubrió de arcilla a sí misma y me cubrió a mí, cubrió las paredes y el techo en su búsqueda por encontrar la forma en la que el material se convertiría.

Me sacudo el recuerdo de encima y sigo hojeando el portafolio. Estoy intentando encontrarme a mí misma en él, pero no puedo. No hay un estilo distintivo, nada que diga, sin ninguna duda: *Esto lo ha hecho Minnie Sloe*. No de la misma manera en que el brillo de Emmy-Kate se evidencia en sus acrílicos abstractos, o que Niko está tan comprometida con el acto de cortar el papel que termina cortándose también los dedos; y mi madre es una ceramista se mire por donde se mire.

—¿Tú qué crees, Salvador Dalí? —pregunto en voz alta para evitar pensar en ella.

Cojo un lápiz normal y busco una hoja en blanco para empezar a dibujar de forma tentativa. Es demasiado tarde. El recuerdo irrumpe en mi cabeza.

Mi madre no se había levantado del torno en todo el día. Apenas lo dejaba detenerse antes de arrojar otro puñado de arcilla para hacer estalagmitas torcidas. Pero, cada vez que uno de esos rascacielos alcanzaba el punto más alto, ella lo hacía añicos. ¡*Plaf*! Solo se detenía para fumar un cigarrillo o agitar un puño en dirección a sus propios intentos. Yo la miraba desde mi propia mesa de trabajo mientras bostezaba.

En algún momento gritó: «¡Anda!» a la arcilla, pero yo lo interpreté como si me estuviera exhortando a moverme. Para variar, su efervescencia no era del todo contagiosa, pero yo arrastré los dedos hacia una bolsa de arcilla de todas formas, dejé caer un puñado sobre la mesa de trabajo y me dispuse a amasar sin mucha energía.

El amasado tenía un ritmo. Empujar hacia la mesa con el talón de las manos. Levantar y volver a apretar. Cortar la arcilla dura en dos con un alambre, formar capas y volver a amasar. Los Beatles, los trenes que pasaban por encima de nosotras y los gritos exaltados y frustrados de mi madre se desvanecieron, hasta que solo quedamos la arcilla y yo. Apretándola una y otra y otra vez.

«¿Min?».

Cuando mi madre apoyó una mano sobre mi hombro, di un respingo.

«¿Por qué te acercas a hurtadillas?», protesté.

«Cariño, llevo horas diciendo tu nombre».

Se estaba quitando la bata, las manos ya estaban lavadas, secas y cubiertas de glicerina. Eché una mirada alrededor. La luz del sol se había espesado hasta convertirse en atardecer y mi madre por fin había terminado una pieza sin destruirla.

«Echa un vistazo», alardeó. «*Schiaparelli* empieza al fin».

Bajó la mirada hacia mi propio trozo de arcilla, que había sido tan amasado que se había desmoronado. Sus ojos azules se posaron en mí con un explosivo destello de preocupación. Solo fue visible durante menos de un segundo, antes de que ella ocultara su inquietud detrás de una sonrisa enorme y un aluvión de palabras:

«¿Has terminado por hoy, cariño? ¿Quieres que vayamos a Il Giardino y compartamos un tiramisú? Podemos llevar una pizza para casa y ganarnos el amor de Emmy-Kate».

Ella seguía farfullando aunque yo ya había asentido con la cabeza y estaba barriendo las migajas de arcilla inservibles dentro del cubo, y no se detuvo hasta que casi me olvidé de la cara que había puesto.

¿Qué fue lo que vi ese día en sus ojos? ¿Preocupación, miedo, infelicidad? ¿Tenía algo que ver conmigo o fue el comienzo de uno de sus socavones y no me di cuenta?

El hecho de que no esté aquí para responder ni una de mis preguntas es insoportable. Pero, de alguna manera, mi cuerpo lo está soportando. Es curioso que las personas no se partan en dos cuando ocurren cosas como estas.

Siento escalofríos cuando la brisa de antes entra a toda velocidad por mi ventana abierta. Me acerco a cerrarla y después cambio de opinión; en vez de eso, saco la cabeza y grito:

—¿Dónde estás?

Lo grito una y otra vez, golpeo el alféizar con los puños y doy alaridos en dirección a las vías del tren.

No me encuentro demasiado mejor, así que aúllo como si fuera un hombre lobo: *¡Aúúúúúúúúúúúú!*

Alguien grita «¡Cállate!» desde la calle, y eso es lo que hago. Lo último que quiero es despertar a la casa de al lado. ¿El Profesor en pijama? *Puaj.* Suelto un último aullido inaudible por lo bajo, pero mi madre no aparece.

La que sí aparece es Emmy-Kate, como la magia de una flor que florece de noche. Emerge de entre los arbustos con los zapatos colgados de la mano y me echa una mirada con ojos bien abiertos. Por un segundo, parece tener doce años: la Emmy-Kate desgarbada que es una loca de la natación y adora trepar árboles.

Después da media vuelta y silba en voz baja. Un chico con una gorra de béisbol empuja la puerta trasera para abrirla, se acerca hasta ella y la toma de la mano. Guau. Parpadeo y Emmy-Kate vuelve a ser su versión actual: el vestido inapropiado es un caparazón radiante y delicado, y lleva como accesorios el pintalabios brillante y docenas de costras que la rasuradora ha dejado en sus tobillos.

Levanta la mirada y se lleva un dedo a los labios antes de subirse a la celosía de la pared. Aunque es diminuta, la estructura tiembla bajo su peso y despierta a las rosas con una sacudida.

—Buenas noches, Minnie —murmura cuando está a medio camino, como si me desafiara a retirarme.

Eso hago. Su voz es lo último que oigo antes de quedarme dormida.

Rosa intenso
(Una lista creciente de todos los colores que he perdido)

*La marca fucsia de los labios de mi madre en
todas las tazas antes de que Niko las lavara con
lejía. Los cortes de pelo punk de los estudiantes
que circulan por Full Moon Lane hacia el SCAD.
Los emojis de corazones que envía Ash en los
mensajes de texto. Schiaparelli, su última serie,
inconclusa. La esencia inefable de la obra de mi
madre: el temblor de un «SÍ» que atravesaba su
alma hasta llegar a su arte y que yo ni siquiera
estoy cerca de poder imitar.*

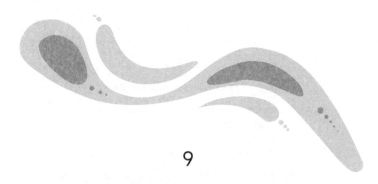

9

CUANDO LA ARCILLA SE SECA, ESE COLOR

Despierto con un crujido delator.

Todos los domingos desde que tengo memoria, Emmy-Kate ha trepado por su ventana al amanecer para ir a nadar. Ruedo hacia un lado y espío entre las cortinas el aire otoñal que rodea la casa, sorprendida de que se haya levantado después de haber llegado tan tarde anoche. Pero, bajo la luz escasa de la mañana, no veo a Em, sino a su Romeo con gorra, que está llevando a cabo su escapada. Las rosas inclinan la cabeza a su paso. ¡No puedo creer que se haya quedado toda la noche!

Me entierro debajo del edredón e intento eliminar esa información de la cabeza para no tener que lidiar con la punzada de celos que me provoca. Emmy-Kate escabulle chicos a escondidas; arroja sal y pinta con los dedos. Camina por el mundo con el corazón libre de preocupaciones.

A veces sospecho que nuestra madre dividió sus genes en tres partes, del mismo modo que la luz blanca revela los colores primarios al refractarse. El rojo: Niko ha recibido la inteligencia y la actitud mandona, la presencia imponente. El amarillo: Emmy-Kate ha recibido la belleza de espíritu libre, la que suele ir acompañada de una orquesta. ¿Qué pasa si yo he recibido lo que queda? El azul: el hilo de melancolía que la atravesaba.

Desearía tener la frivolidad temeraria de Em. Pero pensar en el beso de anoche con Ash —¡ni que hablar del sexo!— me hace sentir lo mismo que siento al considerar volver al taller de cerámica. Terror.

Cuando al fin bajo, Emmy-Kate está sentada sobre la encimera de la cocina con un traje de baño y pantalones deportivos mientras come cereales con una cuchara. Niko está en la mesa, escribiendo lo que parece ser una lista de la compra sobre un cuaderno de hojas para acuarelas. Cuando llego, lo cierra. La cocina está hecha un desastre, como si alguien hubiera pasado un trapo sucio por el aire.

Emmy-Kate baja el bol, pero no hace contacto visual conmigo y se pone a signar a cien kilómetros por hora sobre una nueva tienda de materiales de arte que ha abierto en Full Moon Lane.

—Tiene un eslogan. —Sus manos se mueven como en cascada—. «Llenemos la ciudad de artistas». ¿No os parece genial?

Dejo de prestarle atención y decido examinar las paredes cubiertas de sus obras abstractas y los recortes de Niko, los estantes hundidos bajo el peso de cientos de los platos de nuestra madre. Cada vez que comenzaba una serie nueva, probaba los colores del esmaltado sobre la vajilla.

—A decir verdad, creo que esta ciudad ya está demasiado llena de artistas —interrumpo a Emmy-Kate.

Sigue sin mirarme a los ojos. ¡Es como si temiera que tuviera ganas de hablar de su visitante nocturno!

Niko ha estado observando nuestras manos.

—Estoy de acuerdo —comenta con signos.

Guau. Intercambiamos miradas fugaces y perplejas. ¿Niko y yo estamos de acuerdo en algo? Emmy-Kate levanta el bol de cereales y lo inclina sobre su boca para sorber con ruido. La leche salpica el suelo.

Niko se aclara la garganta cuando me siento. Debajo del pañuelo que lleva en la cabeza, tiene rizos hechos con horquillas. El eslogan de la sudadera de hoy: DEROGACIÓN, del referéndum sobre el aborto en Irlanda el año pasado.

—Hablando de artistas… —empieza. Después hace una pausa para dar un sorbo largo de su taza de café—. Estaba pensando… —continúa, y los movimientos de su mano son estirados y lánguidos—. Deberíamos considerar organizar las cosas de nuestra madre. Limpiar su habitación, guardar algunas cosas en cajas.

—¿Qué? ¿Por qué? —Las preguntas vuelan de mis dedos.

No podemos deshacernos de sus cosas. Cuando alguien desaparece, no es lo mismo que cuando muere. No se pueden cancelar las facturas, ni dar de baja las líneas telefónicas, ni donar los zapatos. Todos los días, llega correo dirigido a la señora Rachael Sloe que aterriza sobre la alfombra de la entrada y no hay nada que podamos hacer al respecto. Vestidos con brillos y batas manchadas se agitan en su armario, saturados con el aroma a ella. Los tubos de sus pintalabios rosados caen del mueble del baño cada vez que lo abro; el estante de la ducha tiene una botella medio vacía de champú violeta que usaba para evitar los tonos rojizos en el pelo.

La casa está conteniendo la respiración hasta su regreso. Si ella entrara en este mismo momento, podría seguir con su vida desde donde la había dejado: podría ir a buscar el bolso que está colgado al otro lado de su puerta o tirarse sobre el sillón, levantar el libro que dejó allí e ir a la última página en la que dobló la esquina.

Si guardamos todas estas cosas en cajas, no podrá volver.

Ignoro la voz que dice: *Pero, Minnie... si ella llegara a volver en este preciso instante... ¿Acaso lo que ha hecho no sería imperdonable?* Ignoro todavía más a la voz que me dice que eso es irracional porque, sea como sea, ella no volverá.

—¿Qué cosas? —pregunta Emmy-Kate, hiperalerta.

Niko se sienta más erguida.

—La casa es un desastre —explica mientras nos echa una mirada por encima de su nariz aristocrática—. No quiero que los trabajadores sociales vengan y encuentren una pocilga. Todo el suelo está cubierto de cosas, no puedo invitar a nadie aquí. Hagamos limpieza. —Hace una pausa, vuelve a abrir el cuaderno de acuarelas y anota algo. Después suelta el bolígrafo y añade—: Al menos deberíamos lavar sus sábanas, su ropa, limpiar su habitación.

A pesar de que Emmy-Kate parece desinflarse de alivio de forma aparente, noto que sus ojos se mueven hacia el teléfono móvil de nuestra madre, que está enchufado sobre la encimera mientras todas esperamos que suene algún día.

—Da igual —responde con signos a la vez que salta al suelo y levanta la mochila de natación—. Nuestra madre no hará más que desordenarlo todo de nuevo cuando vuelva.

Cuando sale hacia la piscina, cierra la puerta con un golpe y su última frase tiñe el aire.

Me retuerzo un poco en el sitio al imaginar a Niko limpiando a nuestra madre de mi alrededor. Enrollando esta alfombra de trapo que tengo debajo de los pies, guardando las chanclas que ella usaba para trabajar en el jardín y que dejaba junto a la puerta trasera, quitando las vasijas de cerámica que están encima de la repisa de la chimenea. Ordenando en cajas organizadas este desastre que nos ha dejado.

—Quizás deberíamos quemar el jardín —propongo— y dejar de beber café.

—No seas molesta, Minnie —pide Niko con signos y después golpetea la mesa con los dedos mientras me dedica una mirada de desafío indiferente.

Ninguna de las dos hace otro signo. La habitación se llena con cientos de cosas que no expresamos, que no decimos con signos. Cosas que, en realidad, no tienen nada que ver con nuestra madre. Nuestras miradas todavía no se han apartado cuando mi teléfono empieza a reproducir *All You Need Is Love*, también conocido como el tono que tengo programado para las llamadas de Ash.

—Salvada por la campana —anuncio a Niko mientras sacudo el teléfono—. Es Ash.

Una vez en el pasillo, bajo la mirada hacia el teléfono. La foto que puse para las llamadas de Ash es una que tomé la primavera pasada en Meadow Park: tiene puestas gafas de sol y está comiendo un cono de helado de vainilla que le ha manchado la nariz. Por algún motivo, mis dedos presionan el botón de FINALIZAR

LLAMADA. Estoy alterada después de la bomba que Niko ha soltado. Después de anoche.

Subo hasta la Cueva del Caos con pasos pesados y, con una sensación nerviosa, me siento frente al escritorio. Después, levanto el papel y el lápiz que abandoné ayer y me pongo a dibujar.

Al principio, estoy un poco dura y oxidada, como si fuera una bicicleta que lleva demasiado tiempo en el cobertizo. El lápiz resulta tan poco familiar en mi mano como un palillo chino; lo sostengo con demasiada fuerza. Después, poco a poco, me suelto más. El dibujo comienza a fluir. Pienso en la señorita Goldenblatt y sus «herramieeeentas» y me pongo a dibujar círculos y círculos, hasta que mis dedos se relajan y el lápiz se desliza con fluidez sobre el papel.

Después dibujo flores. Las curvas como de acantilado de mis flores de primavera favoritas: los lirios con volados en la barba, las arvejillas espumadas, las nemesias con aroma a azúcar. No puedo hacer que las versiones que tengo en la cabeza salgan bien, así que me muevo hacia la cama para mirar por la ventana y dibujar con modelos vivos. El jardín está decayendo: lo único que queda del verano son las hortensias y las rosas, pero ya me basta. Mis versiones en lápiz florecen sobre la hoja —cálices apretados de pétalos y ramas espinosas—, hasta que siento un calambre en la mano y tengo que detenerme.

Froto mi mano, flexiono los dedos. Hay una mancha de lápiz grande y gris al lado de mi palma. El papel está cubierto de flores, delicadas como porcelana, alrededor de las cuales he escrito, de forma inconsciente, las palabras:

¿Dónde está la historia de amor para la chica que tiene el corazón roto?

La frase no es mía: es de Niko. De su muestra de arte al final de los exámenes de bachillerato. Un recorte de papel oscuro-gótico-*emo*-poético que hizo el verano que terminó el Instituto de Secundaria de Poets Corner. Colgaba como si fuera un banderín sobre el gimnasio. Estoy intentando descubrir porqué sus palabras han salido de mí cuando oigo la voz alegre de Ash llamándome y sus pisadas sobre la escalera.

Mi corazón salta por la ventana.

No sé por qué, pero no quiero verlo todavía. No estoy lista para hablar sobre anoche, ni para revolcarnos en esta cama y hacer más de lo mismo, ni para escuchar mientras toca la guitarra. En este momento, estoy feliz sentada aquí en silencio, enseñándome a mí misma a dibujar de nuevo.

Cierro el cuaderno de dibujo y echo un vistazo por la ventana mientras me pregunto si podría hacer lo mismo que Emmy-Kate y trepar por la celosía.

Mi habitación queda demasiado arriba. La otra noche, en un arrebato de locura, lo busqué en Google: cabo Beachy. El acantilado es de la era de los dinosaurios (una era que me encanta, por cierto), formado hace tanto tiempo que parece una broma: cien millones de años. Ciento sesenta y dos metros de altura.

Tres pisos más abajo, el jardín se enfoca y se desenfoca.

Aparece el cuerpo de mi madre, roto sobre el césped, cubierto de agua de mar, y después desaparece.

El terror es incandescente. Cada parte de mí se ilumina como si fuera un árbol de Navidad.

Los cuerpos son demasiado frágiles. Si yo cayera, me rompería. El autobús que lleva a Niko hasta el SCAD podría tener un accidente con facilidad. Emmy-Kate podría estar ahogándose en la piscina en este mismo momento; un psicópata podría estar estrangulando a Salvador Dalí.

Me alejo encogida de la ventana, mareada, y la voz de Ash suena al otro lado de la puerta.

—¿Miniatura? ¿Estás presentable? —Un golpe suave—. ¿Puedo entrar?

Pausa, pienso con desesperación. *Pausa, pausa, pausa.*

Quiero sujetar la Tierra entre mis dos manos y hacer que se detenga, como lo haría Superman. Quiero que deje de rotar durante un momento para que yo pueda respirar. Necesito un poco de espacio, aunque sea diminuto.

Antes de poder sobreanalizar lo que estoy haciendo, me escondo debajo de la cama.

Justo a tiempo. Desde mi perspectiva entre las pelusas —y con el conejo, que resulta que también está aquí—, observo cómo la puerta se abre y los pies de Ash, cubiertos con calzado gigante, entran a la habitación. Las tablas del suelo crujen y después se quedan en silencio.

Minnie psicópata Minnie psicópata Minnie psicópata. Las palabras retumban en mis oídos con tanta fuerza que espantan a Salvador Dalí y él se aleja con un par de saltos hacia la habitación. Se dispone a olisquear los tobillos de Ash.

—Hola —saluda Ash, y se acuclilla para alcanzar al conejo.

Por un segundo veo su pelo, un poco largo, y el espiral familiar de su oreja. Una púa de guitarra cae del bolsillo de su camisa sobre el suelo. Si mira hacia la derecha para levantarlo, me verá. Contengo la respiración mientras se pone de pie y queda fuera de mi campo de visión.

Pasan unos segundos y después: *All You Need Is Love.*

El tono suena encima de mí, donde mi teléfono todavía descansa sobre la cama. Ash zapatea al ritmo de la música. Cuando deja de sonar, se pone a hablar.

—Hola, Miniatura, soy yo. —Pausa. Sus zapatos rechinan al girar y emprenden el camino de vuelta hacia la puerta—. Estoy en tu casa, pero tú no estás aquí, así que... bueno, ¿me llamas más tarde? —Pausa.

Suena como si quisiera decir algo más, pero no lo hace. Oigo el ligero *clic* que hace la puerta cuando la cierra, las pisadas pesadas de sus pies sobre la escalera. Y suelto un estornudo que no me había dado cuenta que estaba conteniendo. Salvador Dalí gira la cabeza y me observa con un desagrado solemne.

Han pasado nueve semanas desde que mi mundo ha acabado, y aquí estoy, comportándome como una absoluta y maldita desquiciada.

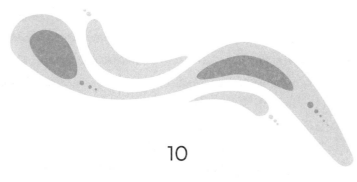

10

EL SOL DECOLORA TODO LO QUE ESTÁ A LA VISTA

A la mañana siguiente camino detrás de Emmy-Kate al instituto mientras me entretengo bajo el sol. Puede que no tenga colores, pero por lo menos todavía tengo la luz. Se derrama desde el cielo vacío sobre mi cara inclinada hacia arriba; forma charcos sobre la acera y chorrea de las vías del ferrocarril y los árboles. Las hojas comienzan a curvarse en los bordes como si fueran sándwiches viejos.

Mientras camino, intercambio mensajes con Ash.

Minnie: Hola... perdona que no te vi ayer.

Ash: ¡No hay problema! A todo esto, ¿dónde estabas?

Minnie: En la piscina con Emmy-Kate.

Ash: Genial. Entonces...

Minnie: ¿Entonces?

Ash: Entonces, ¿cuándo nos veremos? :)

Estamos a punto de llegar a nuestro primer aniversario. Aquí está él, un trovador con música en la punta de los dedos, un metro setenta y ocho de carisma envuelto en vaqueros ajustados y camisas a cuadros. Mi novio, que quiere a mis hermanas y a Salvador Dalí, y a mí, quizás. Es la única constante en mi vida. Entonces, ¿por qué lo estoy evitando en vez de contarle todo lo de mi monocromía?

Aparecen tres puntitos en la pantalla mientras Ash escribe, así que respondo rápidamente:

Minnie: ¿El fin de semana? Ven a cenar el viernes.
Ash: Cuenta conmigo 🖤

Diez pasos más adelante, Emmy-Kate camina en zigzag sobre un par de zapatos de plataforma que no forman parte del uniforme —robados del armario de nuestra madre—, con el pelo húmedo después de una sesión de natación. La falda está enrollada en la cintura para que sea más corta y lleva la camisa por fuera para cubrir el abultamiento de la tela. Mientras dibuja en el aire, la falda se agita de un lado a otro como la cola de un pato.

Por lo general, Emmy-Kate suele molestarme todo el camino hasta el instituto, pero hoy no estamos caminando juntas. Supongo que todavía me está evitando como consecuencia del incidente del chico en su habitación. Pero, de vez en cuando, echa un vistazo disimulado por encima del hombro para asegurarse de que no me haya ido a ningún sitio.

Cada vez que lo hace, tropiezo. Dos deseos opuestos crecen dentro de mí: quiero alcanzarla y confesarlo todo, que nuestra madre no está necesariamente desaparecida y que por eso Niko insiste en guardarla en cajas. Que he heredado la parte rota de su cerebro. Que creo que sé cómo es un socavón y que es como la obra de arte titulada *El álbum blanco.*

Pero hay una parte de mí a la que le gusta que Emmy-Kate no sepa lo de la carta, que no sepa cómo es un socavón en realidad. Me hace sentir como si nuestra madre me pertenecía más a mí. Yo conozco sus secretos.

—Tierra llamando a Minnie. —Emmy-Kate salta delante de mí mientras habla con voz cantarina, llamando mi atención y agitando los brazos delante de mi cara. Así gris pálida como la veo, parece una medusa espectral.

Parpadeo. La he seguido como si estuviera sonámbula hasta la cantina. Un sitio al que no entré la semana pasada. Y por un buen motivo: la gente ya se está girando para mirar. Una curiosidad no disimulada se dibuja en las caras que se levantan de los deberes de primera hora, las tazas de té y las resacas de los estudiantes de los últimos años. Hay un intercambio de susurros por detrás de manos que cubren bocas: *las hermanas Sloe. Las pelirrojas. La madre ha desaparecido. Ya sabes, la famosa.*

Me encojo. A diferencia de mi hermana popular, que se pavonea mientras dibuja en el aire con una noción muy artística de cómo es percibida. Aquí, bajo las luces fluorescentes, el sostén oscuro se entrevé a través de su camisa blanca del uniforme. Los celos avanzan como una oruga por mi cuerpo de la misma forma que suelen hacerlo cada vez que me enfrento a la apariencia de Emmy-Kate, una belleza presentada como si estuviera dando al mundo en ramo enorme de lilas.

—¿Quieres una taza de té? —No usa el signo oficial de la lengua de señas británica, sino el que usamos en casa. Cuando éramos pequeñas, toda la familia asistía a clases semanales, pero era inevitable que añadiéramos nuestros propios signos a la mezcla: contraseñas secretas y atajos. No era del todo un idioma propio, pero era único.

Mi estómago ya está dando volteretas; el té no ayudará. Además, eso significaría sentarme en la mesa con Emmy-Kate, que me está observando con ojos saltones y lastimeros y posiblemente ya esté lista para hablar sobre su novio. O, lo que es más probable, sobre el plan de Niko para bombardear la casa con una limpieza. *Uf.* Niego con la cabeza.

—Vamos, Min. —Emmy-Kate mueve los pies y agita sus pestañas cargadas de maquillaje. Cuando yo no respondo, hace un signo—: ¡De acuerdo! —Se aleja enfadada y deja un aroma de cloro al pasar.

Me pregunto si seguiría nadando si supiera que es posible que nuestra madre se haya zambullido de cabeza en el canal de la Mancha. En cuanto lo pienso, distinto fragmentos de las conversaciones que me rodean y emergen a la superficie como si fueran algas:

Estaba tan borracha que me quería morir.

Uf, mátame ahora mismo.

Las clases del señor Wong son tan aburridas que me dan ganas de suicidarme.

Amigo, si ella no responde mi mensaje, me corto las venas.

Estoy temblando. El salón pálido comienza a oscurecerse.

Levanto la mirada esperando ver que una de las luces se ha quemado. El tubo de luz sigue zumbando encima de mi cabeza como de costumbre, pero la habitación se está volviendo de un color negro suave en los bordes de mi campo de visión. Siento como si me estuviera hundiendo en las profundidades del mar y no pudiera respirar. Abro la boca para hablar, para llamar a Emmy-Kate y preguntarle si el salón se está oscureciendo o si soy yo, y mis pulmones se llenan de agua salada.

Me ahogo con ella. Agito los brazos y no toco nada más que el océano, un frío que aprieta mis costillas y hace que manchas negras parpadeen delante de mis ojos hasta que eso es lo único que puedo ver.

Y ahí estoy yo, ahogándome en la oscuridad.

—¿Minnie? —La señorita Goldenblatt casi tropieza conmigo cuando sale de la clase de Arte. Estoy agachada en forma de bola en el pasillo vacío que está fuera de su clase. Ella se inclina y apoya una mano sobre mi hombro—. ¿Va todo bien?

—Ah... —Jadeo esa respuesta vacía, incapaz de hablar con la boca llena de algas, o de explicar qué es lo que me está pasando.

—Respira hondo —indica—. ¿Puedes respirar por mí? Inhala, uno, dos, tres; exhala, uno, dos, tres. Bien. —Retira su mano y empuja los brazaletes hacia arriba—. Ven.

La señorita Goldenblatt me guía por la clase, que está llena de caballetes, hasta llegar a su oficina, donde la marea me deposita sobre la costa. Me da un vaso de agua.

—¿Quieres que te mande a la oficina para ver si puedes volver a casa?

Niego con la cabeza y ella apoya un pie sobre la rodilla opuesta a la vez que se reclina contra el respaldo de su silla, vuelve a hacer tintinear los brazaletes y me mira con ojos llenos de lástima. Yo aparto la mirada. Su escritorio está tan abarrotado como el mío; hay una pila de portafolios de onceavo año sobre el suelo, libros de referencia por todas partes. Es un poco como el taller —caos organizado, el mismo olor a pintura, aguarrás y polvo—, pero pacífico. Niko dice que la señorita Goldenblatt tiene un aura diferente a la de nuestra madre.

—¿Has ido a ver al consejero del instituto? —pregunta con ojos grandes como los de una lechuza.

—No, yo, eh... —empiezo a toser. La idea de hablar sobre mi monocromía, sobre las visiones de mi madre muerta, hace que todo mi cuerpo se retuerza.

—¿Estás bien? —La señorita Goldenblatt espera a que yo termine de toser—. Mira, Minnie. Estás en mi próxima clase. No tengo problema con que te quedes aquí dentro durante el resto de la hora si crees que eso puede ayudarte. Lee un libro. Acuéstate. Empieza con los deberes. Pero ¿sabes qué creo que te iría bien? —Suena el timbre y ella espera a que termine mientras se hace una coleta con la mano y la deja caer. Después sonríe y está a un paso de abrir las manos y sacudirlas como en un número de *jazz*—. ¡Arte! O sea, arteterapia. Haremos autorretratos. Muchas mezclas de colores tonales, mucho enfoque en las proporciones; quizás te ayude a relajarte. —Sigue hablando como una loca mientras se pone de pie y me anima a salir por la puerta que da a la clase—. Ya sabes, puedes pensar en otra cosa. ¿Cómo llevas el portafolio?

Murmuro algo evasivo.

La clase se está llenando, mis compañeros entran a montones, se empujan y se abalanzan sobre los asientos. Ritika me saluda con la mano desde la multitud a la vez que yo me dejo caer sobre la silla más cercana, que resulta estar junto a... *uf*, Felix Waters. La señorita Goldenblatt silba como suele hacerlo, trepa a su escritorio y todos se sientan. Echo una mirada a Felix. Está sentado bajo su nube de lluvia personal. Nuestros ánimos combinan: somos un par de personas patéticas encorvadas detrás de unos caballetes. Sus ojos se mueven hacia los míos y después se apartan cuando él gruñe un «hola» cauteloso.

—Antes de empezar —anuncia la señorita Goldenblatt—, ¡tenéis deberes! Buscad un compañero, elegid una galería. Elegid algo, cualquier cosa, para dibujar. Una escultura sería una buena idea, u otros visitantes, los empleados. La semana que viene quiero una serie de bocetos rápidos: treinta segundos, un minuto, cinco minutos, media hora. Probad un par de cada uno. ¿Entendido? De acuerdo. Es hora de los autorretratos. Poneos los delantales y enseñadme de qué estáis hechos.

Me guiña un ojo y vuelco mi atención hacia el caballete para examinarlo a través de una neblina mental. Todo está borroso y lejano, como si estuviera nadando por un vidrio grueso. Ya hay una hoja pegada con cinta al tablón, junto a un espejo de mano pequeño. Está roto; no puedo ver bien mi reflejo.

Pero no importa. Sé cómo pintar un retrato de mí misma: soy el sonido que hace el hielo al romperse. El viento que se cuela entre los tablones podridos del suelo y los días cortos de verano en los que las hojas se despiden con un beso de los árboles moribundos. Soy la arcilla que se rompe en el horno.

Inhalo y exhalo, uno, dos, tres, y me concentro en preparar la paleta como si fuera un reloj: rojo a las doce en punto, amarillo a las cuatro, azul a las ocho. El círculo cromático. Los tubos están etiquetados, así que no importa que lo único que yo vea sea gris, gris, gris. Puedo pintar por números.

—Entonces... supongo que vamos a trabajar juntos. —La voz oscura de Felix interrumpe mis pensamientos.

Está inclinado hacia atrás con la silla, haciendo equilibrio sobre dos patas mientras empuja el pelo rizado hacia atrás con ambas manos. Típica pose de artista torturado. Le echo una mirada inexpresiva, así que añade:

—¿Para esto que tenemos que hacer como deberes?

Rebobino hasta las palabras de la señorita Goldenblatt —«buscad un compañero»— y echo una mirada alarmada a mi alrededor. Todos los demás ya tienen pareja: Ritika y su mejor amiga, Bolu; David Christie con Jim Parkinson; Isabelle O'Carroll y Alex Fong; y lo mismo con toda la clase, como si fuera el arca de Noé.

—Podríamos quedar después de clases —sugiere Felix, como si nuestra colaboración fuera un trato cerrado.

Mojo el pincel con lo que creo que es amarillo. Respondo en voz baja:

—No es necesario, no tenemos que ir juntos.

Felix inclina la silla hacia adelante y raspa el suelo con las botas.

—Mira. No conozco Londres —comienza—. Podría buscar alguna galería en Google, pero tú sabrás dónde están las cosas buenas. Lo único que conozco es la escultura de tu madre en el parque.

Uf. Recuerdo su superluto en el jardín amurallado. Ni de coña voy a dibujar *Serie de Arcoíris I* con Felix. Lo más probable es que se autoinvite al taller de mi madre para un recorrido entre bambalinas.

—Yo no…

—¿Tú no qué? —interrumpe Felix. Su cara es una tormenta eléctrica. Después niega con la cabeza, aparta la mirada y se inclina para echar un vistazo a su espejo—. No importa.

Aprieta la mandíbula y se dispone a dibujar una cuadrícula sobre el papel. Me descubro examinando su perfil en detalle, como si estuviera intentando dibujarlo a él en vez de a mí. Sus rizos color polvo de carbón que, en su mayoría, permanecen debajo de su gorro. La cara angulosa, perfecta para una escultura: nariz y frente rectas, pómulos altos y mentón estrecho, boca inclinada hacia abajo.

Me echa un vistazo y yo aparto la mirada de forma abrupta, levanto un pincel y lo mojo en un color al azar.

—¿Puedes elegir un sitio —masculla—, así vamos y terminamos con esto?

—De acuerdo. —Me recuerdo a Emmy-Kate en su fase más amotinada.

—De acuerdo —imita Felix.

Ambos estamos molestos.

A continuación, es como si él se teletransportara a otro sitio. Parpadeo una vez y él ya está en la zona artística: prepara la paleta y deja caer las pinturas en una cacofonía caótica que contrasta por completo con su semblante taciturno. No se molesta en usar un delantal. Su ropa ya está salpicada. Se inclina hacia el caballete y el pincel acaricia el papel con una intimidad curiosa que me hace apartar la mirada.

Yo miro más allá de mi pintura, a un día hace algunos años en el que las tres estábamos pasando el rato en Meadow Park con nuestra madre. Esto fue antes de que ella volviera al arte, cuando todavía enseñaba en el SCAD y tenía socavones, pero al menos estaba aquí.

Era un día fresco de primavera, los narcisos crecían por todo el parque como si fueran parte de uno de esos juegos en los que hay que golpear al topo cada vez que asoma la cabeza. A pesar del frío, compramos cucuruchos de helado en la cafetería de la piscina y los comimos estiradas sobre la pradera de flores silvestres, bajo el cielo enorme y con vista al chapitel de la iglesia. Desde los estanques nos llegaba el graznido alegre de los patos.

Niko nos estaba hablando sobre los círculos en los cultivos y, al terminar su helado, Emmy-Kate se dispuso a abrir y cerrar brazos y piernas, como si hiciera un ángel de nieve en el césped alto. Algunos de sus rizos rubios rojizos, que ya habían empezado a aclararse luego de terminar el invierno, se enredaban entre los tallos.

«Pareces un cuadro de Frida Kahlo», le dijo nuestra madre.

Ella se estiró y se quitó el jersey para hacerlo una bola y usarlo como almohada debajo de la cabeza. Más abajo, su vestido de flores suelto hacía que pareciera que acababa de caer en paracaídas a la tierra.

«¿Qué cuadro?», preguntó Niko.

Todas nos acercamos un poco más a nuestra madre. El invierno había sido una concentración de socavones, pero la mención del arte —y el hecho de que se hubiera terminado el helado a una velocidad normal— sugería que estaba saliendo de ellos.

«*Autorretrato con pelo corto*», respondió, y sus manos se metían y salían de entre las flores silvestres como mariposas. «El que tiene la canción pintada sobre el lienzo. Dice algo así». Empezó a balancearse. «*Mira que si te quise, fue por el pelo. Ahora que no tienes, ya no te quiero*».

—Ni hablar. —Emmy-Kate soltó una carcajada, se sentó erguida y se puso el pelo por encima de los hombros como si estuviera en un anuncio de champú—. Tú siempre me querrás —añadió con una confianza increíble.

Nuestra madre aulló de risa, sujetó a Em por la cintura y le hizo cosquillas hasta rabiar.

Yo cogí mi cuaderno de dibujo y los rotuladores; Niko también. Emmy-Kate se retorció hasta soltarse para signar:

«Yo dibujaré *Autorretrato con pelo fabuloso*».

Nuestra madre volvió a soltar una risa suave y apoyó el brazo sobre los ojos. Poco a poco, se quedó dormida y el tiempo pasó como la canción de un pájaro. Y, sin ponernos de acuerdo, pero con nuestros tres cerebros fusionados, todas dibujamos lo mismo. A ella.

Más tarde, comparamos los bocetos. Todavía tengo el mío, clavado en mi tablón de corcho. En él, mi madre tiene los ojos cerrados y está tumbada. Lleva un vestido violeta que está extendido como si fuera un mantel. Y ella está en el aire, no sobre el césped. Está flotando, a mitad de camino entre Poets Corner y el cielo.

De vuelta a la clase de la señorita Goldenblatt, suena la campana. Yo bajo el pincel.

—Nos vemos en la escalinata después de clases —propone Felix mientras se cuelga su cartera del hombro. Hace una pausa para observar el autorretrato que está en mi caballete, sus ojos oscuros brillan y levanta las cejas—. Es... es genial.

Mira que si te quise...

Examino mi propio trabajo. Esta vez es un autorretrato de verdad: soy yo, no mi madre. Pero estoy desenfocada. Porque quizás es imposible verme a mí misma con claridad cuando lo único en lo que puedo pensar es en ella.

Turquesa
(Una lista creciente de todos los colores que he perdido)

Los delantales de plástico del instituto.
La línea Victoria del metro y la burbuja más
grande de Serie de Arcoíris I. El cielo la mañana
en la que desapareció mi madre, sin ningún rastro
de la tormenta que se avecinaba.

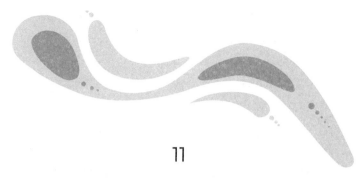

11
SI PASA MUCHO MÁS TIEMPO
SIN COLORES, MINNIE SE CONGELARÁ

Estoy en el autobús con Felix Waters.

Vamos de camino a Crystal Palace Park, un par de barrios más al sur de Poets Corner, y lo único que anima nuestro viaje son las nubes que se están juntando. Cuando llegamos a nuestro destino, el día ya se ha puesto turbulento y, de vez en cuando, caen gotas de lluvia esporádicas. Bajamos del autobús y mi pelo se encrespa de inmediato.

—Otro parque —observa Felix mientras se pone el gorro, entorna los ojos y los lleva de mi cara a las puertas de entrada con expresión confusa. Le otorga un aspecto tímido, a diferencia de la expresión que suele tener, que hace que parezca que lo acaban de arrestar en la piscina. A pesar de no usar chaqueta de cuero, tiene toda la apariencia de formar parte de una pandilla de moteros—. ¿No se supone que tenemos que ir a una galería?

—Confía en mí, esto es mucho mejor —aseguro mientras lo guío a través de las puertas. Crystal Palace Park es todavía más grande que Meadow Park, pero es más llano y tiene más árboles, que nos protegen de las ráfagas de lluvia inesperadas—. Sígueme.

Felix mete las manos en los bolsillos traseros de su pantalón mientras caminamos, así que sus codos sobresalen a los lados cuando se gira para hablar conmigo.

—¿Es otra de las obras de tu madre? —pregunta.

No respondo. Avanzamos por una avenida de árboles donde el camino asfaltado está cubierto con las primeras castañas resplandecientes del otoño y salimos a un lago artificial... lleno de dinosaurios.

En serio. De tamaño real. Treinta enormes gigantosauros de hormigón acechan en las aguas poco profundas, hacen crujir los helechos y aterrorizan a los patos. Una manada de bestias prehistóricas de seis metros en las profundidades de la Zona 3 de Londres.

—Joder —exclama Felix, algo impresionado—. Bienvenidos al Parque Jurásico. De acuerdo, sí, es mejor que una galería —admite, y me echa una mirada—. ¿Qué es este sitio?

—Son victorianos —explico—. De la Gran Exhibición. Las primeras esculturas de dinosaurios del mundo. Son huecas por dentro, como casas. —Nos inclinamos contra la barandilla y observamos a las bestias—. Una vez, un grupo de personas hizo una fiesta de fin de año en el iguanodonte. —Señalo hacia el otro lado del lago, donde hay un animal gigante parecido a un cocodrilo con cientos de dientes—. Cuando era pequeña, quería vivir dentro de uno y convertirlo en mi habitación.

Me había olvidado de eso hasta el momento en el que lo dije. Una mini-Minnie escondida en una casa dinosaurio en la que no se permitía la entrada ni a Niko ni a Emmy-Kate. De la misma manera que ayer me escondí debajo de la cama cuando vino Ash, o que suelo deslizarme debajo de las burbujas de *Serie de Arcoíris I*. *Mmm.*

—Ten cuidado —comentó Felix—. Creo que ese podría estar vivo de verdad.

—Cenaron dentro de él —señalo—. Sopa de tortuga falsa, liebre, pastel de paloma, gelatina de naranja.

—Vale, ahora estoy seguro de que me estás tomando el pelo. —Felix se pone derecho... y es altísimo. Es como estar de pie junto a Godzilla. Me echa una mirada desde arriba, parpadea con la cara salpicada de lluvia y señala un banco cercano con la cabeza—. ¿Empezamos?

Nos sentamos con los cuadernos de dibujo mientras el viento forma ondas en el agua y hace que el megalosaurio y el ictiosaurio se vean borrosos entre los helechos que se agitan.

Felix hace algo con el teléfono.

—Estoy poniendo el temporizador —explica—. Debería sonar a intervalos. Empezaremos un dibujo nuevo cada vez que haga *bip*, supongo.

—De acuerdo. —Me encojo de hombros.

Pasan diez segundos con mi mano congelada sobre la hoja mientras Felix azota líneas gruesas con el rotulador sobre el papel. El teléfono suelta un pitido. Respiro profundamente e intento recordar cómo me sentí ayer dibujando las flores en mi habitación, pero el teléfono suelta otro pitido antes de que pueda relajarme. Hago marcas pequeñas sobre la hoja, como arañazos, pero... *bip*.

Me rindo y observo a Felix. Para variar, no está encorvado. Está mirando a los dinosaurios, no al papel, agita la muñeca con movimientos sueltos y ligeros.

Yo arrastro el dedo por las gotas de lluvia que han caído sobre el banco y escribo oraciones que se disuelven en cuanto se forman.

—Oye —dice Felix sin apartar la mirada de los dinosaurios ni detener el movimiento constante de sus manos. Las palabras salen de a una, entre las distracciones del dibujo—. Pero... —*el bolígrafo se desliza*—. Bueno, vale... —*sombreado con líneas cruzadas*—. Lo que ha ocurrido... —*hoja nueva*—, con tu madre.

Uf. Me escondo dentro de mi abrigo deseando que las conversaciones tuvieran asientos eyectables. No quiero escuchar sus condolencias, lo triste que cree que es todo. El mundo ha perdido una gran artista, le han arrebatado un gran potencial, bla, bla, maldito bla.

—La mía también —confiesa Felix, en voz tan baja que casi no lo oigo—. El año pasado. Un conductor ebrio. Yo estaba en el coche. Ella murió. Te entiendo.

Bip.

Felix deja de dibujar y me mira.

Le devuelvo la mirada.

Debajo del gorro, sus rizos son cada vez más oscuros y espesos, a diferencia de los míos, que se encrespan con la humedad del aire. Lo hacen parecer griego o italiano, como si tuviera que salir de un lago bajo la luz ardiente del sol. Pero su expresión de tristeza es tan igual a la mía que podríamos ser gemelos idénticos. Y, ah, entonces lo entiendo: cuando lo vi en *Serie de Arcoíris I*, no estaba de luto por mi madre. Estaba de luto por la suya.

Así que sí que lo entiende. Felix habla el idioma del dolor. Aquí, en este parque frío, con este chico infeliz, puedo hundirme en mi tristeza como si fuera un edredón de plumas. Todo mi cuerpo suspira de alivio.

—Da igual. —Felix se encoge de hombros.

El teléfono no suelta un pitido, pero sus manos vuelven de todas formas a la hoja, comienzan a moverse tan rápido que no son más que un borrón. El dibujo parece emerger de la hoja por voluntad propia, como si ya existiera y el tiempo se estuviera poniendo al día. La única persona que me comprende es otro maniático del arte.

Llenemos la ciudad de artistas...

—¿Llenemos qué? —Felix levanta la mirada hacia mí por un segundo y la devuelve a los dinosaurios.

Parece que ahora estoy pensando en voz alta. Además de ver a mi madre donde sea que mire, perder todos los colores y ahogarme en la cantina del instituto. Pienso en *El álbum blanco*. Pienso en los socavones. Pienso en la carta de suicidio de Virginia Woolf, que empieza: *Querido, estoy segura de que estoy volviéndome loca de nuevo.*

No estoy segura de si lo que siento es locura o dolor.

Inclino la cabeza hacia atrás y dejo que la ocasional lluvia salpique mis ojos, mi cara, mis labios.

—Sabes, a mí me pasó lo mismo cuando mi madre... o sea, en ese momento. Bloqueo de artista.

Felix hace un gesto hacia el cuaderno que tengo sobre las piernas. Bajo la mirada y veo las líneas que su bolígrafo deja sobre el papel cada vez más húmedo.

La hoja absorbe la tinta y la expande. La veo formar una mancha, chorrear y crear una flor, y digo:

—¿Crees que tengo un bloqueo de artista?

—¿Tú no?

Entiendo por qué podría creer eso: mi madre artista desaparece y yo dejo de crear. Pero no es cierto. Hacia el final del último año, cuando me superobsesioné con esos azulejos estúpidos, ya estaba soñando con hornos que no encendían, piezas de cerámica que se rompían, esmaltados que se convertían en aire entre mis manos. Cada vez que la señorita Goldenblatt me animaba a solicitar una plaza en el SCAD, me entraban ganas de darme la vuelta entera, de adentro hacia afuera. Cuando caminaba hacia el taller, mantenía la mirada apartada del campus.

¿Cómo es posible que alguien desee tanto una cosa y le tenga tanto miedo a la vez?

El viento sopla a ráfagas y me salpica con agua del lago, y después, al fin, la lluvia empieza a caer en serio. Soy como un dibujo de tiza sobre la acera, siento como si el agua fuera a borrarme antes de que llegue la mañana. Dejo el cuaderno a un lado y apoyo el mentón sobre las rodillas.

A mi lado, Felix ha vuelto a olvidar mi existencia. Mueve el bolígrafo con movimientos seguros, como si fuera un espadachín, y ni siquiera nota la lluvia. Es como si la sujetara entre las manos, como si la embadurnara y la difuminara para transformar el clima en arte, sin importar que le manche la piel o la ropa, hasta que es imposible distinguir entre Felix, la tinta y la lluvia.

No sé si está pintando el mundo o si el mundo lo está pintando a él.

Y de pronto sé que *eso* es lo quiero hacer.

No quiero ser la chica que está a la sombra de sus hermanas; la que se esconde debajo de burbujas de arcilla y tiene todos estos colores atrapados dentro del corazón.

Quiero ser la chica que vive a todo color, maldita sea.

Naranja oscuro

(Una lista creciente de todos los colores que he perdido)

Las castañas que parecen lunares sobre las aceras
desde Crystal Palace Park hasta Poets Corner.
Las hojas que se preparan para caer de los árboles.
La forma en la que el otoño parece comerse el
tiempo con un crujido y ahora hay demasiados
días entre ella y nosotras.

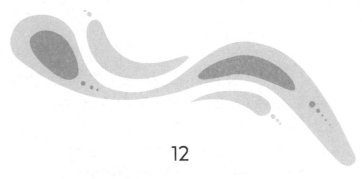

12

EL COLOR DEL ALABASTRO

Desbloquearé los colores.

El miércoles después del instituto, estoy sola en casa, para variar. Mientras mi corazón suena como una banda de música, me deslizo dentro de la habitación de mi madre por primera vez desde la primavera y me dispongo a buscar sus secretos.

La habitación es un museo. Un mausoleo. El aire está impregnado de su perfume y el olor rancio de los cigarrillos: hay otro cenicero a rebosar sobre la mesita de noche, junto a una pila de libros de arte. La evidencia de una última sesión de inspiración nocturna, probablemente investigación para la serie *Schiaparelli*. Hay una copa de vino manchada con pintalabios y el edredón está hecho una bola, como si acabara de salir de un brinco de la cama.

Es obvio que Niko todavía no se ha embarcado en la limpieza con la que nos ha amenazado. Puede que tenga sentido lavar las sábanas y arrojar las cenizas a la basura, pero es demasiado definitivo. Si pudiera, conservaría toda la habitación con resina.

El polvo se levanta en remolinos a medida que me muevo con lentitud por el espacio y los tablones del suelo crujen con suavidad bajo mis pies descalzos. Hay un vestido de fiesta tirado sobre la silla; debajo, hay un par de sandalias de tacón alto tiradas.

El tocador es la peor parte. Hay un frasco de crema hidratante sin tapa, y el polvo se está acumulando sobre la superficie que todavía conserva la huella de sus dedos. Vuelvo a poner la tapa pero, en un arrebato irracional, vuelvo a quitarla. Un par de hebras pálidas de pelo cuelgan del cepillo. Hay un cuenco de cerámica con un esmaltado grueso repleto de pendientes de plata; otro tiene pintalabios de todos los tonos de rosa posibles. Fucsia, coral, mexicano, francés, Barbie, intenso, clavel... Levanto el frasco de Noix de Tubéreuse e inhalo, pero me arrepiento de inmediato cuando siento el golpe de su presencia de ámbar y violeta.

Paso un dedo por el polvo que cubre el espejo y escribo:

Te echo de menos. Vuelve.

«¿Qué estoy haciendo?», pregunto a mi reflejo de ojos grandes.

La Minnie del espejo no tiene una respuesta. Nos damos la espalda y repaso la habitación con la mirada en busca de alguna pista gigante que me llame la atención. Algo más que solo una carta de despedida y un horno que todavía no me animo a abrir; algo que me diga que mi madre y yo compartimos el mismo cerebro. Que tengo razón: ella también perdió los colores.

Rodeo la cama porque todavía no me atrevo a tocar el sitio donde durmió por última vez. Y sé que lo único que hay debajo es una caja de zapatos común, sin ninguna etiqueta, y que seguro que está cubierta de polvo. Mis hermanas y yo la descubrimos hace un par de años escondida en la oscuridad: la habitación de nuestra madre nunca ha formado parte del acuerdo que tenemos contra el fisgoneo. Es el único objeto de la casa que no combina con la estética de Rachael Sloe.

Ese es otro de los muchos pactos de las hermanas Sloe, aunque este es tácito: ninguna puede abrir la caja. Jamás.

Siento mi pulso en los oídos y me lanzo contra la estantería que está en la esquina, donde cada estante tiene dos hileras de notas de investigación, revistas viejas con entrevistas o artículos sobre ella, carpetas con recortes de prensa, catálogos de muestras, listados de subastas… la biblioteca de una vida vivida. En algún sitio, entre todo esto, deben estar los orígenes de *El álbum blanco*.

Elijo una pila de carpetas anilladas y me siento con cuidado sobre el brazo de la silla para no mover el vestido. No quiero deshacer los pliegues que dejó en la tela.

Comienzo por el catálogo de la muestra retrospectiva del año pasado en el Museo de Arte Moderno de Nueva York. Nunca me he puesto a estudiar en serio su obra, a considerar todas las piezas a la vez, pero, al pasar las hojas, quedo impresionada con la escala épica. *Santa enormidad, Batman.*

Al ver toda su producción —aunque solo sea en papel, aunque solo sea en blanco y negro—, no se puede negar lo audaz y atrevida que es su obra. Cada una es un mastodonte del tamaño de Stonehenge de diez toneladas, cocida en hornos industriales o hecha a piezas en el taller y juntadas con grúas.

Los fragmentos biográficos que aparecen en los recortes de prensa son igual de exuberantes. Mi madre fue aceptada en todas las escuelas de arte de Londres. Hizo *Serie de Arcoíris I* durante su último año en el SCAD y ganó el premio Turner seis meses después de la graduación, embarazada de seis meses. Solo tenía cuatro años más de los que yo tengo en este momento. Mi corazón colapsa un poco. No puedo imaginarme a mí misma ganando premios y haciendo arte en cuatro años. No puedo imaginarme a mí misma en cuatro años, punto y final.

Mi madre vivía la vida a la velocidad de la luz, intentaba apiñar la mayor cantidad de experiencias al mismo tiempo, como si supiera que su vida no duraría demasiado tiempo. Pero ¿cómo podría haberlo sabido a los diecisiete años, a los veintiuno? A menos que los socavones hubieran empezado cuando era tan joven como lo soy yo ahora. Quizás fue por eso que se abalanzó a toda marcha sobre el arte: ansiaba el color. Su vida dependía de él.

Solo uno de los artículos se acerca a identificar los socavones. Encuentro el párrafo en una entrevista de hace un par de años:

Sloe se dispone a hablar a toda velocidad —tan rápido que el dictáfono apenas la registra— y menciona su sinestesia como si fuera algo vivo, lo más cercano al concepto de musa del siglo diecinueve que pueden alcanzar la mayoría de los artistas modernos. «Yo lo llamo el gen de la locura —dice ella entre risas nerviosas—. Significa vivir con todos los sentidos al máximo. Pero si lo perdiera... no sobreviviría». Parpadea y, por un instante, son sus abrasadores ojos azules los que parecen un poco perdidos.

Conozco a la perfección la expresión de la que está hablando el periodista. Los momentos en los que ella parpadeaba cada vez más y más lento; como si sus baterías empezaran a agotarse.

Me fijo en la fecha de la entrevista. Hace dos veranos. ¿Estaba perdida ya en ese entonces? No recuerdo ni rastro de un socavón. Se duchaba todos los días. Cantaba con la radio cuando la visitaba los sábados en el taller. De hecho, su consumo superhumano de café, cigarrillos y vino había aumentado. Llenaba la casa de flores. Bebía demasiado todas las noches y se aferraba del brazo del profesor mientras chillaba de risa con tanta frecuencia que Emmy-Kate había empezado a proponer la teoría de que se casarían. Ese verano estuvo tan iluminada por las estrellas que era un cuerpo celestial.

Lo que sí recuerdo es que una noche de mucha humedad me levanté a buscar un vaso de agua y noté que las luces de la planta baja estaban encendidas. Cuando entré en silencio a la cocina, la vi caminar de forma frenética de un lado a otro de la habitación, sin dejar de fumar, con la bata cubierta de arcilla ondeando detrás de ella.

«¿Mamá?», pregunté.

Ella saltó y se giró con una mano contra el pecho.

«Dios, cariño». Exhaló humo, después aire, y sonaba molesta. «No aparezcas así. Casi me matas del susto».

«Lo siento». Me acerqué al fregadero y abrí el grifo. «¿Por qué te has levantado?».

«En realidad no lo he hecho», sacudió la cabeza y apagó el cigarrillo. El cenicero que estaba sobre la mesa estaba lleno, y junto a él había un frasco de medicina. Cuando vio que me había dado cuenta, lo guardó en el bolsillo, fuera de la vista, y me recorrió una sensación de alivio. «Acabo de llegar de revisar los hornos y todavía estaba un poco acelerada. Pronto iré a la cama».

«De acuerdo», me quedé ahí de pie, llena de incertidumbre, con el vaso de agua en la mano. «Entonces... buenas noches».

Subí las escaleras hasta la Cueva del Caos sin dejar de escuchar. Un par de minutos más tarde, oí que la puerta principal se abría y se cerraba. Estaba volviendo al taller. Ya era pasada la medianoche.

Vuelvo al artículo y noto una palabra nueva y desconocida. *Sinestesia.*

Mi boca se mueve para probar el sonido. Después cojo mi teléfono y la busco en Google.

Definición de «sinestesia» según el diccionario:

sinestesia

Sustantivo

Psicología. Fenómeno de percepción sensorial. Una impresión subjetiva determinada por una sensación que afecta a un sentido diferente. Por ejemplo: el color de la música.

Las letras tienen colores. El número siete puede oler a chocolate mientras que el tres tiene aroma a hibisco. El color verde puede hacerte oír música; el rosa puede saber a nectarina.

O quizás, a veces, ¿podrían desaparecer los colores…?

¿Es eso? Mi madre tenía sinestesia. ¿Yo también?

—Es probable.

Doy un salto. Mi madre está de pie junto a la ventana y echa un vistazo hacia la luz menguante. Esta es la primera vez que la imagino con ropa de socavón: tejanos holgados y un jersey desaliñado que está lleno de agujeros y cuelga suelto sobre su cuerpo de pájaro. Cuando se da media vuelta, veo que ha perdido peso. Las clavículas sobresalen y crean huecos como los de un salero. Al colocarse un mechón de pelo grasiento detrás de una oreja, revela un par de ojos rodeados de círculos oscuros, y esboza una sonrisa un poco fúnebre.

—Mierda, Min, estoy tan agotada —murmura, se deja caer sobre la cama, aterriza sobre el edredón y suelta un gemido amortiguado entre las manos. Cada pelo de mi cuerpo se pone de punta, atento.

—¿Madre? ¿Mamá?

Ella suspira y emerge de detrás de sus manos antes de dar una palmada inconsistente sobre el colchón. Me arrastro hasta el espacio que está a su lado, inquieta por lo fría que está su piel.

Está translúcida, menos vívida que las otras veces que la he visto. ¿Esto significa que la estoy olvidando? No quiero hacerlo. Quiero aferrarme con fuerza. Porque ¿cómo se supone que debo recuperar los colores sin ella?, ¿cómo se supone que debo descubrir si estoy loca sin ella? Mi madre sabría qué hacer. De la misma forma que me lo ha enseñado todo sobre la arcilla, todo sobre la alquimia.

—Mamá… necesito tu ayuda con algo.

—¿Recuerdas *En la Biblia no hay azul*? —responde de modo críptico.

Su segunda obra después de haber vuelto al arte hace seis años, expuesta en la Sala de Turbinas del Tate Modern de Londres. Bloques enormes y redondeados de todos los azules posibles e intercalados con espejos que llenaban el cavernoso espacio del depósito. Caminar entre ellos era como andar de puntillas en el cielo.

—Sí. Lo recuerdo. —Muerdo mi labio—. He estado pensando. Quizás quiero hacer algo diferente. Algo… que no sea arcilla.

Ella esboza una sonrisa quebrada que hace que mi corazón recorra mi cuerpo a toda velocidad y responde:

—¿No es eso lo que todos querríamos?

—¿Qué quieres decir? —Siento piel de gallina en los brazos.

—Nada. —Mi madre suspira y pasa una mano por su cara. La voz es superdistante, como si estuviera transmitiendo sus pensamientos desde el espacio—. En la Biblia no hay azul.

—¡Mamá! —Estoy cerca de las lágrimas—. Deja de ser tan enigmática y dime lo que tengas que decir.

—Te lo estoy *diciendo*, Minnie. Eres tú la que no está escuchando. —Se gira para mirarme a la cara, estira la mano y la coloca sobre mi pelo encrespado, pero no llega a tocarme. Me dedica una pequeña sonrisa—. Esta es mi niña naranja. ¿Sabías que las cebras no ven el color naranja?

—No. —La frustración me fastidia—. Cuéntame sobre *El álbum blanco*.

Ella niega con la cabeza.

—Ya sabes la respuesta.

—No la sé. Mamá… he perdido todos los colores.

—Oh, Min. Hay más colores en el mundo de los que nunca sabrás que existen.

La puerta se abre de pronto y mi madre desaparece de mi vista.

Reprimo mis nauseas cuando Emmy-Kate entra a la habitación, resplandeciente con su vestido diminuto y los zapatos de nuestra madre. Cuando me ve, sus ojos se ponen algo saltones, pero no parece estar demasiado sorprendida. Tengo la impresión de que esta no es la primera vez que se cuela aquí dentro.

—¿Con quién hablabas? —pregunta con la nariz perfecta fruncida.

—Conmigo misma —respondo. Y no está lejos de la verdad. No creo en fantasmas. No estoy hablando con mi madre, sino con los recuerdos que tengo de ella.

—Qué rarita —observa Emmy-Kate—. ¿Estás ayudando a Niko a ordenar la habitación de nuestra madre?

—No. Sal de aquí, estás rompiendo el pacto.

—Tú también —señala ella.

Le tiro una almohada.

Ella la esquiva y empieza a pasearse por la habitación, me echa una mirada mientras abre el armario con un chirrido lúgubre y roza los vestidos que están allí dentro con la punta de los dedos. Toquetea las bufandas que cuelgan de la tabla que está a los pies de la cama. Levanta y deja libros, echa un vistazo debajo de la cama y me perturba en general.

Sin importarle nada, levanta el vestido de fiesta de la silla, lo apoya contra su cuerpo para examinar su reflejo. Mis manos forman dos puños, pero ya es demasiado tarde. El vestido está estropeado. Pienso en decirle a Emmy-Kate que es probable que nuestra madre esté muerta y ver cómo le cambia la cara.

En vez de eso, saco mi teléfono y escribo como una loca «ayuda no veo ningún color y creo que me estoy volviendo loca» en la barra de Google y aprieto BUSCAR.

—¿Puedo quedarme con estos? —Emmy-Kate levanta un par de pendientes de plata martillada. Cuelgan de sus dedos, reflejan la luz y emiten destellos como peces en una corriente rápida.

—Sí, supongo que sí.

Ella sonríe, se cuelga los pendientes de los lóbulos y se tira hacia atrás la melena de pelo sedoso, un gesto tan idéntico al que solía hacer nuestra madre antes de salir para ir a una fiesta o a la inauguración de una galería o una entrega de premios que me parte en diez mil pedazos. Bajo la mirada.

Mi teléfono muestra los resultados de esa búsqueda ridícula. Son enlaces y enlaces que dicen que busque ayuda, que llame a los Samaritanos o a la línea directa del Servicio Nacional de Salud, que hable con mi médico: cosas que no tengo ninguna intención de hacer. Igual que con la recomendación de la señorita Goldenblatt de que debería ir a ver al consejero del instituto. ¿Qué le diría? *Querido, estoy segura de que me estoy volviendo loca de nuevo…*

Porque si es cierto que me estoy volviendo loca, igual que ella… entonces, ¿qué?

Un par de resultados más abajo, uno de los enlaces me llama la atención:

EnChroma | Color para daltónicos
Enchroma.com
«Las gafas EnChroma abren un mundo de colores para personas con daltonismo».

Resulta que «ver el mundo de color rosa» no es solo una metáfora. Son también unas gafas de sol de alta tecnología con corrección cromática provenientes de Estados Unidos. Un milagro de 430 dólares. Me abalanzo sobre el enlace y añado un par de gafas al azar dentro del carrito de compras.

—¿A quién le estás enviando un mensaje? —Emmy-Kate me echa una mirada con la cabeza inclinada hacia un lado—. ¿A Ash?

—No es asunto tuyo —respondo de modo automático.

—Minnie, ¿a quién…?

—Emmy-Kate, ¿por qué no te vas? Sal por la ventana. *Dios.*

Sale corriendo de la habitación y el golpe de la puerta provoca una ráfaga de aire enfadado que sacude el camisón de seda de nuestra madre y hace que su bolso caiga del gancho en el que estaba colgado.

Lo ha dejado atrás. El teléfono y la billetera estaban adentro, pero se ha llevado la llave del taller al cabo Beachy. Como si planeara volver y abrir el horno.

La policía tocó y catalogó todo lo que había dentro, desde el trozo de pintalabios roto hasta las boletas viejas, así que no importa que lo recoja del suelo, busque la billetera y extraiga su tarjeta de crédito. No es algo que haga falta conservar en resina.

Con dedos temblorosos, tecleo los números de la tarjeta de crédito en el recuadro de enchroma.com.

Aparece un botón: ¡PARA COMPLETAR LA COMPRA, HAZ CLIC EN «COMPRAR AHORA»!

Hago clic y aplasto la voz que suena como la de Emmy-Kate y me dice: *Minnie, ¿qué estás haciendooooo?* Después cubro mis huellas y devuelvo la habitación al estado en el que la encontré. Vuelvo a guardar los recortes de prensa en los estantes, vuelvo a mullir el edredón e intento recrear los pliegues del vestido.

Emmy-Kate ha tirado colorete por encima del tocador. Lo limpio con el puño de mi manga porque no quiero que nada inspire a Niko a dar inicio a su maratón de limpieza. Deshará la cama, quitará la copa de vino, eliminará toda la evidencia de que nuestra madre ha vivido y respirado y dormido y soñado en esta habitación. Guardará los libros de la mesita de noche y nunca sabremos qué era lo que nuestra madre había estado investigando.

Doy media vuelta y echo una mirada a la pila. El que está más arriba es un libro grande y bellísimo sobre Georgia O'Keeffe, una de mis pintoras favoritas; después hay una biografía de Yves Klein, un tipo francés que se hizo famoso por haber inventado un nuevo tono de azul. Todo vuelve a los colores.

Llevo los libros a mi habitación, después bajo y me uno a mis hermanas para otra cena congelada llena de tristeza.

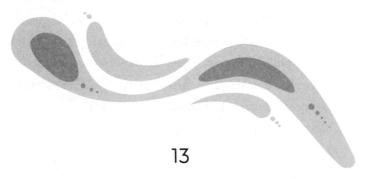

13

EL COLOR DEL PAPEL DE PERIÓDICO

C uando vuelvo el viernes a casa del instituto, sopla una brisa
suave que arremolina ligeramente la basura alrededor de
mis tobillos y arrastra los olores de Londres a través del zumbido
constante del tráfico. El humo de los tubos de escape, los kebabs,
el pollo jamaicano y el leve olor a podrido de los contenedores de
basura que desbordan. Mientras camino, pienso en *El álbum
blanco* y dejo que mis pies se guíen por las calles de memoria.

Conozco estos barrios como la palma de mi mano. Los trenes de cercanías que sacuden mi almohada cuando me duermo;
mi floristería favorita junto a la librería para niños que parece
salida de un cuento de hadas en Full Moon Lane. Los restau-
rantes de pollo frito iluminados con neón, el cine independiente
de Brixton, las paradas de autobús, Meadow Park, la piscina y
los robles altísimos. Pero creo que ya no sé quién soy *yo*.

Con solo un paso hacia el cielo vacío, mi madre me ha convertido en una desconocida para mí misma.

Cuando doblo la esquina de mi calle, veo de inmediato a
Ash un par de metros más adelante. Me olvidaba de que lo había

invitado y, además, ha llegado más temprano de lo esperado. Me hace sentir un breve destello de irritación.

Como tiene los auriculares puestos, no oye mis pasos detrás de él: camina como si nada con la guitarra a la espalda y la chaqueta holgada hace que su silueta sea gigante. Estamos tan cerca que podría llamarlo por su nombre, tirarle un avión de papel o estirar la mano para tocarle el hombro.

Por algún motivo, no hago ninguna de estas cosas. Y cuanto más espero para alcanzarlo y saludarlo, más difícil se me hace. Así que termino jugando al escondite inglés, escabulléndome detrás de él hasta llegar a mi casa. Me detengo en la verja, junto a varias rosas color nata montada, mientras él toca el timbre. Veo el parpadeo de las luces a través del dintel.

Ash se gira un poco para quitarse la guitarra de la espalda y me ve allí de pie. El tiempo se desacelera como si fuera melaza hasta detenerse. Toda la incomodidad reciente se estrella sobre el camino que está entre los dos: el beso del sábado. Yo escondida debajo de la cama. Yo acercándome a escondidas a sus espaldas.

—¿Min? —Ash sonríe, confundido, y está claro que intenta descifrar cómo he aparecido de la nada. Empuja los auriculares para atrás y se pasa una mano por el pelo.

—Eh, ¿buu? —improviso—. Sorpresa.

Antes, cuando las cosas iban bien entre nosotros: Ash habría estallado de diversión como una supernova. Me habría levantado con un abrazo de oso y me habría hecho girar una y otra vez como si estuviera en un carrusel.

Ahora: él se muerde el labio y me mira con detenimiento. Apoya la guitarra contra la pared, baja del porche de un salto, sonríe y se acerca con cuidado hasta quedar delante de mí; me recuerda a la forma en la que nos acercamos a Salvador Dalí cuando tenemos que llevarlo a la veterinaria.

—¿Cuánto tiempo llevas aquí de pie? —pregunta.

—He doblado la esquina y aquí estabas —respondo.

Los ojos de Ash recorren mi cara del mismo modo que leen una partitura. Después de un momento, estira la mano y me coloca un mechón de pelo detrás de la oreja mientras sonríe. Yo inclino la cara hacia arriba, como una flor en dirección al sol. Quizás sea más fácil besarnos que explicar; y no podemos llegar demasiado lejos en la puerta de casa.

Nos besamos con delicadeza, con la boca cerrada. Noto los labios secos y algo agrietados de Ash suaves contra los míos; tan familiares como Poets Corner. Es encantador y huele a limón... pero cuando pienso en el beso del último fin de semana —el superbeso descontrolado de sangre hirviendo, revolcándonos sobre la alfombra con su erección sorprendente—, quiero morir.

En cuanto pienso eso, quiero despensarlo.

Me separo de él con un sonido que es una mezcla entre la succión de una rémora y un desatascador de retretes y hace reír a Ash. Se rasca la parte de atrás del cuello y su sonrisa confundida deja ver sus hoyuelos. A su espalda, la puerta principal está totalmente abierta. Y Niko está de pie en el porche, con la mirada fijada en nosotros.

La culpa me envuelve como si fuera una hiedra. Enseguida empiezo a revivir la Noche de las Hogueras del año pasado.

Aquella noche hacía mucho frío y el aire era transparente como el hielo. Una banda sonora de chasquidos y estallidos de los fuegos artificiales nos acompañaba mientras las Sloe salíamos de casa bajo un cielo cubierto de chispas lejanas. Al pasar delante de la puerta del Profesor, nuestra madre golpeó su puerta y gritó por el buzón para que saliera y viniera con nosotras. Cuando emergió de la casa, era toda una visión, con su traje de *tweed* y un incongruente gorro con pompón, y Ash estaba con él.

Para ese entonces, ya hacía un año que conocíamos a Ash, y las tres habíamos estado nutriendo nuestro enamoramiento, cada uno distinto a los demás. Lo de Emmy-Kate era como la admiración de un héroe y a mí me *gustaba*, lisa y llanamente. Pero él y Niko, ambos estudiantes universitarios, compartían un entendimiento inexplicable, a pesar de que los intentos de Ash por hablar con lengua de signos eran algo lentos y torpes. Cuando salió de la casa del Profesor, Ash hizo la rutina de palmadas que compartía con Emmy-Kate, me dedicó una sonrisa resplandeciente y después deletreó, muy concentrado: «H-O-L-A, N-O-K-I». Ella se ruborizó, feliz.

Los seis subimos la colina de Meadow Park. Me recordó a cuando éramos pequeñas y nuestra madre solía llevarnos de la mano, como si fuéramos la cola de una cometa. Solo que, esa noche, ella caminaba con el Profesor, y Emmy-Kate era quien iba a la delantera, apareciendo y desapareciendo entre la multitud. Llevaba un gorro de aviador forrado de piel de oveja que la hacía parecerse a Amelia Earhart. De vez en cuando, la perdía de vista, pero después reaparecía con las orejeras rebotando a ambos lados de su cara.

Niko puso la mano sobre el brazo de Ash para que caminara con ella. Me dio un poco la espalda y se mantuvo alejada de mí y de Em porque ahora ella era una estudiante del SCAAA-AAAD. Así era como signaba: estiraba la palabra con los dedos como si estuviera hecha de tofe. Me entraban ganas de pegarle las manos para que no las pudiera mover. Desde que había entrado al SCAD, cada vez utilizaba menos la lengua de signos de casa y más la lengua de signos británica.

A través de la oscuridad centelleante, los vi hablar de forma tentativa: signos lentos, lectura de labios, gestos, malentendidos y risas. Un lenguaje propio, un poco como el de las hermanas Sloe. Estaba claro que Ash estaba intentando decirle algo relacionado con la música; Niko formaba acordes en el aire y él asentía.

Cuando llegamos a la hoguera, el Profesor se encontró con un grupo de amigos y nuestra madre llevó a Emmy-Kate a comprar algodón de azúcar. Yo saqué un paquete de bengalas del bolsillo a la vez que Ash preguntó:

«¿Cómo estás, Min?».

Era la primera vez que me hablaba en toda la noche.

«Nunca antes te había visto sin la guitarra», observé mientras encendía una bengala.

Él soltó una risa y comenzó a tocar una guitarra invisible como un auténtico tonto.

«¿Mejor así?».

Mi corazón hizo ese burbujeo rebosante, como cuando sirves Coca-Cola, y la bengala comenzó a echar chispas. La agité a la vez que hacía señas para poner a Niko al tanto de la conversación, y después añadí:

«Increíble, ¿eso era *Yellow Submarine*?».

Niko me quitó la bengala de la mano, la dejó caer en un charco y la pisoteó con la suela de las botas.

«No están permitidas, Min», explicó con signos, echó un vistazo cómplice a Ash y puso los ojos en blanco.

Yo tenía los ojos fijos en el suelo, y me vi reducida a una niña caprichosa en comparación con Niko, que era alta y esbelta. Su pelo castaño cobrizo estaba recogido en un moño de bailarina, y los ojos que abría y cerraba de forma coqueta estaban pintados con delineador. Y Emmy-Kate, que volvía con una montaña de algodón de azúcar, era, bueno, Emmy-Kate.

Cuando los primeros fuegos artificiales nos sorprendieron con un estallido, la multitud se abalanzó hacia adelante y me hizo tropezar hacia un costado, sobre Ash. Su mano enguantada me sujetó de la muñeca para ayudarme a ponerme de pie mientras él gesticulaba con la boca: «¿Estás bien?» y me dedicaba una sonrisa tan brillante como los fuegos artificiales.

Otro cohete explotó en una lluvia de puntos y manchó el cielo de humo. Ash inclinó la cabeza hacia abajo.

«Min, ¿estás bien?», preguntó por encima del ruido, y el aliento se condensó en el aire frío.

Su mano todavía estaba alrededor de mi muñeca. Me puse de puntillas para responder, lo que hizo que nuestras caras no quedaran demasiado lejos. Volví a sentir esa sensación de Coca-Cola, pensé en Niko y en el SCAAAAAAD y en la luz de bengala.

«Sí», respondí antes de desafiarme a mí misma, en un instante, a besarlo.

Un pequeño besito experimental.

Cuando retrocedí, la expresión de Ash era aturdida y un poco bizca —como si le hubieran golpeado la cabeza con una sartén—, y después estalló en su sonrisa más resplandeciente. Por encima de su hombro, vi a Niko, con la cara iluminada por la luz verde de los fuegos artificiales. El asombro cubría su cara, el delineado perfecto se derramaba por las mejillas.

Ahora, cuando Niko nos da la espalda para entrar a casa, vuelvo a vislumbrar esa misma expresión en su cara. Y, aunque solo estamos a un par de metros de distancia, daría lo mismo que estuviéramos en continentes diferentes. La animosidad que hay entre nosotras data desde hace tiempo, desde antes de la desaparición. Pero sin mi madre, no sé cómo encontrar el camino que me lleve de vuelta a mi hermana. Mi yo sin madre está perdida sin un mapa.

Óxido

(Una lista creciente de todos los colores que he perdido)

Óxido de hierro. Fuegos artificiales. Los zorros
urbanos que pasean por Poets Corner después
del anochecer y hurgan dentro de los contenedores
de basura sin que les importe un comino quién
los vea. El pelo brillante de Niko la noche
en que besé a Ash delante de ella.

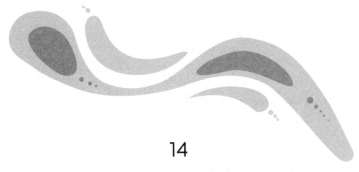

14

EL COLOR DEL MÁRMOL

A la mañana siguiente, el sábado, Felix Waters sube la pendiente del camino que llega hasta nuestra puerta principal.

En un momento, estoy mirando por la ventana del descanso de la escalera sin pensar en nada, observando cómo las sombras definidas convierten la calle en una de las escenas recortadas de Niko. En el siguiente, estoy pensando: *Mmm, ese chico alto que está empujando nuestra verja me resulta familiar.* Después, bajo las escaleras volando.

Cuando llego al recibidor, salto de pie en pie, cual Rumpelstiltskin, y abro la puerta con fuerza antes de que Felix pueda tocar el timbre. Está reclinado contra el porche y tiene el pelo de alguien que acaba de salir de la cama. Noto que hoy no lleva ningún gorro, aunque los tejanos están igual de cubiertos de pintura que de costumbre.

—Hola, Minnie —murmura con un bostezo.

—Eh, ¿hola?

Confundida, doy un paso hacia el porche y cierro la puerta con el pestillo detrás de mí. Las baldosas están frías debajo de mis pies descalzos, la luz del sol es pálida y cremosa.

—¿Qué estás haciendo aquí? —pregunto.

—Nunca terminaste tus deberes. Pensé que podríamos volver a intentarlo. —Felix levanta un cuaderno de dibujo con los dedos manchados de tinta.

—Ah. —Cruzo los brazos sobre mi vestido de tela delgada. Mis dos hermanas están arriba, Ash ha dicho que volvería a venir esta mañana y seguro que las cortinas del Profesor ya se están moviendo: no quiero invitar a este maniático del arte alto y de ceño fruncido a nuestra discordancia doméstica. Estoy a punto de decirle que se vaya cuando la curiosidad me gana—: Por cierto, ¿cómo es que sabías dónde vivo?

Felix me dedica una sonrisa tan oscura que parece lo contrario a una sonrisa.

Con la visión en blanco y negro, he olvidado que nuestra casa es algo así como un espectáculo. Está pintada con los colores de las almendras confitadas, la puerta principal es de color *chartreuse* y tiene un picaporte de latón brillante en forma de abeja, lo que hace que, en medio de una calle de casas de ladrillo adosadas, parezca un lazo de regalo. Un par de canales de televisión incluso llegaron a mostrarla en las noticias cuando hicimos la apelación de la organización de personas perdidas, antes de que el Profesor hiciera un par de llamadas furiosas en nombre nuestro.

—Presta atención, Alicia en el país de las maravillas... —señala Felix.

Sigo su mirada hacia mis pies. Salvador Dalí ha abierto la puerta y se está alejando de la casa dando saltos entre mis piernas. Suspiro, lo levanto y hago un gesto con la cabeza para indicar a Felix que me siga hacia adentro. Mientras lo arrastro por la casa hacia la puerta trasera, siento cómo su cabeza da vueltas para apreciar la decoración bohemia, para asimilar las alfombras de trapo con borlas, las innumerables obras originales de Emmy-Kate, las paredes coloridas, las miniaturas de las esculturas de mi madre.

Una vez en el jardín trasero, dejo caer a Salvador Dalí sobre el césped salpicado de rocío. Él se aleja dando saltos para ir a mordisquear una hortensia.

—Esto es… guau —observa Felix mientras echa una mirada a su alrededor—. Casi esperaba ver otro dinosaurio.

—¿Eh?

—El jardín. Es una pasada —continúa—. Parece un lugar salido de otro mundo. Parece un hogar mucho más apto para un… ¿cómo lo llamaste? La cosa que tenía todos esos dientes.

—Iguanodonte —respondo.

Ver mi vida a través de los ojos de Felix hace que se sienta nueva, del mismo modo que espero que las gafas EnChroma lo transformen todo para que vuelva a tener color. Estoy recordando de nuevo el exterior colorido, la casa atiborrada de arte, la jungla salvaje que es el jardín. Tengo la idea repentina de que ninguna de nosotras ha elegido ser artista, pero, al crecer aquí, con esta estética, lo cierto es que no había ninguna posibilidad de que ninguna de las tres fuera otra cosa.

Felix saca un paquete de cigarrillos de su cartera.

—¿Te molesta si…?

Me encojo de hombros en señal de asentimiento. Lo más probable es que Emmy-Kate baje por su ventana en cualquier momento y no quiero nada que la incentive a fumar, así que hago un movimiento con la cabeza para indicarle a Felix que me siga debajo de un sauce. Las ramas largas crean una campana de hojas que nos ocultan.

Cuando ya estamos acomodados debajo del sauce, Felix deja caer el cuaderno y la cartera y se apoya contra el tronco. El chico no puede mantener una postura vertical, siempre está encorvado, torcido, inclinado. Levanta una bota mientras enciende un cigarrillo e inhala profundamente. Es raro: jamás creí que echaría de menos los cigarrillos de mi madre —la forma en la que hacían que todo en la casa oliera rancio y asqueroso—, pero los echo de menos. Trago el aroma.

—No puedo creer que esto sea Londres. —Da una calada larga y suelta el humo por la comisura de la boca. La falta de sueño ha dejado círculos alrededor de sus ojos, como si fuera un oso panda—. Es la primera vez que veo tanta vegetación desde que me he mudado aquí.

—¿Estás de broma? Londres está llena de vegetación.

—¿En qué universo? —Felix sacude la cabeza—. Quizás es porque has crecido aquí. Lo único que yo veo es hormigón.

—Entonces, es que no estás prestando atención —señalo.

—¿Ah, sí?

Me dedica una sonrisa de tiburón mientras me mira con ojos intensos. Nuestra charla fluye como lo hizo el día de los dinosaurios: hay algo en nuestra desesperanza compartida que hace que pueda respirar con más facilidad.

—Entonces, escucha… —Apaga el cigarrillo con la suela de su bota y tira la colilla entre el césped húmedo sin preguntar. Me enfado un poco, y él dice—: No sé si lo habrás notado, pero soy algo así como un loco del arte. Y la señorita Goldenblatt me ha dicho que tú serías la mejor persona con la que podría trabajar.

—No lo soy —respondo a toda velocidad, aunque, por dentro, estoy conmovida de que la señorita Goldenblatt haya dicho eso.

—Bueno, yo tampoco lo creía. —La broma es tan inesperada (no sabía que el Príncipe de las Tinieblas tenía un sentido del
humor), que me deja con la boca abierta. Felix me dedica un pequeño guiño antes de continuar—. Pero ¿por qué no pasar el
rato conmigo de todas formas? He oído por ahí que Londres
tiene mucha vegetación que podríamos dibujar.

—Porque... —empiezo a responder de forma automática
y me detengo. ¿En serio estoy a punto de contárselo? Parece
que sí: no sé por qué, pero las palabras están borboteando en
mi pecho y ya hace tiempo que debería haberlas pronunciado.
Aparto la mirada hacia los rayos de sol veteados que bailan
entre las ramas del sauce y hacen que el mundo gire como si
fuera una bola de discoteca, y admito—: Porque perdí todos
los colores. Cuando mi madre se fue. Se desvanecieron. Como
cuando el rojo se va borrando en las pinturas viejas, o algo
parecido. Solo que no fue únicamente el rojo. Fueron todos.
Ella se fue y los colores también. Todo lo que veo es en blanco
y negro.

Un tren pasa con un rugido sobre nuestra cabeza. En la dis-
tancia, se oye el tráfico, el ladrido de un perro, el sonido de la
Radio 4 de la BBC que sale por la ventana abierta de un vecino.
Es muy probable que sea la del Profesor. Echo una mirada hacia
Felix para ver como de desquiciada cree que estoy.

—Eso tiene sentido —responde y asiente con compren-
sión—. Entonces, ¿cómo...?

—Oye, Minnie, ¿qué haces? —La cabeza sin cuerpo de
Emmy-Kate se asoma entre las ramas. Está vestida para ir a la
piscina. Cuando ve a Felix, sus ojos se disparan de mí hacia él y
se entornan en una expresión de sospecha. Habla en lengua de
signos—: Por el amor de Leonardo da Vinci, ¿quién es este?

Seguimos a Emmy-Kate a la cocina, donde ella, como siempre, se posa como una gárgola sobre la encimera y cruza los brazos. Niko está sentada a la mesa y sumida en una charla lenta y concentrada con el Profesor, cuyas manos se unen entre signo y signo, como si hiciera pausas errantes. Cuando nosotros entramos, él se pone de pie. Todos echan un vistazo a Felix. Me echan un vistazo a mí con Felix. Por las expresiones que tienen, cualquiera diría que hemos entrado de la mano.

No tengo ganas de explicar qué es lo que estábamos haciendo en el jardín juntos.

—Este es Felix Waters. Va al Instituto de Secundaria de Poets Corner —digo en voz alta y con signos.

—Vamos a la misma clase de arte —añade Felix mientras yo traduzco.

Lo dice como si el pincel que lleva en el bolsillo, las manchas en la ropa y el pelo enmarañado no fueran indicios obvios. Parece salido del París de los *beatniks*.

Hay una pausa de media hora durante la cual ninguno de nosotros tiene ni idea de cómo comportarnos. No hemos tenido visitas en la casa desde aquellas primeras semanas, cuando nos invadieron los trabajadores sociales y la policía; y ellos se habían hecho cargo de las conversaciones. Justo entonces se me ocurre que deberíamos haber tenido visitas: ¿dónde estaban los amigos de mi madre del mundo del arte? ¿Los viejos colegas del SCAD?

Por algún motivo, tanto Emmy-Kate como Niko parece que le están clavando puñales con los ojos a Felix. Al final, el

Profesor entra en acción a trompicones, atraviesa la cocina como una ráfaga de viento y ofrece su mano:

—Profesor Rajesh Gupta. —La parte de «profesor» lo dice en serio.

—He oído lo de... su... ¿mujer? —pronuncia Felix mientras me dedica una mirada interrogativa y acepta la mano del Profesor. Nota que estoy signando todo lo que dice y echa una mirada su alrededor, desorientado—. Lo siento.

Algo parece derramarse sobre el Profesor; durante un minuto, se pliega sobre sí mismo. Lo más probable es que esté comunicándose con su planeta de origen. Después se deshace de esa expresión y dice:

—Ah, *mmm*, no. Yo soy el vecino de las chicas. —Felix asiente, confundido, y el profesor continúa—. Quizás ya conozcas a las, eh... Emmy-Kate y Niko.

—Yo soy la, eh... Emmy-Kate —anuncia Emmy-Kate de mal humor.

Cuando Felix se gira hacia Niko, ella lo saluda con signos. Niko se toca una de sus orejas con dos dedos: la seña para «SORDA». En caso de que Felix no comprenda, lo hace dos veces, sacude la cabeza con firmeza y hace un conjunto de signos sin sentido que tiene más que ver con un baile de los años cincuenta que con la lengua de signos británica. Esto es lo que hace para poner a prueba a las personas que conoce por primera vez, para ver si son del tipo que se queda mirando fijamente.

Las puntas de sus dedos no tienen apósitos ni cortes de papel. A decir verdad, hace bastante que no la veo con un cuchillo o una tijera.

—¿Felix se quedará a desayunar? —pregunta Emmy-Kate. Después añade, solo en lengua de signos—: Quizás pueda sentarse junto a Ash.

—¿De qué hablas? —frunzo el ceño y pasamos a una de nuestras conversaciones silenciosas de las hermanas Sloe. Aunque, por algún motivo, estoy aliviada de que Ash todavía no haya llegado—. Felix ha venido a hacer los deberes. Es un maniático del arte, como nosotras.

—Ah, ¿en serio? —Emmy-Kate salta al suelo y se planta delante de Felix—. Yo pinto. Estas son mis pinturas —declara ella, y me hace una seña para que interprete para Niko. Hablar en voz alta y hacer signos es como hacer interpretación simultánea: es más fácil que Em y yo nos turnemos—. Las obras de papel son de Niko; las cerámicas son de nuestra madre, desde luego; y también de Minnie. —Su mirada es abrasadora—. ¿Tú que haces?

—Me interesa la arcilla —responde él sin inmutarse—. La porcelana, en realidad. Algo de carboncillo. Dibujos con bolígrafos de tinta. Un poco de todo.

—Ah —responde ella con desdén—. Tienes que centrarte en algo. Monet no inventó el impresionismo gracias a hacer incursiones en varias técnicas a la vez.

—Bueno, pero ¿qué hay de Miguel Ángel? —argumenta Felix. Al entrar en este debate de arte improvisado, deja de encorvarse y se pone derecho. El Chico Melancólico se convierte en el conejo de Energizer. Y quizás esté sobreanalizando la situación, pero ¿puede ser que no deje de mirar en mi dirección?—. Ese tío esculpió en mármol, pintó la Capilla Sixtina, escribió poesía, era arquitecto…

—Bah, ese es un caso especial —responde Emmy-Kate con tono de desdén.

Mientras discuten e intercambian los nombres de sus artistas favoritos, la cocina retrocede. Emmy-Kate arrastra a Felix por la sala e intenta intimidarlo con un recorrido por sus más grandes éxitos. El Profesor se queda olvidado, de pie junto a la mesa. Niko me observa interpretar el debate con una sonrisa de satisfacción. Yo me apoyo contra la encimera y me pregunto qué pensará Ash de todo esto cuando llegue.

Mi madre asoma la cabeza por la puerta trasera, que está abierta. A diferencia de todo lo demás que está en la habitación, ella es de neón: pelo amarillo, ojos azules, pintalabios rosa Barbie. Tiene puestos los guantes de jardinería y un mono tejano que combina con el de Niko.

—Ey, Minnie —susurra—. Ven, vayámonos.

A pesar de que irme deja a Niko excluida de la discusión entre Emmy-Kate y Felix, sigo a mi madre hacia afuera, atravieso el jardín y llego hasta la calle.

Me pregunto qué diría Felix si confesara este elemento de mi monocromía, el hecho de que veo a mi madre desaparecida a todo color. Lo más probable es que retrocedería sin hacer contacto visual.

Cuando llego a la calle principal, mi madre se deja caer sobre un banco delante de la taberna Full Moon. El *pub* gigante con aire de Harry Potter está a la cabeza de Poets Corner y anticipa la promesa del kilómetro y medio de panaderías y librerías de Full Moon Lane. Es una construcción apropiada para la Bella *y* la Bestia.

—Guau. —Mi madre exhala mientras se quita los guantes y los arroja sobre su regazo, y después se gira hacia mí con una sonrisa pícara—. Vaya, vaya. Guau… de nuevo.

—Eh, ¿guau, qué?

—Ese chico pre-cio-so, Minnie. Al que no le podías quitar los ojos de encima en la cocina. Felix. Sabes por qué llamó a tu puerta esta mañana, ¿verdad?

—En realidad no *llamó*…

—Detalles. —Descarta el comentario con una mano que tiene un anillo con una perla del tamaño de una canica grande—. Me recuerda a los chicos del SCAD... No por nada me gradué estando embarazada, sabes... —Me dio un codazo mientras se reía—. Te traerá problemas...

—No lo creo —le digo—. Estoy saliendo con Ash, ¿recuerdas?

—¿Ash no ha sido el motivo por el que has salido de casa? —Mi madre levanta una ceja.

—Salí de casa porque apareciste tú...

—*Mmm*, ¿y quién se encarga de eso? —Señala la calle—. Aquí viene.

—¿Ash? —Doy media vuelta y sigo su mirada.

Ash está bajando las escaleras de la estación de Poets Corner, pero no me ve cuando dobla por la calle peatonal en dirección a mi casa y se contonea hacia un lado para evitar darse de bruces contra Felix, quien se dirige directamente hacia mí. Contengo la respiración, de pronto consciente de que no quiero que se conozcan. No sé por qué. Quizás por lo que ha dicho mi madre de que Felix es *pre-cio-so*. Y de que me traerá problemas. Y por el hecho de que le he hablado de mi monocromía cuando todavía no se lo he contado a mi novio.

Por suerte, esto es Londres y ellos son dos desconocidos: pasan a un pelo de distancia y se ignoran por completo sin tener ni idea de que tienen a una persona en común. Ash se pierde de vista y Felix llega, con su andar fanfarrón de Dr. Martens y el ceño fruncido. Se sienta a mi lado, en el sitio exacto en el que estaba mi madre, pero ella ya no está.

—Hola de nuevo —saluda.

Me quedo mirando su perfil. Tiene una mancha de pintura que no había notado en la mandíbula, cerca de sus lunares. Tiene tres: en el mentón, en el pómulo y debajo del ojo izquierdo, como si fuera una coma.

—¿Me estás acosando? —pregunto.

—Vivo aquí. —Inclina la cabeza hacia un lado.

—¿*Vives* en la taberna Full Moon?

—Mi padre es el nuevo propietario. —Lo dice en un tono equivalente a un cartel de «prohibido pasar».

Asiento con la cabeza, levanto los pies sobre el banco y me abrazo las rodillas. Apoyo la cabeza sobre mis brazos y observo cómo el tráfico forma una cola para conducir bajo el arco de las vías del tren.

—Bueno, se me ha ocurrido una idea —anuncia Felix, como si todo fuera absolutamente normal y yo no hubiera salido de allí descalza en mitad de una conversación—. A decir verdad, tu aterradora hermana me ha inspirado, es toda una fuerza de la naturaleza. Da igual, he descubierto cómo solucionar todo tu asunto de la monocromía. Cierra los ojos. —Le clavo una mirada incrédula y él insiste—: Confía en mí.

Me siento como una idiota, pero cierro los ojos. El sol proyecta formas sobre mis párpados mientras el murmullo grave de la voz de Felix me envuelve de pies a cabeza:

—Ahora háblame de tu obra favorita.

—Me siento como si me estuvieran hipnotizando.

—Tienes sueño, mucho sueño… Anda.

—¿Mi obra de arte favorita? Es una escultura.

—¿Sí? ¿Está en Londres? ¿Podríamos ir a verla? Mantén los ojos cerrados.

—Sí. Bueno, no. —Niego con la cabeza—. Está en el Tate Britain. Desde aquí, está al norte del río, a kilómetros de distancia. Sea como sea, no está en exhibición. Está archivada. Hay que ser estudiante de arte o historiador para obtener permiso para verla.

—Entonces, ¿cómo es que la conoces? —pregunta Felix—. ¿Qué tiene de genial si está escondida en un armario?

—La original sigue en exhibición; allí es donde la vi. En París...

—Ay, en París —repite en tono burlón.

Yo sonrío, pongo los brazos hacia atrás, sobre el banco, y estiro las piernas para disfrutar del sol. El día se ha vuelto más cálido. Esto de hablar con los ojos cerrados es agradable; raro, pero agradable. Sin mi visión peculiar, mis otros sentidos cobran vida. La suave banda sonora de Londres. El ligero olor a cigarrillo que tiene Felix, su colonia especiada. La escultura de la que estoy hablando es cada vez más nítida dentro de mi cabeza. La vi cuando nuestra madre nos llevó en un viaje de investigación a París; unas vacaciones en las que Emmy-Kate comió tantas creps que vomitó en el Louvre. El recuerdo me hace sonreír de nuevo.

—¿Qué te hace pensar que esto me devolverá los colores?

—El primer paso es pensar en la obra de arte que sientas que más te habla. —*Felix tiene una voz fantástica*, pienso de pronto. Un tipo de voz con el que podría narrar los tráilers de las películas—. Una obra con la que conectes. El segundo paso es descubrir por qué te gusta. El tercero es crear algo que te haga sentir de la misma forma. El cuarto paso es *bum*, recuperar los colores.

—¿Crees que será tan fácil?

—Vale la pena intentarlo. —Después añade, en un tono burlón pero amable—: Así que, anda. Cuéntame sobre esta elegante escultura parisina.

—Bueno, es blanca —respondo—, así que quizás no sirva demasiado. Mármol blanco. Dos personas. Rodin… el artista, Auguste Rodin… encontró el resplandor que había dentro de la piedra. La pareja se besa y así es como salen de la piedra, y es casi como si estuviera emitiendo luz. —Vuelvo a sonreír una vez más al recordar el momento en que la vi en la casa del artista, en la parte izquierda, bajo la luz del sol que se filtraba por la ventana. El jardín de rosas que había en el exterior me recordó a Meadow Park.

—Estás hablando sobre *El beso* —observa Felix.

Mis ojos se abren de pronto. La mirada que me está echando es tan intensa que podría ser de rayos X.

Me tiemblan los dedos, siento un hormigueo que me sube por los brazos. Me sorprende darme cuenta de que quiero sumergir mis manos en arcilla, o levantar un martillo y un cincel y atacar un bloque de piedra. Puedo sentir el mármol debajo de mis palmas, frío y tentador.

—Me encantaría —comienza Felix— ver *El beso* en persona. Parece ser una de esas esculturas que vale la pena ver desde en suelo.

Me sostiene la mirada con una expresión tan lobuna que hace que me pregunte si no seré Caperucita Roja. Y ya es tarde, pero de pronto recuerdo por qué hay múltiples versiones de esta obra en particular. La original francesa cuenta la historia de unos amantes adúlteros: es famosa porque la pareja parece tropezar de tanta lujuria, que casi cae de la piedra por la pasión. Se hizo una versión casi idéntica para Londres, una que incluía una adición clave: se pidió, de forma específica, que se enfatizara la excitación del hombre.

He estado hablando a Felix Waters con mucho entusiasmo sobre UNA GIGANTE ERECCIÓN FRANCESA.

—Podrías hacer algo como eso —sugiere él con una voz tan profunda que podría ser un lago sin fondo—. Aprovechar la luz de la misma manera. ¿Alguna vez has hecho porcelana?

Arcilla líquida. No tiene nada que ver con los recipientes pesados de mi madre. En vez de darle forma en el torno, la viertes en moldes y quitas el exceso para crear una cáscara tan delgada y delicada como la de los huevos de un petirrojo. Al hornearla, se vuelve blanca, casi translúcida, y tiene una especie de luminosidad. Al menos, esa es la teoría, yo nunca lo he intentado.

Eso es lo que le digo a Felix, a lo que él responde, mientras parpadea moviendo sus pestañas oscuras:

—Sabes, yo podría enseñarte. Si quisieras...

El aire vibra con las posibilidades. Las miradas acusadoras de mis hermanas vuelven a mí, al igual que las palabras de mi madre: *Te traerá problemas.* Santísimo Gustav Klimt: ¿acaso creen que...? ¿Ha venido Felix a mi casa por algún motivo? Todavía nos estamos mirando fijamente cuando un autobús pasa con un rugido, arrastra polvo y hojas por la acera y me sacude el pelo hasta convertirme en la hija del yeti y el Primo Eso.

Felix alarga la mano y aparta los mechones de mi cara.

Al ponerme el pelo detrás de la oreja, sus dedos rozan mi mejilla. Los deja allí durante un par de segundos, su piel seca por la arcilla contra la mía. Yo debería pronunciar las palabras «tengo novio», pero me está costando respirar.

Porque ese pequeño momento parece gigantesco. Como un alfiler clavado en un mapa. Una declaración. Una bandera plantada en la maldita luna. El comienzo de algo.

Marrón

(Una lista creciente de todos los colores que he perdido)

*Los ojos que no pueden guardar secretos de
las hermanas Sloe, aunque resulta que sí que
podemos: soy un cofre lleno de secretos.
Las bellotas desparramadas por Meadow Park,
de oro bruñido. Las hojas que están a punto
de caer al suelo por todo Londres, como si
fueran peniques que caen del cielo,
y del mismo color cobrizo.*

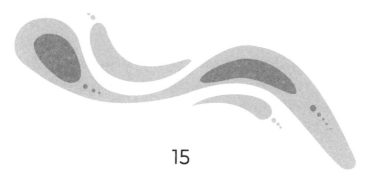

15

EL COLOR DE LAS PALOMAS

Un tren que no se detiene pasa a toda velocidad pitando por Poets Corner.

Los dos nos sobresaltamos y el ambiente se rompe de inmediato. Felix aparta la mano de mi pelo y nos ponemos de pie mientras nos alisamos la ropa y miramos hacia todos lados menos al otro. Cuando el tren termina de pasar, un silencio se asienta entre nosotros: el arrullo de las palomas, el zumbido contante del tráfico en Full Moon Lane; las pisadas de los peatones y los gritos alegres que llegan desde Meadow Park.

Fijo la mirada en mis pies, que están sucios con la mugre de la acera. Quizás sí que tenga un poco de esa alegría de vivir impetuosa de mi madre...

Al cabo de un minuto, Felix patea la acera con la suela de sus botas y comenta:

—Jamás me acostumbraré a lo ruidoso que es Londres.

Levanto la mirada y pongo mi mejor cara de «¿Estás chiflado?». La que usamos Emmy-Kate y yo cuando vemos gente rara en el metro: una expresión bien londinense de «¿Qué diablos haces, amigo?».

—¿Estás de broma? Esto es idílico. —Señalo hacia el otro lado del arco del tren, en dirección a Meadow Park—. Y allí está toda esa vegetación que estabas buscando.

—Para una urbanita como tú.

—Entonces, ¿dónde vivías tú si no era en una ciudad?

—Holksea. Es un pueblo así de grande, en Norfolk. —Levanta las manos y las separa apenas un par de centímetros—. El sonido más fuerte que escuché allí fueron los pollos de la casa de al lado.

—¿En serio? ¿Eres un granjero?

El descubrimiento me hace sonreír, un momento fugaz de alegría —Felix, el chico feroz que usa botas Dr. Martens es un pueblerino de los que van en tractor, participan en carreras de cerdos y labran la tierra—, hasta que vuelvo a ver sus ojos.

Me está mirando con la misma tristeza desesperada de siempre y, de pronto, vuelvo a estar allí con él. Quizás los dos seamos de una especie diferente a todos los que nos rodean, una que lleva esta tristeza turbulenta escrita en el ADN.

Quizás es por esto que, cuando me pregunta si puede acompañarme al instituto el lunes, le digo que sí.

Mientras camino a casa, pienso en *El beso* y en la manera en la que Rodin descubrió el resplandor que había en las profundidades de la piedra, como si fuera un arqueólogo de la luz. Si Felix tiene razón con eso de recrear el efecto con porcelana, entonces tendré que volver al taller de mi madre.

Me detengo en seco en mitad de la acera. Qué tonta, Minnie. ¡Claro que volveré al taller! ¿Dónde sino podré desbloquear los colores y descubrir en qué estaba pensando mi madre en julio? Es tan estúpidamente obvio que no puedo creer que no se me haya ocurrido antes. No sé qué me detiene de correr hacia allí en este mismo instante, en vez de empujar la puerta trasera y entrar a la cocina, donde el Profesor y Emmy-Kate se han esfumado y Niko está fregando el suelo.

La cocina apesta a lejía. El fregadero rebalsa de burbujas. Los armarios están abiertos y vacíos, sus contenidos apilados sobre la mesa junto a las baratijas que tenemos colgadas en la nevera: imanes, notas, fotos, postales. Empieza a sonar una señal de alarma en mi pecho.

Niko suelta la fregona y levanta una bolsa de basura. La sacude para abrirla —el ruido es el mismo que hace un murciélago cuando levanta vuelo— y vuelve a la mesa, donde arrastra frascos casi vacíos dentro de la bolsa. El brazo se le engancha en una pila de postales; una se cae dentro de la bolsa.

Avanzo hacia ella y atrapo la postal antes de que termine de caer. En el dorso está la letra de nuestra madre. Siento que me licúo, como si estuviera aguantando la carta de despedida una vez más, y no una foto de Venecia, enviada durante una de las Bienales hace un par de años.

Un chasquido torpe de dedos desvía mi atención de la tinta borroneada. Niko lleva guantes de goma puestos. Deja caer la bolsa de basura entre nuestros pies y se los quita para poder hacer signos:

—¿Dónde diablos estabas, Minnie? No está bien salir de casa sin decir ni una palabra cuando estás en mitad de una conversación.

La ignoro —así como ignoro la culpa ácida en mi estómago— y agito la postal.

—¿Qué es esto? ¿Te estás deshaciendo de sus cosas?

—No me estoy deshaciendo de nada. Eso se ha caído por accidente. —Apunta hacia una lata al azar—. Tenemos garbanzos con fechas de caducidad anteriores a la *Serie de Arcoíris I*, y los imanes de la nevera están cubiertos de suciedad. Alguien tiene que limpiar este sitio.

—No te deshagas de sus cosas.

—Algunas cosas tienen que irse, Minnie. No necesitamos un armario lleno de cigarrillos. —Niko camina hasta el fregadero y busca una botella con rociador llena de algo cáustico con lo que salpica la encimera. Después deja la botella y da media vuelta—. No tiraré nada importante a la basura.

—Más te vale.

—Mira quién habla. —Inclina la cabeza hacia atrás y me echa una mirada a lo largo de su nariz.

—¿Y *eso* qué significa?

No consigo descifrar por qué está actuando de forma tan dramática hasta que, con amargura, dice con signos:

—Ash. Está en tu habitación.

Las dos nos miramos durante un momento, y después ella se gira de forma abrupta y se pone a fregar la encimera hasta quitarle el laminado. Escarmentada, subo con pasos lentos y pesados hacia la Cueva del Caos, donde Ash está sentado en la escalera, al otro lado de la puerta. Recuerdo lo que ha dicho mi madre imaginaria, que Ash ha sido el motivo por el que he salido de la casa. ¿Es eso cierto? ¿La he conjurado a ella para tener una excusa?

Ash está envuelto por una manta de desolación. La guitarra yace ignorada a su lado mientras él mira la nada. Me revuelve el estómago: es como ver a un Ash sin música, así como yo soy una Minnie sin colores. Llega el miedo: quizás sí que me ha visto con Felix Waters. ¿En qué estaba pensando cuando acepté ir caminando con él al instituto? ¡Cuando le confesé mi monocromía y dejé que me pasara los dedos por el pelo! Ni siquiera le he dicho que tengo novio.

—Hola… —Clavo la punta de mi pie en la rodilla de Ash.

Él levanta la mirada y la versión rara y sin música de él queda remplazada por una que no sonríe.

—Hola, Min. —Me observa desde la cara ruborizada hasta los pies sucios. Siento como si pudiera ver dentro de mi consciencia—. ¿Dónde has estado, cerdita?

—Meadow Park —miento mientras me siento junto a él y apoyo la cabeza sobre su hombro. No estoy muy cómoda, así que vuelvo a sentarme erguida.

—¿Sí? —pregunta Ash sin mucho interés. Suena casi… molesto—. ¿Te has olvidado de que venía para aquí? Te he mandado un mensaje.

—Me he dejado el teléfono en mi habitación. —Eso, por lo menos, es cierto—. Lo siento.

—El teléfono, los zapatos, yo. —Suspira y levanta mi mano hacia la de él. Nuestros dedos se niegan a entrelazarse y permanecen allí, como si fueran un bulto inerte—. ¿Qué te está pasando últimamente, Min?

—¿Qué quieres decir? —Mi voz es más fuerte en respuesta a lo que interpreto como una acusación.

Ash se gira hacia mí. Sus ojos redondos, como un par de bolitas de chocolate Maltesers, son cálidos cuando se clavan en los míos.

—Me preocupo por ti.

—Estoy bien.

—Ya sé que lo estás. Pero esta no es la primera vez que dejas el teléfono y sales a deambular por la calle. Tengo la sensación… —Ash se muerde el labio. Yo me muerdo la culpa; sabe a agua de mar—. De que me estás evitando, y de que… De que no estás del todo aquí. De que estás desapareciendo.

—¿*Desapareciendo*? —No puedo creer que haya dicho eso.

Ash frunce la cara.

—Ha sido una mala elección de palabras. Quiero decir que estás en las nubes. Y… ¿Niko me ha contado que un chico ha venido esta mañana?

Hago una expresión de sorpresa que intento convertir en una respiración profunda y me noto la cara caliente.

—Era Felix —murmuro—. Es nuevo en el instituto. Nos han asignado como compañeros para los deberes de arte.

—¿Y estabas haciendo estos deberes descalza en el parque?

—Soy una artista, ¿recuerdas? —señaló, y pongo una voz dulce como la de Emmy-Kate—. Estamos locos.

Poco a poco, la preocupación se desvanece de la cara de Ash.

—Eso está muy bien, Min —señala—. Me alegra, sabes, que estés mejor con esta situación. Que estés volviendo a ser la misma de antes. —La mano que tiene libre se pone a tamborilear de forma distraída contra su pierna y la música vuelve a su cuerpo—. Escucha, esta noche habrá una fiesta en mi casa. Yo seré el DJ. ¿Quieres venir?

—No lo creo —respondo. La cara de Ash se ensombrece, así que, por impulso, añado—: Pero ¿quieres venir conmigo al taller de mi madre mañana? Después de clases.

—De acuerdo. Sí, puedo hacer eso. Quiero decir, si estás segura —dice, aunque no suena demasiado entusiasmado por la idea. Ahora su mano está tamborileando a toda velocidad. En cualquier momento, tomará la guitarra. Me quedan alrededor de unos diez segundos de su atención absoluta.

—Ash, ¿conoces la escultura de Auguste Rodin? —pregunto—. La que se llama *El beso*.

—No, pero conozco otra escultura que se llama *El beso*, hecha por mí, Shashi Gupta. —Me besa la mejilla y sostiene la pose, incluso cuando ya no puedo evitarlo y me echo a reír. Cuando él se separa, levanta la guitarra y se dispone a afinarla—. Ya sabes cómo soy con el arte, Min —añade mientras se inclina sobre la guitarra—. Me entra por una oreja y me sale por la otra.

Vuelvo a intentarlo:

—¿Qué dirías si te dijera que ya no puedo ver los colores? Que todo está en blanco y negro. Incluso tú y yo.

Ash no levanta la cabeza. Ríe por lo bajo para sí mismo y ajusta las clavijas.

—Diría que estás chiflada —responde al mismo tiempo que sacude la cabeza con una sonrisa, pero me doy cuenta de que en realidad ya no me está escuchando—. ¿Eso es lo que enseñan en las clases de arte hoy en día?

Después me guiña un ojo, y empieza a tocar.

Huevo de pato
(Una lista creciente de todos los colores que he perdido)

*La cáscara de los huevos. La toalla que usa
Emmy-Kate en la piscina. Los ojos de mi madre
cuando estaba iluminada por las estrellas.
Una pintura de Georgia O'Keeffe que me encanta,
titulada* Música azul y verde.

16

BLANC DE BLANC

L
a lluvia se cuela entre mis sueños, golpetea el techo del ático y salpica las ventanas. El lunes por la mañana, ruedo hacia un lado, asomo la cabeza por debajo de las cortinas y echo un vistazo al jardín, que ahora está bajo agua. El diluvio me quita toda la energía.

Me escondo debajo del edredón hasta que mi despertador me avisa y después pierdo diez minutos golpeando la puerta del baño, donde Emmy-Kate está ocupada con un baño de vapor, como si fuera una langosta. Me doy por vencida, corro de nuevo hacia arriba y me ocupo de preparar mi pelo para resistir el agua: lo peino en dos trenzas que envuelvo alrededor de mi cabeza. En el espejo hay una versión de mí misma que parece Heidi dibujada con bolígrafo de tinta. Ya es tarde cuando me pongo un vestido y medias, recojo mi mochila y agarro la llave del taller. Se vuelve a caer de la cinta y repiquetea sobre el escritorio. Maldición. Con cuidado, a pesar de no tener tiempo, la vuelvo a colgar de la cinta y la ato alrededor de mi cuello con un doble nudo.

En la planta baja, la lluvia ha extinguido la vida de la casa hasta dejarla en un estado de desesperanza. La cocina tiene una palidez que me recuerda a los jardines durante el invierno, cuando la tierra se congela, las raíces quedan latentes y ni siquiera las hierbas crecen. Niko está sentada a la mesa, encorvada sobre un plato de pan quemado. Levanta la mirada y me ve vacilar bajo el marco de la puerta.

—Apresúrate, Minnie, llegarás tarde a clase... —La orden es desganada, no tiene ni gota de la autoridad majestuosa que suele proyectar. Y, cuando se va al SCAD, lo hace de forma distraída, abandona el pan carbonizado y sale de la cocina como si fuera a la deriva.

El único sonido es el tamborileo insistente de la lluvia y el viento al atravesar Poets Corner y colarse dentro de cada rincón y cada grieta de la casa. Alguien llama a la puerta trasera.

Se abre con un chirrido y revela a Felix Waters con casi la mitad del cielo encima. Está empapado y, al entrar, chorrea agua por todo el suelo. Es como si el descendiente directo de un Monet joven hubiera puesto el pie dentro de la cocina. (Es la definición de diccionario de alto, oscuro y buenorro). ¿Cómo puede ser que no me haya dado cuenta hasta ahora? Felix es guapísimo. Siento el calor en mis mejillas.

—Hola, Minnie —saluda mientras se sacude la lluvia del pelo—. ¿Estás lista?

Asiento, sin poder hablar. Estamos saliendo por la puerta trasera cuando Emmy-Kate entra con un estrépito por la puerta que da al pasillo. Observa la escena —Felix y yo, uno junto al otro— e inclina la cabeza.

—¿Has tostado tú esa rebanada de pan, Minnie? Dios mío, sí que has hecho un des-*ash*-tre, ¿verdad? —Suena como si fuera la versión humana de una ortiga. Me dedica una mirada intensa durante un momento y después nos aparta a un lado para marcharse enfadada al instituto.

—¿Has pensando un poco más en *El beso*? —pregunta Felix cuando también nosotros nos disponemos a enfrentarnos a la lluvia—. ¿Y sobre lo que estuvimos hablando el sábado, lo de crear algo para recuperar tus colores?

—A decir verdad, sí —respondo. Estoy distraída, alerta por si veo a Em. Pero ella está mucho más adelante y es imposible verla. Es uno de esos chubascos otoñales que inundan las alcantarillas y empañan los autobuses. Cada coche que pasa levanta olas de agua. Sin pensarlo, le digo a Felix—: A decir verdad, estoy pensando en volver al taller de mi madre después de clase.

—Ah, ¿sí? —Felix me dedica una mirada desconcertante, después gira hacia un lado de forma abrupta, se agacha bajo el toldo de la panadería Bluebird y entra.

Yo lo sigo. La panadería huele a sándwiches de tocino, humedad y calor; el vapor del aire deshace mis trenzas de inmediato. Me coloco el pelo para ocultar mi cara, que arde, y desearía no haber mencionado el taller, ya que he quedado allí con Ash.

—¿Qué estamos haciendo? —pregunto por encima del ruido de la cafetera.

Felix responde con algo que no llego a escuchar del todo. Sacudo la cabeza.

—¿Qué?

Él se inclina hacia abajo y apoya una mano ahuecada contra mi oreja.

—Confía en mí —dice en una voz cálida y baja, como si estuviera compartiendo un secreto—. Descubrí los *croissants* de chocolate la primera semana que llegué aquí. Vale la pena estar en Londres solo por ellos. Y una chica no puede vivir solo de pan carbonizado; tu hermana tenía razón, ese pan era un desastre.

Felix se pone derecho y pide los *croissants* como si nada hubiera sucedido. Me siento como si alguien me hubiera dado un puñetazo. Me concentro en hacer una lista con los panecillos que están detrás del mostrador de vidrio e intento quitarme de encima la sensación de su susurro contra mi oreja, lo íntimo que me ha parecido, como si estuviera quitándome el sujetador. Dios. ¿De dónde han salido estos pensamientos? ¿Y qué hay de Ash? Bollos daneses, rollitos de canela, bollos con glaseado, napolitanas, *croissants* de almendras, bocadillos de tocino, salchichas envueltas, *muffins* ingleses, *muffins* dulces, palmeras, la mano de Felix sobre mi mejilla, su aliento cálido…

—Cuéntame sobre el taller de tu madre —pide él cuando volvemos a estar bajo la lluvia con los *croissants* en la mano—. ¿Has dicho algo de volver?

—Eh. —Estoy quitándome la capucha para poder comer el *croissant* y mi pelo empieza a volar por todas partes; cuando respondo, tengo mechones mojados que me azotan la cara—. Hace tiempo que no voy. Quiero decir, no he ido en todo el verano. Pero si quiero recuperar los colores…

—… tiene que ser allí —concluye Felix, que lo comprende de inmediato—. ¿Qué planeas hacer?

—Todavía no lo sé. —Doy otro bocado al *croissant* y mi boca se llena de chocolate líquido. Hace que mi cerebro se sienta difuminado. No debería estar hablando del taller con Felix, un maniático del arte que es un fan de mi madre y que no ha tenido dificultad en encontrar nuestra casa. ¿Y si aparece por allí?—. Ella trabajaba sobre todo con cerámica. Pero he pensado que podría probar con la porcelana, como tú dijiste…

—¿Sí? —Felix gira sobre sus talones, me echa una mirada desde arriba y una sonrisa oscura empieza a formarse en sus labios—. ¿Quieres que te enseñe? No digo que sea un experto, pero soy bastante bueno.

Doy otro mordisco al *croissant* tibio para tener tiempo de pensar. El chocolate sabe igual que los brotes de primavera.

—Sí, quiero —respondo al final—, pero hoy no. Necesito ir sola.

—Entiendo.

Felix asiente con la cabeza, termina el *croissant,* hace una bola con la bolsa de papel y la patea hacia el cubo de basura. Ya estamos cerca del instituto, pero todavía no quiero que lleguemos.

Es obvio que Felix tampoco quiere, porque se detiene en seco en mitad de la acera y se gira hacia mí. Tengo miedo de mirarlo a la cara. En vez de eso, echo un vistazo a nuestros pies. Nuestras botas están siendo bombardeadas con lluvia, gotas blancas y resplandecientes que caen sobre ellas.

—Minnie… —Felix pronuncia mi nombre con una voz escañada que hace que mi cabeza se levante como atraída por un imán.

Nuestros ojos se encuentran y no podemos apartar la mirada. Después de un par de miles de años de mirarnos, él se pasa la mano por el pelo y tira su gorro en un charco, pero creo que ni siquiera se da cuenta. El agua corre por sus mejillas, cae sobre sus labios. Mis costillas se contraen en un movimiento lento y doloroso.

—Dios, eres tan bonita —murmura.

Y en el último segundo antes de que suene la campana que indica que los dos estamos llegando tarde, escucho el latido de mi propio corazón, como un reloj de oro reluciente.

Dorado

(Una lista creciente de todos los colores que he perdido)

Monedas de chocolate, el final del arcoíris,
atardeceres, estrellas fugaces, secretos, Felix.

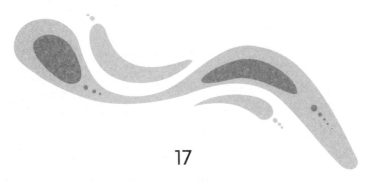

17

EL COLOR DE LA PIEDRA DE LA LUNA

Cuando terminan las clases, ya no está lloviendo; el cielo se ha despejado de nubes. Decido caminar el par de kilómetros que hay hasta el taller. Mientras me abro camino por Full Moon Lane en dirección a Peckham y salto entre los ríos que se han formado en la acera, me siento como si estuviera atrapada en mi propio río, arrastrada por las palabras imprudentes que Felix me ha dicho esta mañana. Durante la clase de arte, la tensión que había entre nosotros merecía un título de exposición: *¿Qué es lo siguiente que va a pasar?*

Y ahora aquí estoy, de camino a ver a mi novio.

Al igual que la mitad del sur de Londres, el taller de mi madre está ubicado entre un par de vías de ferrocarril elevadas. Tiene un espacio para ella sola que ocupa la totalidad de uno de los arcos; los demás son compartidos entre pintores, ebanistas, joyeros, artesanos, cooperativas. Cuando entro al patio gigante de paredes de ladrillo, los banderines empapados que están colgados se agitan en el viento. Cada taller tiene una puerta de metal enorme y semicircular, hecha para un Bilbo Bolsón de tamaño grande. La mayoría de las puertas están cerradas y la luz que se filtra por las grietas me recuerda a Niko y su sesión de espiritismo, o *ouija*, o lo que sea, a la luz de las velas.

Ash está esperando delante de la puerta de mi madre, envuelto en un abrigo gigante de piel de oveja. Sacude la cabeza, mueve uno de los pies, no se quita los auriculares cuando me acerco. Se comporta como si su primera vez en el taller de mi madre fuera tan inconsecuente como hacer la cola para comprar un kebab por la noche.

—¿Todo bien, Miniatura? —grita. Yo hago una mueca de dolor y señalo mis orejas—. AH, SÍ —vuelve a gritar, y se quita los auriculares.

Una gota de lluvia aterriza sobre su cara. La tarde es cada vez más fría, el aire más suave. Tengo miedo de que Ash me lea como si fuera un libro abierto, o uno de los carteles de neón de una artista llamada Tracey Emin, letras cursivas iluminadas que dicen:

MINNIE Y FELIX SON... ALGO

Pero lo único que parece ver es el halo gigante de mi pelo.

—Me gusta este estilo —comenta mientras ahueca uno de los rizos con un dedo—. Es una mezcla entre Bananarama y Bon Jovi.

No tengo ni idea de si eso es un elogio, pero respondo:

—Gracias. —Aterriza otra gota de lluvia veloz—. ¿Cómo fue la fiesta en tu casa?

—Fabulosa.

Ninguno de los dos se mueve para besar al otro. Ash y Minnie han sido remplazados por un par de robots que no están seguros de cuáles son los movimientos correctos. Dejo caer mis brazos alrededor de su cuello y él da un paso cortés hacia mí. El abrazo parece hueco, como un árbol. Nuestros cuerpos se acomodan a los ángulos del otro de forma automática, pero la lluvia ha borrado el aroma a limón y coco de Ash y la esencia de lo que somos *nosotros*. Ya no encajamos del todo juntos.

Retrocedo un par de pasos. Está comenzando a llover de nuevo, esta vez en serio, y, a nuestro alrededor, el patio empieza a transformarse en la escena de hace diez semanas. Los charcos comienzan a llenarse de ondas y a salpicar mientras el cielo cae, el aire cambia, las sombras se fusionan.

—*Brrr*. ¿Estás lista para entrar? —pregunta Ash y tira de una de sus orejas.

Yo casi ni lo oigo. Estoy mirando hacia el pasado, a las luces rojas que parpadeaban y se reflejaban en todos los charcos.

Veo de nuevo el coche de policía que se detiene con un chirrido mientras la sirena aúlla, porque todo lo que dije por teléfono fue «Está muerta, está muerta, por favor, venid».

—Min. —Ash apoya la mano sobre mis hombros y me hace saltar—. Tranquila —murmura, del mismo modo que lo haría con un caballo que se ha escapado—. No quiero apresurarte, pero aquí afuera nos estamos empapando...

—Sí, de acuerdo.

Busco la llave con manos torpes mientras siento que un temblor me recorre los brazos como si fueran insectos. ¿Qué encontraremos dentro? ¿Y si mi madre no lo hizo en el cabo Beachy? ¿Y si retrocedió y volvió aquí? ¿Y si está dentro? Qué estúpida. Ella jamás haría eso. Lo peor que puedo encontrarme es suciedad. Diez semanas de polvo, telarañas y ese frío particular y húmedo que tienen los edificios vacíos.

Abro la puerta y la arrastro por el hormigón con un *rat-a-tat-tat* estruendoso que me sacude las costillas. Una gota de terror se desliza por mi espalda cuando entro y presiono el interruptor de la luz. Zumba una vez, dos, y después inunda el espacio con una luz fluorescente penetrante que no perdona nada.

Ash tose y agita una mano delante de su cara.

—Lo siento —se disculpa con voz áspera.

El polvo ha alcanzado los niveles del Sahara. Es normal, un efecto secundario e inevitable de la cerámica: arcilla, yeso de París, esmaltes en polvo. Todos los materiales son, en esencia, polvos. Este sitio es un crematorio.

Camino con lentitud junto a Ash, que sigue tosiendo. Mi cuerpo agita el aire, sorprendentemente cálido, que libera un soplo de su perfume. Dios. Es como caminar a través de su fantasma. Ya estoy levantando los brazos con la intención de abrazarla, de tocarla, pero no hay nada a lo que aferrarme.

Me giro e intento no respirar.

Hay una taza de café sucia sobre una de las mesas de trabajo, el borde todavía tiene la marca de su pintalabios. Negro contra el blanco de la porcelana. Moscas diminutas zumban alrededor de los restos espesos y dulces. Las espanto y levanto la taza para llevarla con brazos temblorosos hasta la cocina pequeña que hay en el taller.

El grifo gotea sobre el fregadero de metal. Produce un eco suave y algo siniestro que me pone la piel de gallina. El espacio no parece vacío y frío como una esperaría después de tanto tiempo; es cálido y seco. Todo está tan exactamente igual a como ella lo había dejado —desde la taza hasta la luz del horno que parpadea—, que caminar por aquí es como leer un libro lleno de frases inacabadas. El escurridor está lleno de cubos, jarras y jarros, pinceles. Alargo la mano y aprieto uno. Las cerdas están húmedas, como si lo hubieran usado hace poco. Mi corazón se acelera y da un vuelco.

Lleno la taza con cuidado para deshacerme del café sin quitar su pintalabios del borde. Cuando echo un vistazo a mi reflejo, veo una chica chiflada con pelo gris voluminoso que sostiene un océano de esperanza ingenua entre las manos.

—¿Siempre está así? —pregunta Ash con curiosidad.

—¿Así cómo? —Doy media vuelta e intento ver qué es lo que él está viendo, si también ve indicios de su presencia como yo estoy empezando a hacerlo.

El suelo de hormigón tiene remolinos que son marcas viejas de la fregona y está cubierto por una capa gruesa de polvo. Hay kilómetros de estanterías que bordean las paredes, curvas bajo el peso de las piezas de prueba, los experimentos y los jarrones de esmaltes en polvo. Los hornos que están fuera de servicio están cubiertos por unas telas que los convierten en fantasmas rechonchos y cuadrados. Hay cajas de leche con herramientas guardadas debajo de cada mesa de trabajo; hay libros apilados y desparramados al azar. En otras palabras, es un caos. Podría haber estado aquí un minuto antes de que llegáramos nosotros, preparando un esmalte o amasando arcilla, antes de salir a toda velocidad para comprar cigarrillos o comida.

Ver su espacio abandonado de forma tan casual es como un cuchillo clavado en mi corazón.

—Parece tu habitación —observa Ash, y me dedica una sonrisa tentativa.

Ha estado deambulando por el taller con mucho cuidado de no tocar nada. Ahora espera cerca de la puerta, fuera de la lluvia, y me mira.

Le doy la espalda e intento sintonizar esta sensación peculiar que me está dando el taller. Tengo muchas ganas de creer que mi madre ha estado aquí.

Hay un libro abierto sobre la mesa de trabajo con cenizas de cigarrillo desparramadas sobre las hojas.

En mi cabeza se está formando una imagen de ella saliendo del mar —como la pintura de *El nacimiento de Venus* de Botticelli— y regresando aquí. De ella deshaciéndose de *Schiaparelli* y empezando una serie nueva.

Levanto una bola de arcilla lisa y preamasada de una pila de ellas, cada una envuelta en una bolsa plástica para sándwiches, y noto el peso en mi mano. ¿Acaso no he sentido que su presencia me observaba cuando estaba en el jardín amurallado? ¿Acaso no la estoy viendo todo el tiempo? ¿Y acaso no ha sido siempre una idea ridícula que un ser humano tan caótico no fuera a volver?

No puedo describir lo bien que me siento al creer que está en otra habitación en este momento, y no que se ha ido del todo y para siempre.

—Todavía huelo el perfume de mi madre… —comento.

Ash me dedica una sonrisa tensa, está claro que no sabe cómo responder.

—¿Estás lista para irnos?

Niego con la cabeza, apoyo la arcilla sobre el torno y levanto el libro. Son fotografías: esculturas de bronce retorcidas que parecen formas de vida alienígena, hechas por un artista llamado Sir Tony Cragg. Algunas páginas están marcadas con Post-it. Me siento en mi banco, me dispongo a pasar las hojas y después me detengo, porque no quiero perder la hoja hasta donde llegó mi madre.

—No lo harás —asegura ella inclinándose por encima de mi hombro. Su pelo me roza la cara y me hace cosquillas—. Lo que sí deberías hacer es abrir el horno.

—De ningún modo —respondo, y sonrío con alivio al ver que ha aparecido—. Nada de espiar, ¿recuerdas?

—Puedes hacerlo si quieres.

Cubre un cigarrillo con la mano para encenderlo e inhala una vez antes de dejarlo caer sobre el suelo y apagarlo con los zuecos de trabajo. Después empieza a ir de un lado para el otro de la habitación como una ráfaga de viento. Cuando pasa junto a Ash, juraría que lo veo crisparse. Él se pone los auriculares.

—No hace falta —le aseguro mientras me dispongo a impulsar el torno para que empiece a girar de forma tranquila. Arrojo la bola de arcilla en el centro y hago un hueco con los pulgares—. Te esperaré. A todo esto, ¿qué es lo que hay dentro?

—Ya te enterarás —responde—. Es algo en lo que he estado trabajando desde hace tiempo.

—¿Y está terminado?

—*Mmm*, tan terminado como puede estar algo —declara, e inclina la palma de la mano de un lado para el otro.

—¿Qué quieres decir?

—Minnie, no todas las historias tienen un final...

Desaparece en un parpadeo cuando Ash se acerca y apoya la mano sobre la mía. La arcilla tiembla y se derrumba. Detengo el torno con la sensación —irracional— de que me ha quitado algo.

—Ups. No es la primera obra tuya que estropeo. —Me tira de la mano—. No te pondrás a trabajar en algo nuevo ahora, ¿no?

—Bueno... para eso hemos venido.

Bajo la mirada hacia el torno y la vuelvo a levantar. El taller brilla bajo las luces artificiales, pero, al otro lado de la puerta abierta, las nubes han empezado a juntarse, el atardecer se hunde en las esquinas y la lluvia cae con fuerza. La verdad es que, ahora que al fin estoy en el taller, me gustaría pasar toda la noche aquí, incluso dormir aquí. Se lo digo a Ash y él sonríe con preocupación.

—No seas tonta. Vamos. —Me tira para ponerme de pie—. Te invito a comer algo que no haya sido cocinado en un microondas.

Antes de cerrar la puerta, echo un vistazo dentro del taller. Al igual que la casa, está en un momento de estasis, a la espera de que ella vuelva. Pero también es diferente. El taller está vivo, animado. Es como si, en cualquier momento, fuera a golpear tres veces los talones de sus zapatos para regresar a casa. Pienso en los restos del café y el pincel húmedo, y me pregunto si, quizás, ya lo ha hecho.

La creencia en esta idea me empapa de pies a cabeza, como si estuviera nadando en un mar ebrio de sol.

—¿Min? —Ash inclina la cabeza hacia mí con el ceño fruncido—. Te estás yendo de nuevo. ¿Estás segura de que estás bien?

Por primera vez en muchísimo tiempo, la respuesta no es un «no» rotundo. La esperanza me levanta como si fuera un globo y me lleva a través de la lluvia hasta devolverme a los brazos de Ash.

Plateado

(Una lista creciente de todos los colores que he perdido)

Sus pendientes. Rotuladores metalizados.
El espejo, manchado con marcas de agua
y la suciedad de semanas y meses y años de arte.

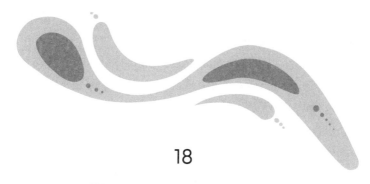

18

EL COLOR DE LA TIZA

Cuando emergemos del patio, el aullido nocturno de la ciudad ya ha llegado. De un lado hacia el otro de la calle principal, los autobuses hacen sonar los cláxones, se oye la última llamada a la oración de la mezquita que está a un par de calles y suena la música de los bares hípster que están debajo de la estación, llenos de multitudes de estudiantes del SCAD. Peckham está que arde.

Corremos bajo la lluvia y conseguimos una mesa junto a la ventana en Il Giardino, el restaurante italiano familiar al que mi madre y yo veníamos a veces después del taller. Yo intentaba hacer que mi mitad del tiramisú durara horas mientras echaba un vistazo al reloj y contaba los minutos que faltaban para tener que volver a compartirla con Emmy-Kate y Niko. Pero siempre había un momento en el que ella alargaba el tenedor y pinchaba el último bocado, lista para ponerse en marcha.

Ash y yo nos sentamos de lado bajo el resplandor de las guirnaldas de luces parpadeantes y la luz de las velas, y elegimos pan de ajo con mantequilla y pizzas del tamaño de una rueda de bicicleta de un par de cartas laminadas.

—¡Min! —Cuando nuestra mesa queda inundada de comida, la sonrisa de Ash es más radiante que la llama de las velas—. Mira todo esto. Me dan ganas de ir a Italia.

Atrapada bajo el foco de esa sonrisa que es una mezcla entre Ash y Elvis, vuelvo a ser la misma chica que hizo contacto visual con él en la Galería Nacional. Y el bloque de hormigón que tengo en el pecho parece un poco más liviano. Es raro. Sigo esperando que todo —el dolor, la tristeza, la esperanza, la felicidad— ocurra en línea recta. Pero, últimamente, la vida son más bien pequeños momentos como este. Altos y bajos encapsulados.

—Imagínatelo, Italia. Podríamos visitar Roma, y la Galería Ufizzi en Florencia. Ver a Botticelli. Y a Da Vinci, Rafael, Miguel Ángel... —empiezo.

—A todas las cuatro Tortugas Ninja si eso es lo que quieres —bromea Ash, y listo, el momento ha pasado.

Porque de inmediato pienso en Felix en la cocina de casa el sábado, elogiando a Miguel Ángel delante de Emmy-Kate y diciéndome que desearía poder ver *El beso*. Si fuera a Italia con Felix, nos tumbaríamos debajo de cien esculturas.

Soy imperdonable. Estoy en una cita romántica con mi novio y estoy pensando en otra persona.

Ash tararea, feliz, chupando la mantequilla de un trozo de pan de ajo y desechando la corteza. Entre cada mordisco, tamborilea sobre el mantel con la punta de los dedos de la otra mano.

—Esto es divertido, Miniatura. Lo de la pizza ha sido una buena idea.

—Sí, es divertido —consigo responder. Al menos es mejor que la versión congelada que comemos los sábados por la noche, cuando Niko nos obliga a sentarnos en la mesa—. Gracias.

—Bien. Y de nada. —Sonríe para sí mismo y me empuja con suavidad con todo el cuerpo antes de levantar una porción de pizza. El rastro de hilos de queso blanco que deja detrás me recuerda que en algún momento pasé por una fase de macramé, pero entonces tampoco terminé ninguna pieza—. Bueno, pero deberíamos ir a Italia en serio.

—Obviamente —señalo con la boca llena de comida deliciosa—. Todo el mundo debería ir a Italia.

—¿Sí? —Ash se dispone a bailar en la silla—. Podríamos hacer eso de viajar de mochileros por Europa. Italia, y todos los agostos hay un festival de música fabuloso en París, y hay otro en Barcelona… —Y así empieza, mientras la mano golpea sobre el mantel con toda la palma en un tamborileo frenético. Ambas piernas suben y bajan. Hace muchísimo tiempo que no lo veía tan feliz. Yo apoyo mi porción de pizza porque ya no tengo hambre, parto un trozo de la cera blanda de la vela y la moldeo en mis manos mientras Ash continúa—: Podríamos comprar vuelos baratos, irnos después de los exámenes. Yo podría llevar la guitarra además de la mochila y tocar en la calle para ganar algo de dinero por el camino. ¿Qué te parece? Podrías tomarte un año sabático antes de ir al SCAD. Yo podría evitar lo de buscar un trabajo de verdad después de mi graduación; eso sí que alegraría a mis padres.

—No estás hablando en serio. —Dejo caer la cera de nuevo sobre la vela, donde se derrite y se acumula, y lo miro fijamente—. Ash, no puedo ir de vacaciones. O viajar.

Él deja de mover los dedos y los limpia con una servilleta antes de sostener mi mano y dedicarme toda su atención.

—¿Por qué no? Quizás te sienta bien, Min —sugiere él—. No tenemos que hacer un año sabático entero. Pero unas vacaciones podrían irte bien. Tomarte un tiempo. Ir a alguna fiesta. Salir.

—Pero si ahora mismo estamos en una salida —señalo desconcertada. ¿Qué más quiere de mí?

—Sí, y es divertido. Quizás ir a otro sitio sea todavía mejor. Así tendrías algo que esperar con ansias en el futuro. —Empuja mi rodilla con la suya y adopta un acento a medio camino entre uno de Manchester y uno italiano—. Piénsalo: tú, yo, espaguetis, recitales, la luz de la luna en tus ojos como una gran pizza.

Libero mi mano de la suya y la agito de forma patética en dirección al restaurante que nos rodea en un intento por hablar con él de forma telepática y decirle: *No puedo ir a ningún sitio.* No mientras mi madre no esté aquí. Lo cual, de acuerdo, podría significar que me quede atrapada en Poets Corner toda la vida. Pero ¿cuál es el problema? Tengo mundos enteros a mis pies: la *Serie de Arcoíris I*, una casa que parece una casita de jengibre, un jardín trasero demasiado crecido, el taller, Meadow Park, galerías a montones, dinosaurios. ¿Quién necesita Italia?

Mi suspiro dice todo lo que yo no puedo decir y golpea a Ash como una ráfaga de viento. Deja caer la cabeza y clava la mirada en el mantel manchado de grasa.

—Min, sé que es difícil, pero…

—No lo sabes —interrumpo, horrorizada. ¿Cómo podría saberlo?

—Es verdad. Pero… —Comienza a morderse el labio mientras me echa una mirada cautelosa. Después suelta un suspiro casi tan fuerte como el mío y toma una decisión—: No lo sé porque no me lo cuentas.

Ahí está. Sacudo la cabeza, mantengo los labios apretados.

—Y desearía que lo hicieras, Min —ruega él a la vez que vuelve a sujetar mi mano entre las suyas—. Dime que es difícil. Dímelo todo. Dime algo, por lo menos. Dime que los dos apestamos a ajo en este momento, no lo sé…

Él sopla una risa y yo esbozo una pequeña sonrisa que hace que me duela la cara.

Ash me la devuelve. Parece como si quisiera decir algo más, pero no lo hace. En vez de eso, suelta mis manos y vuelve a girarse hacia la mesa para levantar una porción de pizza. Deja caer su otro brazo sobre mis hombros con un *clonc*, y los dos terminamos de comer así, incómodos y en silencio.

Cuando Ash paga la cuenta, yo echo un vistazo a través de la ventana cubierta de gotas de lluvia e intento no pensar en el otro chico que está en algún sitio más allá de ese cristal, tan solo como yo.

Más tarde, tomo el tren sola hacia Poets Corner. Aquí, las calles brillan por la lluvia y están rayadas debido a los reflejos de las luces de neón del restaurante de enfrente, que vende carne halal, hamburguesas, pollo, costillas a la barbacoa, patatas fritas o lo que sea que quieras frito. En el sur de Londres hay uno de esos cada diez metros.

Por encima de esta escena se eleva la silueta del castillo puntiagudo de la taberna Full Moon. Las ventanas forman cuadrados de luz, como un cuadro de arte pop de Mondrian. Me quedo en la esquina durante un segundo, con la mirada levantada hacia el primer piso mientras me pregunto cuál será la ventana de Felix.

No tengo ni idea de si me gusta él o si me gusta el hecho de que le guste el arte —cuando a Ash no— o si soy un desastre infernal y él es otro desastre infernal.

Mis pasos golpean con lentitud los adoquines. Paso delante de la panadería Bluebird, cerrada por la noche, y me doy cuenta de que no tengo prisa por llegar a casa. No tengo prisa por ir a ningún sitio. Me detengo, doy media vuelta, deambulo sin ningún destino... y veo a Felix que acaba de doblar la esquina.

Se lleva las manos al lado de la boca y grita:

—¡Minnie!

Esto sobresalta a un zorro que hurgaba en el contenedor de basura a rebosar que está fuera de la tienda de kebabs; ahora se escabulle hacia las sombras. Felix lo rodea y se acerca con pesadez hacia mí. Yo desando mis pasos hasta que nos encontramos a mitad del camino, bajo un poste de luz que proyecta un paraguas de luz sobre nuestra cabeza.

—¿Has salido a caminar? —pregunto, y ladeo la cara hacia arriba para mirarlo.

Él niega con la cabeza. Es una silueta.

—Te estaba buscando. Te he visto desde mi ventana.

Su cara ensombrecida está llena de tristeza, y me pregunto qué estaba haciendo en su habitación. A decir verdad, prefiero borrar ese último pensamiento: no quiero saberlo.

—¿Me estabas buscando? —repito, incapaz de ocultar la felicidad de mi voz. Incluso a pesar de que debería estar echando un cubo de agua fría sobre esta situación, alejándome, mencionando mi relación actual.

Felix asiente.

—¿Cómo ha ido en el taller de tu madre?

—Bien —respondo, y me envuelvo con mis propios brazos—. Y mal. Bueno, más bien raro. Curioso.

—¿Ha estado lleno de adjetivos?

—He tenido la sensación de que estaba allí —explico. En voz alta, parece una locura.

Felix asiente. Mantiene su mirada oscura sobre mí y todo mi cuerpo vibra de forma imperceptible con algo... tristeza, deseo, tranquilidad, intensidad, lujuria, todo al mismo tiempo. No lo sé. Lo único que sé es que si no aparto la mirada, es posible que me derrita y pase a formar parte de este charco sobre el cual estoy de pie.

—¿Has intentado hacer algo con porcelana? —pregunta.

—Todavía no. Está un poco fuera de mis capacidades.

Sin mencionar, Minnie, que tu novio estaba allí. Solo que no lo menciono. Sigo sin mencionar a Ash.

—Bueno... —Felix sonríe. Bueno, algo así. Es más bien como un destello en la comisura de los labios, como si la luna asomara por detrás de una nube. Su melancolía es seductora—. Te dije que te daría clases.

Sí que quiero probar a hacer algo con porcelana —quiero probarlo todo—, pero sería imposible. No puedo ir al taller con Felix: está demasiado cerca del SCAD y de Niko; de la casa de Ash. Es una traición demasiado grande a mis hermanas, a quienes nunca me he ofrecido a llevar.

—Pero... —comienzo, a la vez que Felix habla.

—Entonces...

Él me da un golpecito en la bota con la suya.

—Tú primero.

La torre del reloj de Meadow Park empieza a anunciar que son las diez, una cuenta regresiva a lo que voy a decir. Hasta los zorros vuelven a asomarse desde las sombras y levantan las orejas. Pero no consigo hacerme hablar, no consigo que mi boca forme la palabra «no».

—Minnie, ¿quieres que te enseñe a hacer porcelana? —pregunta Felix con lentitud.

Y yo asiento, como una marioneta muda.

—¿Qué te parece mañana? ¿Después de clases?

—Mañana —repito. Después pienso en lo cerca que pasó Ash de Felix ayer. Está muy dedicado a la universidad; no estaría cerca del taller durante el día. De forma imprudente, añado—: Pero no después de clases. Durante.

Felix me dedica una mirada rápida y curiosa antes de responder:

—Tenemos un plan, entonces. Mañana.

Creo que está a punto de darme las buenas noches y alejarse, pero no lo hace. Vacila, después desliza los brazos alrededor de mi cintura y me inclina hacia atrás de modo que nuestros cuerpos se curvan juntos como si fueran un par de comillas. Cierro los ojos e inhalo para absorber su aroma a hoguera: una mezcla de madera de cedro y menta. No importa lo mucho que me diga a mí misma que es el desodorante, este abrazo me hace pensar en ríos desbordados y cielos tormentosos, en noches tumbada sobre el césped de Meadow Park mientras los relámpagos estallan sobre mi cabeza.

No es un beso. Pero, si alguien nos viera, no estoy segura de que pudiera notar la diferencia.

Amarillo pálido
(Una lista creciente de todos los colores que he perdido)

*El sol a mitad de otoño cuando arroja una luz
como primaveral a través de las ramas que están
cada vez más despojadas. La niebla tóxica con
aroma a combustible de Londres. Los brioches
y los croissants que hay en el escaparate de la
panadería Bluebird. Los celos que zumban
en silencio entre mis hermanas y yo como
una colmena de abejas.*

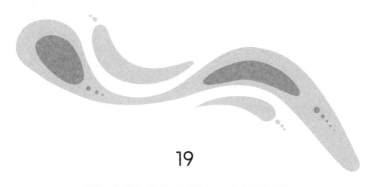

19

EL COLOR DE LA NIEVE

—No olvidéis que hoy tengo excursión del instituto —anuncio a mis hermanas la mañana siguiente.

Mis manos se mueven con demasiada alegría cuando hago los signos, con demasiada exuberancia; son unos movimientos muy poco propios de Minnie. Pero no puedo evitarlo. Me siento como si estuviera caminando entre nubes. A decir verdad, estoy avanzando con paso firme sobre las nubes: antes del desayuno me he colado dentro del museo de nuestra madre y he liberado su par de zapatos más tambaleantes, los que tienen un tacón grueso, cientos de correas y, si recuerdo bien, son de una gamuza color verde brillante. Encajan a la perfección con mis pies, como la avena del oso pequeño, y me parece la forma correcta de hacer el luto por ella, o de tentarla para que vuelva a casa. Con gestos audaces y grandiosos. Faltar al instituto y romper reglas por primera vez en la vida, ir al taller, crear arte. Invocar la luz de las estrellas.

Emmy-Kate inclina la cabeza y me mira como si acabara de anunciar que planeo unirme al circo. Está rodeada de una pequeña fortaleza de cereales azucarados y material de lectura —un libro de arte, el cuaderno de dibujo, una revista, su teléfono; tiene la concentración de un mosquito— pero lo ignora todo a cambio de entornar los ojos en mi dirección.

Niko frunce el ceño, apoya el libro que tiene en las manos —*Una cuestión de vida y muerte*, del Profesor; ¿estará teniendo problemas para dormir?— y me dedica toda su atención. Maldición. Mi plan era entrar y salir de la cocina habiendo dicho esa mentira como si fuera una corriente de aire, como si ya hubiera mencionado este viaje hace tiempo. En retrospectiva, debería haberme hecho la enferma en vez de esto.

—¿Qué excursión? —pregunta Niko.

—Sí, ¿qué excursión? —repite Emmy-Kate, como un eco.

—Métete en tus asuntos —respondo a mi hermana menor, y me giro hacia Niko, intento parecer inocente y, con las manos algo temblorosas, pronuncio el discurso que he estado practicando los últimos diez minutos en la Cueva del Caos—. Los del último año iremos a la Galería Nacional de Retratos. Hay una exhibición de retratos de Cézanne que la señorita Goldenblatt quiere que veamos. Haremos una visita guiada y después tendremos que imitar su estilo y sus técnicas. Te lo conté hace tiempo, a principios de trimestre.

No puedo dejar de signar, de adornar la mentira. Técnicamente, sí que hay una exhibición de Cézanne en la Galería Nacional de Retratos, y la señorita Goldenblatt nos ha sacado algunas veces de Poets Corner para llevarnos a visitar galerías. Pero no esta vez.

—Me encanta Cézanne —anuncia Emmy-Kate con las manos, como si estuviera en un sueño, y como si se hubiera olvidado que no me está hablando—. ¿Sabíais que asombró a

París con una manzana? Tráeme una postal de la tienda de regalos.

—¿Estás segura de que me pediste permiso para ir, Minnie? —La duda nubla las facciones delicadas de Niko—. ¿Dónde está la autorización?

—Tengo más de dieciséis años.

—Aun así, podrías haberme pedido permiso.

Niko niega con la cabeza, dolida, empuja la silla en la que está sentada hacia atrás y lleva el plato al fregadero. Debajo de la camiseta, sus omóplatos sobresalen como pequeñas alas de pájaro, y me entran ganas de llorar.

—Estás *bonita* —suelta Emmy-Kate en voz alta con un dejo de sospecha en la voz—. Te has puesto pintalabios...

Me ruborizo desde las correas de los zapatos hasta la punta del pelo, que he alisado hasta convertirlo en una cortina al estilo de Lady Godiva. Impresión general: es muy probable que no vaya a ir a una excursión escolar. Pero ¿me he pasado con el pintalabios? Pensaba que había elegido un color neutral, pero por como Emmy-Kate me está observando, puede que me haya pintado los labios de color mandarina fluorescente por accidente.

—Si dices una palabra más, pondré un candado en tu ventana —le aseguro.

—¿Qué ha sido eso? —Niko se gira y nos atrapa con las bocas en movimiento. Emmy-Kate parece avergonzada de haber estado hablando a sus espaldas y se retira a sus cereales Sugar Puffs.

—Lo siento —digo a Niko con signos, y soy sincera—. Nos dejamos llevar con la charla sobre Cézanne. Así que me iré... —anuncio mientras me voy acercando a la puerta de la cocina de espaldas.

—Vuelve directamente a casa cuando termines, por favor —ordena Niko a la vez que escucho el sonido del correo cuando aterriza sobre la alfombra del recibidor.

Asiento y trastabillo con mis zapatos cuando salgo de casa; todas mis mentiras me hacen tropezar.

Chartreuse
(Una lista creciente de todos los colores que he perdido)

*Un color que está a medio camino entre el
amarillo y el verde, que recibe su nombre de un
licor francés que mi madre bebió cuando fuimos
a París y vimos la* Venus de Milo *y* El beso.
*El vestido de flores que llevo puesto, si es que
recuerdo bien el color. Las algas del estanque
de los patos. Lo que siento ahora que estoy
caminando para encontrarme con Felix, este
sentimiento tan brillante que requiere un par
de gafas de sol, como si el mundo fuera un
descubrimiento asombroso tras otro.*

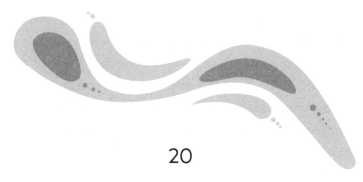

20

EL COLOR DE LA LECHE

A *y, no*, pienso cuando llego al andén de la estación de Poets Corner y veo a Felix apoyado contra la pared. El rayo del sol en el que se encuentra es espeso como la mermelada, y tiene el mismo sabor agridulce. Lo noto sobre la lengua, una combinación de anhelo y aprensión. Como ha dicho mi madre, me traerá problemas, y cuántos. Debería irme en este preciso instante.

Pero mis pies deben tener mente propia, porque empiezan a tambalearse a lo largo del andén. Cuando llego delante de Felix, él se endereza de un brinco y sus ojos oscuros echan un vistazo a mis zapatos, vestido, pelo, rímel, pintalabios, sonrisa nerviosa, toda. Sus ojos dejan un rastro de piel ruborizada por donde pasan, siento el calor que irradia mi cara y me quedo sin habla.

—Hola. —Empuja una bolsa de la panadería Bluebird hacia mis manos sin quitar sus ojos de los míos—. El desayuno.

—Gracias —consigo pronunciar.

Después tengo que apartar la mirada. Me apoyo sobre la pared junto a él y doy bocados pequeños al *croissant* mientras esperamos el tren. El aire echa chispas de anticipación.

Cuando llegamos al taller, respiro hondo. Con Ash, tenía miedo de lo que podría encontrar dentro. Con Felix, me siento como si estuviera a punto de revelar mi alma. Cuando abro la puerta, él me mira como pidiendo permiso y después se dispone a merodear por el espacio. Sus hombros se echan hacia atrás y su postura se endereza. Es como ver una de esas ilustraciones sobre la evolución, como verlo pasar de mono a cromañón a ser humano erguido.

—Joder —murmura sin parar cada vez que asimila una nueva pieza de arte.

Yo avanzo hacia mi torno, decepcionada al ver que el trozo de arcilla que dejé ayer ya está seco. Mi madre no ha vuelto aquí durante la noche. Claro que no lo ha hecho. Nadie cae de ciento sesenta y dos metros de altura, vuelve a trepar por un acantilado y se pone a crear arte. Entonces, ¿por qué estoy decepcionada? Quizás es porque creí que, si había alguien capaz de llevar a cabo esa hazaña, sería ella.

Quito la arcilla con un cuchillo y la arrojo dentro de la cubeta de reciclaje.

La arcilla deshidratada nunca se desperdicia. Puedes dejar que una pieza se seque hasta que esté lista para ser cocida y, en vez de eso, hacerla añicos y volver a mezclar el polvo con agua. Puedes revolver la mezcla y hacer la misma arcilla con la que has empezado. Reencarnación. Fijo la mirada en la cubeta. Está llena de piezas rotas que, en algún momento, estuvieron destinadas a la serie *Schiaparelli*, pero fueron destruidas antes de llegar al horno. Mi madre estaba buscando la forma de algo en esta arcilla, y no la encontró.

—Minnie —dice Felix. Me giro. Está de pie junto a la burbuja de prueba original de *Serie de Arcoíris I*, un prototipo que no llega a ser tan enorme como la obra terminada pero que, de alguna forma, consigue ser igual de asombrosa. Felix hace un movimiento circular con el brazo que abarca todo el espacio—. Esto es increíble. Todo... guau. Gracias por enseñármelo. Me siento como si Frida Kahlo me hubiera invitado entre bambalinas, ¿sabes?

Asiento con la cabeza y me trago la bola de arcilla que se está formando en mi garganta. Así. Así es como debería haber reaccionado Ash ayer. Con reverencia.

—Voy a preparar té —anuncio, y me dirijo con prisa hacia la cocina.

La taza de café de ayer está boca abajo sobre el escurridero. Tiemblo al recordar que yo solo la llené de agua, y después enciendo el hervidor y preparo té. No hay leche en el refrigerador, ni siquiera una botella pasada y mohosa que haya quedado de los últimos días de mi madre en este sitio. Solo hay una selección de galletas propia de Emmy-Kate en la alacena medio vacía, obleas de la Pantera Rosa y galletas con forma de anillo azucaradas.

Cuando doy media vuelta, con una taza en cada mano, veo que Felix está de pie entre los hornos, con una mano apoyada sobre el que tiene la última obra de arte de mi madre. Tiene los ojos cerrados y la cabeza inclinada. ¿Ha echado un vistazo al interior? ¿La ha visto? Con un vuelco del estómago, me doy cuenta de que esa pieza es lo más cercano a una lápida que tendremos.

—¡Té! —chillo.

Felix sube la mirada y levanta una ceja en respuesta a mi voz de Muppet.

—Estaba pensando —empieza él mientras se acerca al horno pequeño para pruebas—. ¿Te parece bien que empecemos a calentar uno de estos? Podríamos… —Se interrumpe al verme temblar, avanza hacia mí en dos pasos y me quita las tazas de las manos—. ¿Estás bien?

—Sí —respondo, aunque oscilo entre el horror y la esperanza.

Ayer estaba convencidísima de que ella estaba aquí. Ahora estoy convencida de que su cuerpo está siendo picoteado por las gaviotas. El *croissant* amenaza con volver a aparecer. Estoy totalmente fuera de control.

Felix apoya las tazas sobre la mesa de trabajo más cercana y se vuelve hacia mí mientras niega con la cabeza.

—No estás bien.

Está examinando cada una de las pinceladas de mi cara. Y yo estoy tan cansada de imaginar la muerte de mi madre —o no— y de la forma en la que ha trazado grietas en mi cerebro. Estoy cansada de la locura, el ahogo y la desaparición, de las palabras imprecisas de su carta de despedida. ¿Por qué no podía, aunque solo fuera una vez en su vida, hacer algo de manera normal? Hasta su potencial final tenía que tener algo de extraordinario. Me dan ganas de levantar el horno, con la última obra de arte y todo, y arrojarlo desde el cabo Beachy. Que *Schiaparelli* se ahogue con ella.

—Estás llorando —observa Felix, con una voz más áspera que la de un macho cabrío. Levanta una mano hacia mi mejilla y seca mis lágrimas con el pulgar—. No. No lo hagas, Minnie. Sé que es una puta mierda.

Sus palabras me tranquilizan, como si fueran una canción de cuna. ¿Cómo puede ser que él sea el único que entiende, el único que puede resumirlo con tanta claridad? Todo es tan terrible que no puedo describirlo.

—A la mierda con esto —pronuncia Felix mientras me sostiene la cara con ambas manos y, de alguna forma, su boca murmura dentro de la mía y yo lloro contra la de él, una mezcla cataclísmica de mis sollozos temblorosos y sus palabras tranquilizadoras, el sabor a cigarrillo cuando sus labios colisionan con los míos. Y entonces lo estoy besando y llorando.

Pero con cada segundo que nuestros labios permanecen pegados, yo dejo mi desesperación atrás. Envuelta en el aroma a hoguera de Felix, lo único que existe es la quietud, como si alguien hubiera presionado el botón de PAUSA de mi tormento. Y, cuando nuestras lenguas al fin se separan, pienso: *Felix es delicioso.* Y de inmediato me siento avergonzada de que mi primer pensamiento no haya sido sobre Ash.

Mis manos vuelan hacia mi cara por la vergüenza.

—Lo siento, no debería… —Felix ha malinterpretado mi gesto y deja la frase en el aire. En su desesperación, se peina el pelo con la mano hacia un lado y hacia el otro y masculla—: Comencemos a hacer la porcelana. Quiero decir, si es que todavía quieres hacerlo.

—Quiero —respondo, antes de darme cuenta del doble sentido digno de Emmy-Kate que acabo de susurrar.

Las pupilas de Felix desprenden un destello. Él frunce el ceño, confundido.

Después, su personalidad maniática del arte queda a cargo: tiene dos personalidades, como si fuera Batman y Bruce Wayne. La que está presente ahora invoca toda la energía creativa del taller y anuncia:

—De acuerdo, ha llegado el momento del científico loco. Aquí tienes, sujeta eso. —Hurga en su bolsillo en busca de un papel que me entrega antes de descender bajo las mesas de trabajo para ponerse a sacar ingredientes de las cajas de almacenamiento—. ¿No te molesta?

—Sí. Quiero decir, no, está bien.

Acaricio el trozo de papel como si fuera una carta de amor. Estas son las palabras que me embelesan, escritas en la letra de Felix, que parecen arañazos sobre la hoja:

arcilla seca en polvo, agua caliente, darvan 7,
carbonato de sodio, carbonato de bario

Se le ve muy cómodo en el espacio de mi madre. Me recuerda a ella en sus momentos más incontenibles, el torbellino de medición de arcilla, el agua hirviendo y la mezcla de los químicos, encontrar su equipamiento y devolverle la vida a este sitio. Felix lo pone todo dentro de un cubo, enciende el taladro mezclador con un *brrrum-brrrum-brrrum* y se detiene.

—Espera —dice. Apoya el taladro sobre la mesa, aparta los rizos que le cubren los ojos y deja una mancha de polvo sobre su frente—. Se supone que te estoy enseñando. Tengo tendencia —explica— a dejarme llevar por las cosas con demasiada prisa.

¿Está hablando del beso o la arcilla?

Echo una mirada dubitativa dentro de la cubeta. Contiene una sopa desastrosa de piezas de arcilla reciclada, polvos químicos de apariencia extraña y agua caliente que todavía echa vapor.

—¿Quieres un delantal? —pregunto, y después señalo su jersey y agito la cabeza—. Qué pregunta más estúpida.

—Pero puede que tú quieras uno. —Felix me entrega el taladro. En la punta hay un batidor en forma de espiral que mi madre suele usar para los esmaltes—. Mezcla eso y tendremos porcelana.

Hundo el taladro en la cubeta.

—¿Estás segura de que no quieres un delantal? —insiste Felix.

—Estoy bien —respondo, y lo estoy.

Aprieto el botón del taladro y la herramienta cobra vida con un rugido que ahoga todo lo demás. Siento el temblor en las manos, los brazos, las piernas, tal y como imagino que debe ser sostener una sierra eléctrica. Y el desastre que está dentro de la cubeta gira en círculos hasta que, poco a poco, deja de ser una sopa grumosa y se convierte en una crema líquida.

Me pongo a pensar en una artista estadounidense llamada Anne Patterson, quien tiene sinestesia. Para su obra *Graced with Light*, escuchó un concierto de Bach y después colgó treinta y dos kilómetros de cintas de seda de colores del techo de la Grace Cathedral de San Francisco. ¡Treinta y dos kilómetros de color! Yo daría mi pulgar izquierdo a cambio de solo dos centímetros.

La porcelana se vuelve cada vez más clara. Casi parece no tener peso. Me hace venir ganas de sostener el sol entre mis manos como si fuera una bola de arcilla.

Todo mi cuerpo se sacude a medida que taladro más y más profundamente, y accedo a la locura y a la soledad. Todo tiembla: la cubeta, la mesa, mis brazos, mis piernas, todo el maldito taller. Estoy taladrando hasta llegar a las palabras no dichas. A las madres que desaparecen y a las hermanas que guardan secretos. A las relaciones que flaquean y a los chicos nuevos carismáticos, a los profesores incompetentes, al abismo que tengo en el corazón y que jamás podré llenar, y a esta preocupación que me duele: la posibilidad de que mi cerebro esté igual de estropeado que el de mi madre y que no haya ninguna forma de ser una artista, de ser *ella*, sin que nuestras historias terminen de la misma forma.

—Mierda —exclama Felix.

O al menos sus labios dibujan esta palabra. No sé leer los labios como Niko, pero entiendo la idea.

—¿Qué? —pregunto a la vez que quito el dedo del botón del taladro. La habitación queda en silencio, a excepción del zumbido en mis oídos que suena como las campanas de una iglesia.

Felix me está mirando fijamente. Tiene salpicaduras nuevas. Bajo la mirada. Yo también estoy cubierta. Hay porcelana por todas partes. Hay gotas espesas por todo mi vestido, pecas pequeñas a lo largo de mis brazos, arcilla líquida que chorrea por mis medias hacia los zapatos de plataforma de mi madre y forma un charco alrededor de mis pies que se extiende como un lago resplandeciente por todo el suelo.

He taladrado un agujero en el fondo del cubo.

—¡Sí, sí, sí! —exclama la voz de mi madre en mi cabeza.

Esta es la primera vez en toda mi vida que he alcanzado su zona de genialidad.

No sé si es algo bueno.

—Mierda —repite Felix, anonadado.

—Lo siento. Tengo tendencia a dejarme llevar por las cosas con demasiada prisa —digo.

Entonces me echo a reír.

Él sigue mirándome. Reconozco la expresión en su cara. Es la misma que intercambiamos con mis hermanas cada vez que mi madre tropieza en un socavón o anuncia alguna nueva idea disparatada mientras está bañada en luz de estrella. Felix Waters cree que he perdido la cabeza.

Es aterrador. Tan aterrador como solicitar una plaza en el SCAD y ser rechazada, o perder la virginidad, o seguir los pasos de mi madre (hasta saltar de un acantilado). Las salpicaduras de porcelana parecen *El álbum blanco*. La inquietud se cuela hasta mi estómago.

Dejo el taladro y camino hacia Felix.

—Olvídalo —indico tan a la ligera como soy capaz, y apoyo mis manos contra su pecho. Su jersey está todo salpicado y mojado—. Soy una idiota. No puedo ver los colores, ¿recuerdas?

Él asiente, envuelve mi cintura con los brazos y tira de mi para acercarme a él.

—Con respecto a eso...

—No —interrumpo yo—. No quiero pensar en eso.

Quiero pensar en azul. El lapislázuli profundo de las pinturas renacentistas. El esmaltado brillante de cobalto de las cerámicas holandesas de Delft. La invención de Yves Klein de un tono nuevo. O literalmente cualquier cosa que no sea lo que acabo de hacer. Lo que estoy haciendo.

Echo un vistazo al sol de luz fluorescente que rebota dentro del taller e ilumina semanas y días de polvo y luto y ausencia, y vuelvo a mirar a Felix. Después me pongo de puntillas, presiono mi boca contra la suya, y olvido.

—¿Y ahora qué tenemos que hacer? —pregunto.

Han pasado un par de horas y estamos volviendo al taller desde el McDonald's por un camino serpenteante que rodea desde lejos el campus del SCAD. Hay una mezcla de porcelana nueva descansando en el taller y esperándonos. Según Felix, la porcelana es como la mezcla para panqueques: no puede usarse de inmediato.

—No hay mucho que hacer hasta que el horno esté caliente —señala Felix y deja caer las últimas patatas fritas en su boca—. Podemos comenzar a practicar y hacer moldes. Si no, yo he traído algunos; podemos preparar piezas crudas.

Piezas crudas. Eso es cuando están secas pero todavía no han sido cocidas. Después de la primera cocción, se llaman bizcocho: cuando la arcilla se derrite y se endurece para formar cerámica. El último paso es el esmaltado y una segunda cocción. Entonces las piezas están terminadas.

Felix y yo somos piezas crudas. Todavía hay tiempo de romper esta cosa tentativa que hay entre los dos, sea lo que sea, y darle otra forma. Pero Ash y yo estamos esmaltados. Si rompo lo que tenemos, no habrá forma de volver a unir los trozos.

Peckham está en silencio, sin rastro de los ruidos y la actividad de anoche. El único movimiento es la brisa y un par de palomas que luchan por el envoltorio de McDonald's que Felix ha tirado. Cuando doblamos una esquina, enciende un cigarrillo y pregunta, de la nada:

—¿Y ahora qué hay que hacer, con lo de tu madre?

—Nada. —Me meto el último trozo de hamburguesa en la boca y me guardo el envoltorio en el bolsillo—. ¿Qué quieres decir?

—Bueno... —Felix sigue avanzando mientras exhala humo—. No sé cómo funciona cuando una persona desaparece. ¿Hay que esperar?

—Básicamente.

Nos detenemos fuera de una iglesia y nos apoyamos contra la pared, de cara al cementerio. Estamos junto a Il Giardino, y siento la enormidad de la situación como si fuera una bofetada. Casi me atraganto con la hamburguesa. Anoche estaba comiendo pizza a la luz de las velas con Ash; hoy estoy besando a Felix. *Más de una vez.* ¿Quién hace eso?

—Lo siento —murmura Felix hacia el muro—. Pensé... no lo sé. Que haríais un funeral o un homenaje o...

—No estoy segura de que sirviera de mucho.

—No lo haría. —Felix exhala humo por encima del muro. Observo su perfil—. La gente dice cosas como «Con el tiempo todo será más fácil» o «Te sentirás mejor después del funeral». Hablan de tener un cierre o lo que sea. Porque eso es lo que quieren creer. Pero, cuando mi madre murió, fue una mierda, y fue una mierda el día anterior al funeral y el día después, y todavía sigue siendo una mierda.

—¿Ni siquiera sirvió un poco durante ese día? —pregunto, sin estar segura de querer saber la respuesta.

—Nop. —Felix presiona la mandíbula—. Lo siento, pero los funerales apestan. Apestan tanto como los testículos de un burro.

—Qué... elocuente.

Deja caer el cigarrillo y lo pisa con la bota antes de girarse hacia mí.

—Sí, bueno. ¿Alguna vez has estado bajo el rayo de compasión de una veintena de adultos?

—¿Rayo de compasión?

Felix hace un puchero de lástima con los labios.

—Así. Todos los amigos de mi madre haciendo todo lo posible por acercarse a decir «*Pobrecito. Qué espantoso. Debes* estar *tan* triste». Como si todos quisieran ser la primera persona en hacerme llorar. Y todos te frotan el brazo en el mismo sitio, así. —Me lo muestra. Me hace pensar un poco en el apretón en el hombro de la señorita Goldenblatt y el golpecito en el hombro de Ritika, pero es diferente, porque la mano que tengo ahora sobre el hombro pertenece a Felix Waters. No puedo creer que sea consciente del peso de sus dedos incluso cuando estamos hablando de lo peor del mundo—. Y todas las tarjetas de condolencias son de color rosa: «No hay nada peor que perder a una madre». *Puaj*. Qué putada.

Asiento con la cabeza y pienso en los osos de peluche del homenaje que está en el jardín amurallado, en la sensiblería de las tarjetas de la tienda Clintons.

Felix cruza los brazos. El sol cae detrás de su cabeza y suelta rayos resplandecientes que evitan que vea su expresión.

—Minnie, sé que quieres sentirte mejor, pero así es la cosa. No puedes. *Yo* no puedo, a menos que, de pronto, ella deje de estar muerta como por arte de magia. El truco es… encontrar el modo de vivir con esta sensación horrible durante el resto de tu vida.

Lo que dice es muy deprimente. Pero también consolador. Como si se tratara de una red de seguridad. La intensidad de Felix hace que me sienta menos loca. Ash no deja de preguntar si estoy bien e intenta decirme que todo irá bien. Pero es agradable, para variar, admitir que quizás no vaya a ser así. Que puede que este dolor sea permanente.

Seguimos caminando, hacia el sol. La luz es cegadora, hace que la calle, la acera y los árboles se desdibujen y formen un único lienzo en blanco. Más adelante, cerca de la entrada al taller, hay un movimiento borroso. Una figura delgada con pelo largo y lustroso que se gira para mirarnos…

—Dios mío. —Dejo de caminar de forma abrupta.

—¿Qué? —pregunta Felix.

Me protejo los ojos con las manos deseando haber traído mis gafas de sol, deseando tener ya las gafas EnChroma que he pedido, pero todavía faltan semanas para que lleguen.

Es mi madre. Estoy segura. En serio.

Los días después de la carta, veía a mi madre por todas partes. En las esquinas, en el metro y el autobús; cuando caminaba por Poets Corner o visitaba la librería que está sobre Full Moon Lane. También la oía: algo que se caía en la cocina o su llave en la puerta en mitad de la noche, los Beatles sonando con suavidad por la escalera. Y, por supuesto, ahora la veo todo el maldito tiempo.

Pero esto es diferente. Esto no es mi imaginación. Esto es haber encontrado evidencia de su presencia en el taller ayer: el pincel húmedo y el cenicero lleno. Las marcas de pintalabios y los restos de café que no se han secado como deberían haberlo hecho si hubieran estado allí desde hace semanas; su perfume que persiste en el aire.

Está a doscientos metros, desvaneciéndose bajo el sol.

Está muerta, creo.

Está aquí y está muerta a la vez.

Creo en ambas cosas. Me gusta así.

Sé que la forma en la que estoy pensando no está bien. Pero tampoco quiero abandonarla. Qué porquería tener que tomar esta decisión: reparar mi cerebro y no volver a verla. O tambalearme hacia esta locura naciente y poder estar con ella todo el tiempo.

Ahora veo que el socavón es una metáfora fabulosa. Un espacio cavernoso que se abre bajo mis pies; me balanceo al borde del precipicio.

—Minnie, ¿qué? —La voz de Felix retumba en todo mi cuerpo al mismo tiempo que mi madre huye por la esquina. Él apoya la mano sobre mi brazo y me sacude con suavidad para despertarme de este coma sonámbulo—. Minnie. ¿Qué pasa?

Felix se pone delante de mí y bloquea la luz.

Parpadeo para deshacerme de las manchas que ha dejado el sol en mis ojos y asimilo las rayas de porcelana blanca sobre el jersey azul marino de Felix; las nubes lavanda contra un cielo de crema de mantequilla.

Vuelvo a parpadear.

El sol lo cubre todo con un esmaltado color albaricoque.

Colores.

Más pálidos de lo imaginable.

Pero presentes.

Así es como veía en agosto, justo antes de que todos se desvanecieran. De alguna forma, he conseguido presionar un botón, uno que dice REBOBINAR, y he retrocedido a través de estos días dolorosos hasta volver a encontrar el mundo. Casi. Los colores no son absolutos: imagina la gota más pequeña y diminuta de pintura rosa violácea que pudiera existir en el mundo diluida en cuatro litros de blanco. O una foto en tu teléfono con la saturación casi en cero. El dejo más leve de acuarela sobre papel.

Pero el azul-lavanda-rosado-violeta-amarillo del cielo es inconfundible.

Al igual que la cara de Felix, que me observa desde arriba con ojos color carbón, pelo castaño.

Una neblina de color.

Lavanda

(Una lista creciente de todos los colores que he perdido)

La planta que seduce y atrae a cientos de abejas
hacia nuestro jardín cada verano. Las sombras
de cansancio que tiene Felix debajo de los ojos.
La neblina de una tarde de finales de septiembre.

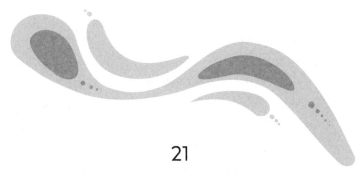

21

LAS LÁPIDAS SON GRISES

Estoy de pie en el jardín trasero mientras intento decidir entre escalar la pared o entrar por la cocina como una persona normal, en cuyo caso terminaré en problemas. Es obvio que no he estado en una excursión escolar: cada uno de mis poros exuda polvo de arcilla, mi vestido está manchado de porcelana.

Tengo los ojos fijos en la ventana de Emmy-Kate cuando emergen sus piernas de flamenco, seguidas por el resto de ella. Se dispone a bajar por la pared con una larga corona de pelo rubio rojizo. A mitad de camino hacia el suelo, me ve y se detiene, y después vuelve a trepar hacia arriba como si fuera una araña. La ventana se cierra de golpe.

Las rosas trepadoras se sacuden y la mitad caen de los tallos hasta crear una alfombra de pétalos a mis pies. Levanto uno del césped para examinarlo mientras el atardecer se arrastra por el jardín.

El pétalo que tengo en la palma de la mano está magullado. Y es del color equivocado. Levanto la mirada hacia la celosía. Estas rosas deberían de ser albaricoque, y no lo son. Son… de otro color. Solo que no puedo nombrarlo. Ni siquiera puedo describirlo, porque no existe. Sería como intentar explicar un pastel de cumpleaños a un marciano: no hay referencias en común.

Repaso la regla mnemotécnica: Rodolfo Narizotas Amó de Verdad a Azucena el Año que la Vio. Rojo, naranja, amarillo, verde, azul, añil, violeta. Un arcoíris. El espectro completo.

Excepto que ahora estoy viendo un color de más.

Mmmm.

En la Biblia no hay azul. Mi madre susurra a mi oído: *Hay más colores en el mundo de los que nunca sabrás que existen.*

La preocupación cierra su puño alrededor de mi corazón. Bajo la mirada hacia el césped y luego la levanto hacia el cielo para volver a considerar sus tonos pasteles. He estado tan feliz de ver colores que me he convencido de que son verdes y azules. Pero no lo son. Son lienzos gigantes de esta nueva Minnie-visión rara e inexistente.

Así no es como funcionan los cerebros normales.

Aplasto el pétalo en mi puño y abro la puerta trasera con un golpe.

Lo primero que noto es lo silenciosa que está la cocina, como si fuera un día sin brisa. Después de la maratón de limpieza de Niko, la habitación también está estéril y despojada. Es como una tumba.

Lo siguiente que veo es a la propia Niko. Está sentada bien derecha detrás de la mesa, con la cara dura e inexpresiva. Delante de ella hay una hoja de papel A4, desplegada, con la marca de tres pliegues. La forma de los dobleces hace que piense de inmediato en la carta de despedida, pero la tiene la policía. Después pienso que es una nota del instituto por mi ausencia. Mi hermana tiembla de rabia, pero no puede ser que esté tan enfadada porque haya faltado a clases... ¿o sí?

Por último, veo que el Profesor está aquí —maldición, otra vez—, posado sobre su silla de siempre, con su atuendo para correr y bebiendo una taza de té chai mientras trabaja en su ordenador portátil. Se pone de pie cuando yo entro en la cocina. Niko levanta los ojos en dirección al movimiento y después hacia mí.

—¿Qué carajo es esto, Minnie? —Sus manos se agitan a toda velocidad, *zas-zas-zas*—. Has usado su tarjeta de crédito.

Ay, no. Mis ojos bajan hacia el papel que está delante de ella. Niko lo empuja hacia mí. Es el resumen de la Visa de nuestra madre y solo hay una compra. Enchroma.com. Las estúpidas gafas mágicas.

El puño de Niko martillea la mesa para llamar mi atención. Estoy esperando que se ponga de pie para condenarme, pero permanece sentada, con los hombros caídos en señal de derrota. Se dispone a hacer señas aletargadas a la vez que habla con la voz grave que casi nunca usa, para que el Profesor entienda:

—¿Tienes idea de lo que has hecho, Minnie? Esta mañana he llamado a la policía. He tenido que quedarme aquí en vez de ir al SCAD para solucionar todos los problemas que has causado.

Las manos de Niko se mueven como pájaros quebrados, pero lo único que puedo pensar es: *qué alivio*. Hoy no ha estado ni cerca del taller, ni cerca de mí y de Felix. No ha sido testigo de la traición monumental a mi novio.

—Ha llegado esta carta —continúa Niko—, y yo he pensado que era ella, así que he llamado a la policía. Después a la línea directa de personas perdidas. Y he tenido que llamar a la puerta del Profesor para pedirle que venga a casa porque la policía siempre se lo toma todo más en serio si hay un adulto. Como no era una emergencia, he tenido que esperar en casa todo el día pensando: ¿Esto es real? ¿En serio está en algún sitio por ahí? Todo el día he tenido esta estúpida esperanza. —Sus ojos se llenan de lágrimas detrás de sus gafas mientras se encorva por encima de sus manos—. ¿Tienes idea de cómo me he sentido?

Estoy tan horrorizada —ni siquiera había pensado en esta consecuencia— y tan abrumada por este día rarísimo que estoy teniendo que digo justo lo que no debería decir. En este caso:

—¿Cómo has sabido que había sido yo?

La cara de Niko se desmorona. Por un segundo, es una locura lo vulnerable que parece, casi como Felix en su momento de mayor desesperación esta mañana.

—Al final, la policía vino hace un par de horas con esa intérprete que no soporto. Me explicaron que habían hablado con la compañía de la tarjeta de crédito y que después hablaron con... —Baja los ojos hacia el resumen y deletrea—: «E-N-C-H-R-O-M-A», y entonces descubrieron que la transacción no la había hecho ella. La habías hecho tú.

Las dos estamos atrapadas en una competición de mirar fijamente. Yo, cubierta de porcelana y pánico; Niko, con un pañuelo en la cabeza, una chaqueta de punto que ha comprado en una tienda de beneficencia y una camiseta del *Refugio Battersea para gatos y perros*, que ha modificado con un permanente para que diga también «y conejos».

—Lo siento, ¿de acuerdo? —digo con signos, pero mis palabras no traspasan la pared que nos separa. A esta altura, ya es impenetrable, como la barricada de espinas y todo lo demás que rodea a la Bella Durmiente.

Aparecen dos manchas sonrojadas de irritación sobre los pómulos de Niko. Su vulnerabilidad desaparece y vuelve a estar tensa.

—¿Eso es todo? —exclama con signos—. Solo lo sientes. ¡Dios! ¿Cómo has podido, Minnie?

Ella observa mi apariencia empapada de arte y sus fosas nasales se inflan. Después sacude la cabeza —no sé si lo hace en señal de desagrado o decepción— y sale corriendo de la cocina.

Me dejo caer en su silla mientras clavo la mirada en la boleta de la tarjeta de crédito. De acuerdo, pero ¿y qué?

Todos los días abro los ojos y veo el mundo en monocromo. Voy al instituto (aunque hoy no). Consigo tragarme cada una de las comidas hechas al microondas. Me lavo el pelo, me cepillo los dientes, hago mis deberes; me arrastro a través de todos estos días infinitos y vacíos y no digo nada a Niko sobre los chicos que Emmy-Kate lleva a su habitación, y no confieso a mis hermanas las palabras exactas que he leído en la carta de despedida porque nadie necesita cargar con ese peso sobre los hombros, y veo a mi madre en todas partes y ahora estoy viendo colores QUE NO EXISTEN, MALDICIÓN, así que hay algo que me gustaría saber:

¿Dónde está mi tarjeta para «salir gratis de la cárcel» y permitirme hacer una sola cosita mal?

Me había olvidado de que el Profesor también está aquí, hasta que se sienta delante de mí y aclara su garganta repetidas veces. Desliza la boleta hacia él con un dedo y el pulgar, con el mismo movimiento que hace para girar su pajarita, y después entrelaza los dedos debajo del mentón. La situación queda clara de inmediato: él y Niko han planeado esta emboscada. Están compinchados. No entiendo en absoluto por qué insiste en invitarlo continuamente.

—Eh... Minnie, eh, quizás podrías... explicar —comienza con rodeos—. ¿Por qué has usado la tarjeta de crédito de Rachael para, ah... —Entorna los ojos y baja la mirada hacia el papel—, gastar, eh, trescientas cincuenta libras? —El Profesor se dispone a mirar alrededor a la cocina con ojos entornados, como si buscara rastros de un Cadillac, un anillo de diamantes o un yate, alguna evidencia de mi botín.

Santo Botticelli, por robar una frase de Emmy-Kate. Pero ¿a quién le importa? Si lo observamos todo con un poco de estúpida perspectiva, ¿qué cambia todo esto?

—¿Trescientas cincuenta libras? —repito.

—*Mmm*.

Reina el silencio. Me doy cuenta de que lo que hecho mal hoy no ha sido una sola cosita, que no he traicionado solo a una persona. Al besar a Felix, he afligido o decepcionado o hecho enfadar a Ash, a Emmy-Kate, a Niko e incluso al Profesor... curiosamente, hasta este último me sabe mal.

—Mire, pagaré el dinero o devolveré las gafas —murmuro, humillada.

El Profesor asiente.

—No creo que ese sea el problema de tu hermana —responde con gentileza—. Creo que quizás lo que quiere es una explicación.

Por la forma en la que lo dice, sé que no está hablando sobre la tarjeta de crédito. Niko quiere una explicación de la desaparición de nuestra madre.

—¿No es lo que todos queremos? —señalo, y la sonrisa que él esboza es como un barco hundido.

Después de una hora de estar sentados en silencio y de los suspiros decepcionados del Profesor, vuelvo a disculparme y subo las escaleras, donde veo que la puerta de la habitación de mi madre está entreabierta. Vacilo en la entrada mientras escucho el alarido de *banshee* que es la música que sale de la habitación de Emmy-Kate, y después echo un vistazo a través de la abertura.

Niko está quitando las sábanas.

Con movimientos rápidos y metódicos, saca el edredón de su funda, tira de la sábana bajera, retira las almohadas de las fundas y, al hacerlo, elimina los últimos sueños de nuestra madre. Amontona las sábanas en el suelo y vierte el contenido de la cesta de ropa sucia encima. Después levanta el vestido que está sobre la silla y lo añade en el montón del suelo, guarda las sandalias dentro del armario. Me muerdo el interior de las mejillas con tanta fuerza que noto el sabor de la sangre.

El cenicero es vaciado dentro del cubo de la basura y ambos objetos son reubicados cerca de la puerta —me encojo hacia atrás— para llevarlas abajo, junto con la copa de vino con la marca de pintalabios. Los libros vuelven a sus estantes. Niko desata el pañuelo que lleva en la cabeza para usarlo como plumero y lo pasa por encima de las palabras que había escrito en el espejo sin siquiera notarlas, hasta que termina con toda la historia del tocador. Enrosca las tapas de los botes y los guarda en los cajones.

En poco tiempo, la habitación está tan ordenada como la de un hotel, vacía de cualquier tipo de personalidad. Pero Niko sigue moviéndose: ordenando y reordenando cualquier baratija restante, empujando los libros en los estantes hasta que todos están alineados a la perfección, sacudiendo las cortinas para que los pliegues queden regulares.

Cuando, al fin, ya no queda nada por organizar, se queda de pie en el centro de la habitación mordiéndose el labio inferior. Sé qué va a hacer antes de que lo haga, como si estuviera viendo una repetición de mi vida. Se sienta sobre el borde de la cama deshecha, alarga el brazo por debajo, tira de la caja de zapatos y la levanta hasta su regazo. Está cubierta por dos centímetros de polvo. Niko lo sopla y recorre la tapa con la mano de un lado para el otro.

Todo mi cuerpo comienza a sacudirse. No puedo verla romper este pacto. Me alejo de la puerta y subo las escaleras a toda velocidad hasta llegar a la Cueva del Caos con el corazón en mitad de una explosión, porque los últimos rastros vivos de mi madre están siendo borrados del mundo.

Mientras estoy sentada en mi habitación, los pasteles comienzan a drenarse de mi visión.

Los veo durante horas, a medida que cada uno de estos colores nuevos y raros desaparece de mi visión, como si fueran pintura que se escurre por el desagüe. Hasta que lo único que queda es un blanco y negro mucho, mucho más oscuro que antes.

Verde lima

(Una lista creciente de todos los colores que he perdido)

La portada del cuaderno de dibujo de Niko, un cuaderno de hojas para acuarelas. Los Tic Tacs. Los tallos de los tulipanes y el jardín al comienzo de la primavera. Algunas de las zapatillas más extravagantes de Ash. Los periquitos que vuelan en bandada por los parques de Londres.

Violeta
(Una lista creciente de todos los colores que he perdido)

*El alhelí y las arvejillas, flores primaverales que
ella jamás volverá a ver. Los pensamientos y las
violetas que están a punto de florecer y que ella se
perderá. El champú púrpura para pelo superrubio
que solía estar en el estante de la ducha y que
ahora Niko ha reubicado en el armario del baño.*

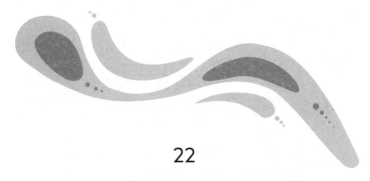

22

EL COLOR DE LAS SOMBRAS

El atardecer deposita paquetes de luz pesados sobre toda mi cama. He dejado la ventana abierta del todo para escuchar los trenes y, de vez en cuando, llego a notar un poco del olor de los tubos de escape del tráfico mezclado con el aroma dulce de las rosas moribundas. La combinación me recuerda a los ilícitos besos de cedro y cigarrillo que he compartido con Felix esta tarde.

Todavía tengo puesto el vestido cubierto de porcelana —no tengo ánimos para quitármelo— y, cada vez que me muevo, quiero volver a estar en el taller con él. O debajo de una de las burbujas en Meadow Park. O en el instituto. En otras palabras, en cualquier sitio que no signifique estar atrapada aquí, en la casa de la angustia, donde en cualquier momento Niko me llamará para que baje a la cocina a comer bastoncitos de seitán y gofres de patata marca Bird's Eye, y para recibir un sermón.

Cierro los ojos mientras deseo escapar de mi vida y revivir un momento de esta tarde: cuando Felix Waters me ha rodeado con sus brazos al abrigo de la taberna Full Moon y me ha despedido con un beso. Pero cuando cierro los ojos, lo único que veo es la cara de Ash, distorsionada por el asombro.

¿Cómo has podido, Minnie? Las palabras de Niko retumban en mi cráneo.

Uf. La deshonra hace que me levante de la cama. Camino hacia el escritorio, donde toqueteo absorta una gota de porcelana que está en mi manga y vuelvo a revisar los dibujos florales del otro día. Todos están inconclusos, dibujos cuidadosamente hechos en lápiz a los que todavía les falta pintura, tinta o ceras. Sin colores, no hay forma de elegir el material. Permanecerán incompletos, al igual que el resto de mi portafolio.

Así es. Estoy incompleta. La monocromía evitará que solicite una plaza en el SCAD o me convierta en una artista. Mi madre hizo *El álbum blanco* y renunció. Yo ni siquiera empezaré, no tendré ninguna oportunidad.

La gota de porcelana se despega y cae sobre mi mano, plana y redonda como una teja, o como uno de los pétalos de rosas de antes. Juego con la porcelana, delgada y delicada. Está seca, lista para el horno: mi chaqueta de punto ha absorbido el agua y ha creado piezas crudas por accidente. Y, cuando giro mi silla y levanto el trozo contra la ventana, brilla.

Siento que estoy al borde de un descubrimiento gigante, como cuando Rodin encontró la luz en la piedra. Quizás los fragmentos y salpicaduras de porcelana que cubren mi vestido son lo que se supone que debería hacer.

Agitada, me pongo a pelar y quitar los trocitos del vestido, clavando las uñas en la tela para arrancar las esquirlas de arcilla, y a apilarlos con cuidado sobre el escritorio. Estoy pensando que esto es lo más cercano que estaré a ser mi madre —esto de llevar mi arte a flor de piel— cuando, por supuesto, ella entra a la habitación.

—¿Pulgas? —bromea mientras agita su cigarrillo en dirección a mi aspecto desmontado.

Dejo de tirar de mi chaqueta. Mi madre lleva un vestido *chartreuse* como el mío y tacones de aguja rojos. Como siempre, es lo más brillante de toda la habitación. También está empapada, y tiene algas que le cuelgan del pelo. Su piel está cerosa y azulada. Todo mi cuerpo exuda sudor frío.

Cada vez que la imagino, está más y más muerta. El problema es que no sé si lo hago a propósito o no. ¿Me estoy aferrando a ella o la estoy dejando ir?

—¿Qué te pasa, Min? —pregunta.

—He tenido un pequeño accidente con la porcelana en el taller —explico—. Lo siento.

—¡Ah! ¿Y quién no?

Le resta importancia a la situación con otra sacudida de su cigarrillo y yo suelto una risita. A pesar de su aspecto mórbido, todavía actúa como mi madre.

—Cierto, lo olvidaba. Ya lo has visto. Por un momento, me he sentido como tú —confieso—. Cuando estaba mezclando la porcelana… o bueno, haciéndola explotar.

Mi madre inclina la cabeza, suelta un «mmm» como el del Profesor y deambula hacia el escritorio, donde hace a un lado las piezas de porcelana. Emiten un repiqueteo suave. Cada una es un óvalo irregular, apenas cóncavo: no son pétalos, sino caracolas. Ella las ignora y levanta mis dibujos de flores hacia la luz.

—Olvídate de esos —murmuro, avergonzada. ¿Qué pensará mi madre, artista ganadora del Premio Turner, de mi inhabilidad para terminar algo? Hoy mismo, en el taller, Felix ha tenido que terminar de mezclar la arcilla—. Estaba experimentando.

—¿Qué opinas de ellos? —pregunta—. ¿Qué ves cuando los miras de verdad?

Me acerco a ella. Cuando intento inhalar el olor de mi madre no huelo ni una pizca de Noix de Tubéreuse, ni arcilla, ni glicerina, ni siquiera de sus cigarrillos. Solo sal y agua de mar.

—Veo a alguien que todavía no ha decidido nada.

¿Qué tipo de arte quiero hacer? Solo sé que quiero deshacer la oscuridad, descubrir los secretos que me guardo a mí misma. Al mirar los pétalos y caracolas de porcelana, sé, con certeza absoluta, que no son la solución. Así no es como encontraré los colores.

—Min, ¿recuerdas que en la Biblia no hay azul? —Mi madre sopla un aro de humo.

—Ya hemos pasado por esto —suspiro, frustrada—. No sé qué significa eso, ¿recuerdas?

—Significa lo que significa.

—Santas vaguedades, Batman. —Levanto los brazos en un gesto de irritación.

Me gustaría un poco tener los auriculares de Ash y algo del *rock* ruidoso de Emmy-Kate para dejar de escuchar a mi madre. Cuanto más la veo, más siento como si me estuviera desafiando a perder la cabeza.

—En *La odisea*, Homero lo llama «el mar oscuro como el vino». No dice azul. *Oscuro* —explica mi madre. También está agitando los brazos—. Y en la versión antigua en hebreo de la Biblia, sigue sin haber una palabra para el azul. ¿No lo ves? Las personas no tenían un nombre para el color, así que no podían verlo. El azul era oscuro. ¿Y sabes que hay comunidades que no pueden distinguir entre el azul y el verde? Para alguien que no tiene una palabra para *verde*, los dos colores son el mismo.

Se acerca a mí con un par de giros y me mide con la mirada como si yo fuera uno de sus trozos de arcilla. Esta es mi madre en modo luz de estrella. Actúa como cada vez que se pasa toda la noche despierta investigando alguna idea nueva. Habla exaltada y a toda velocidad, sin mucho sentido, es una supernova. Es como he sido yo hoy, cuando taladré un agujero en el cubo. Nos estamos convirtiendo en la misma persona.

—De acuerdo —empiezo, en un intento por seguirle la lógica—. ¿Cómo puede ser que nadie tuviera una palabra para el azul? Mira el cielo.

Mi madre no responde: en vez de eso, cierra los ojos y se balancea sobre los pies mientras chorrea agua de mar.

Me siento sobre la cama mientras la observo. Puede que luego me quede dormida, porque lo siguiente que noto es que está oscuro afuera, mi madre se ha ido —como siempre lo hace— y la ventana de Emmy-Kate se está abriendo con un chillido escalofriante.

Asomo la cabeza al aire nocturno y descubro que mi hermana está colgando, mitad dentro y mitad fuera de la casa, reluciente en un vestido brillante. Esta vez no parece estar yendo a ningún sitio: echa una mirada hacia el cielo, sopla humo en dirección a la luna. ¿Desde cuándo fuma Emmy-Kate? Los Beatles suenan desde la habitación, una canción que se llama *I Feel Fine*, «estoy bien», lo cual no podría ser menos cierto.

Mi estómago se retuerce de nostalgia por ella, por nosotras. No por la Emmy-Kate que fuma como una chimenea tres metros más abajo, sino por una hermana diferente que he perdido hace tiempo.

—Chist —susurro.

Ella se gira hacia todos lados y levanta la mirada, plateada bajo la luz de las estrellas, la sombra de ojos tan brillante como su vestido. Yo tengo puestos los zapatos de nuestra madre, pero Emmy-Kate tiene puesta su efervescencia. Parece un hada de azúcar. El tipo de chica que es la heroína de la historia. A diferencia de mi yo monocromático.

Frunce el ceño, pero al menos me habla.

—¿Has visto el atardecer de Cy Twombly? —pregunta, y su voz no parece tanto una melodía de piano como de costumbre, incluso cuando accede a su diccionario de sinónimos mental—. Muy *Quattro Stagioni: Autunno*, ¿sabes lo que quiero decir?

—Pocas veces —respondo, lo cual genera una sonrisa reticente por su parte—. ¿Vas a algún sitio?

—Lo estoy pensando. —Se sacude y el vestido brillante susurra como el viento a través de los árboles—. Te has perdido la cena —añade, curiosa.

—No tenía hambre.

—¿Me has traído la postal de Cézanne?

—¿La qué?

—Tu. Excursión. Escolar —pronuncia mientras me echa una mirada con ojos entornados.

Ah. Me siento como si esta mañana hubiera ocurrido hace toda una vida. Parpadeo en dirección a ella durante casi un siglo antes de hablar.

—Lo siento. Lo he olvidado.

Los labios de Emmy-Kate se curvan. Creo que está a punto de acusarme de no haber ido a la excursión escolar, pero solo inhala, tose y dice:

—¿Has oído hablar de algo llamado superamnesia?

Sacudo la cabeza al mismo tiempo que coloco el edredón alrededor de mis hombros.

—¿Y de la amnesia? He leído algo en Internet. —Emmy-Kate deja caer el cigarrillo y se asoma un poco más por la ventana, agarrándose con una mano del marco superior para mantener el equilibrio. Quiero decirle que tenga cuidado, pero sé que no me hará caso—. Sobre una mujer que desapareció. Dos veces. Sea como sea, la primera vez fue hace como diez años. En Nueva York. Salió a correr y ¡*puf*! Se esfumó. Resulta que tenía esta superamnesia. La encontraron tres semanas más tarde, boca abajo en un río y, cuando la rescataron, no tenía ningún recuerdo de haber desaparecido, a pesar de haber ido al Starbucks, a la tienda de Apple y al gimnasio. Y a nadar...

Emmy-Kate deja la oración inconclusa, sus ojos son dos planetas en la oscuridad. Es obvio por qué me está contando esto. Quiere que le diga que nuestra madre volverá, que tiene superamnesia.

Podría hacerlo. Podría decirle que nuestra madre ya ha vuelto; que visita el taller todo el maldito tiempo, pero todavía no ha llegado hasta Poets Corner. Podría decirle a mi hermana que veo a nuestra madre por todas partes, que la he visto esta misma noche hace un rato. Pero la idea de admitir esto a otra persona me aterra. ¿Es por eso que nuestra madre nunca ha reconocido sus socavones? Nunca hablábamos de ellos. Ella simplemente emergía de la desesperación y volvía a actuar con normalidad, durante un tiempo, antes de darse cuerda hasta llegar a un estado frenético y volver a caer en picado. Era ruidosa, orgullosa y audaz para todo lo demás, pero negaba ese aspecto de sí misma como si fuera un secreto vergonzoso.

Lo entiendo. Cuando pienso en contarle a alguien lo que me ocurre, la piel se me cubre de un sudor frío por la vergüenza. Mi estómago se retuerce, mis mejillas se sonrojan, tengo arcadas.

O podría contarle a Emmy-Kate la historia entera: que nuestra madre ha dejado una nota suicida. Me pregunto de qué pintura hablaría en ese caso. Lo más probable sería algo surrealista y macabro. Algo de El Bosco, con cabezas de demonios ensangrentadas y fuegos infernales.

—¿Y qué pasó la segunda vez que esta mujer desapareció? —pregunto—. ¿Volvió a tener superamnesia?

Emmy-Kate niega débilmente la cabeza, con tristeza. Después balancea una pierna y la saca por la ventana. También lleva puestos zapatos de nuestra madre: unos con tacón que le quedan demasiado grandes y le cuelgan de los pies. Tardo un momento en identificarlos como las sandalias que Niko ha guardado en el armario.

Tengo la sensación espantosa de que mi madre no ha sido quien los había dejado sobre el suelo; que ella no había dejado el vestido sobre la silla. Ese caos que yo quería conservar era la cleptomanía de Emmy-Kate. Pero ya no importa; Niko lo ha limpiado todo. Cuando alguien se va, se va de verdad. Aferrarse a su cepillo o vestir su ropa no cambiará nada. Tampoco lo hará aferrarse a su sombra, como lo hago yo. Pero no sé cómo dejar de hacerlo.

—Así pues, ¿a dónde puede que vayas a ir? —Cambio de tema y hago ver que es del todo normal que una hermana de quince años se escape de casa después del anochecer.

—No es asunto tuyo —responde ella de forma automática. Adopta una actitud desafiante y se dispone a hablar en mayúsculas, como si me retara a decir algo al respecto—. Hay una fiesta en el campus del SCAD. ¿Has VISTO a los chicos de ese sitio? Algunos son tan ATRACTIVOS que deberían ser CENSURADOS. ¡Santo Miguel Ángel!

El entusiasmo falso hace que su voz salte como si estuviera jugando a la rayuela, y se me ocurre, una eternidad más tarde de lo que debería habérseme ocurrido, que Emmy-Kate también está fingiendo ser una persona. Es una gran farsante.

De pronto me viene a la cabeza la noche que encontramos la caja de zapatos.

Fue hace un par de años, antes de que Emmy-Kate se convirtiera en esta persona adulta hecha y derecha. Mi madre había arrastrado al Profesor a un evento deslumbrante, una muestra de arte o una galería, una inauguración, una entrega de premios o lo que sea, y las tres hermanas nos habíamos quedado solas en casa, donde hicimos una noche de terror. Vimos películas de miedo. Después, nos cepillamos los dientes una al lado de la otra, chillando y riendo de miedo fingido, hasta que Niko nos desafió a apartar la cortina de la ducha para comprobar que no hubiera un asesino psicópata detrás de ella.

Ninguna quería irse a la cama sola, así que nos metimos en la cama de nuestra madre y nos quedamos despiertas hablando, deletreando con el alfabeto manual en la palma de las demás. Cada vez que la casa crujía, soltábamos un alarido y nos retábamos a asomarnos al pasillo oscuro y a echar un vistazo debajo de la cama en busca de monstruos.

Después, Niko miró debajo de la cama en serio. No había nada excepto una caja que nunca antes habíamos visto. Una caja de zapatos normal y corriente, beis y vieja. Había algo en la forma en la que había estado oculta, empujada hasta apartarla de la vista, que me daba más miedo que cualquiera de los monstruos imaginarios que pudiéramos haber conjurado. Me recordó aquella canción infantil:

En el bosque oscuro oscuro, había una casa oscura oscura;
Y en la casa oscura oscura, había una habitación oscura oscura;
Y en la habitación oscura oscura, había un armario oscuro oscuro;
Y en el armario oscuro oscuro, había un estante oscuro oscuro;
Y en el estante oscuro oscuro, había una caja oscura oscura;
Y en la caja oscura oscura, había...

«Un secreto», dijo Emmy-Kate con signos, sus ojos bien abiertos por la intriga.

«¿Deberíamos abrirlo?», preguntó Niko.

Yo negué con la cabeza, pero, como de costumbre, ella fue y lo hizo de todos modos.

Adentro había frascos de medicamentos. Recipientes de plástico que repiqueteaban y se sacudían con fármacos de nombres complicados: citalopram, carbamazepina, litio, quetiapina, valproato y zopiclona; proclorperazina y un jarabe que se llamaba trifluoperazina y venía con una cuchara medidora. La botella estaba tres cuartos llena y pegajosa. Había paquetes de blísteres a medio usar etiquetados con los días de la semana, pero los ocasionales espacios vacíos en los que ya no había ninguna píldora no seguían ningún patrón. En la esquina de la caja había una pila de recetas del Servicio Nacional de Salud. El nombre que aparecía en cada uno de los frascos era el de nuestra madre. Algunas fechas eran de hacía años.

De alguna forma, absorbimos toda esa información en cuestión de segundos y supimos qué podía significar. Que la marea de socavones y luz de estrella que iba y venía en nuestra madre podría ser el indicio de algo serio y médico, real y permanente. No era una madre mágica después de todo: le pasaba algo malo. Mi estómago dio una voltereta. Lo único que sabía con certeza era que no quería saber qué era. Era demasiado.

Emmy-Kate le quitó a Niko la tapa de las manos y la devolvió a la caja con dedos temblorosos antes de empujarla de nuevo bajo la cama y lejos de la vista. Yo me bajé de la cama con piernas inestables. Todas lo hicimos, mientras nos aclarábamos la garganta y nos peinábamos con la mano. Niko alisó las siluetas que habíamos dejado sobre el edredón y todas salimos de la habitación y cerramos la puerta detrás de nosotras con el mayor cuidado posible, sin hablar de lo que habíamos visto, más aterradas de lo que habíamos estado durante toda la noche con las películas de terror.

Cuando la policía me preguntó si mi madre se medicaba, respondí con honestidad que no lo sabía.

Emmy-Kate ya está a mitad de camino de la celosía.

—¿Me delatarás? —pregunta.

—No. —Por algún motivo, lo digo con signos, no en voz alta.

Emmy-Kate baja entre las rosas, aterriza sobre el césped con un *plaf* pequeño y suave y levanta la mirada, rodeada por la noche espesa.

—Bien. —Ella también hace señas con las manos, casi invisibles en la oscuridad—. ¿Has estado en serio en la muestra de Cézanne?

—Emmy-Kate, ¿qué...? —La preocupación fluye por mi cuerpo.

—Escucha —interrumpe ella—. No estabas en el instituto, y Felix Waters tampoco. Y sé que no estabais de excursión. Vi a la señorita Goldenblatt.

Después, con mucho cuidado, usa el alfabeto manual para deletrear cada una de las letras, que quedan suspendidas en el aire como si fueran estrellas:

—¿Q-U-É P-A-S-A C-O-N N-I-K-O?

Emmy-Kate se desliza por el jardín como una mancha de purpurina y después desaparece, mientras sus palabras quedan detrás. Durante un rato, espero que vuelva, pero no lo hace. Tampoco lo hace nuestra madre. Todo lo que me queda de este día es la pila de pétalos y caracolas de porcelana y esta verdad ineludible: Emmy-Kate tiene razón.

Pienso en la muralla impenetrable que antes nos separaba a mí y a Niko en la cocina, en el hecho de que ha estado allí desde el momento en el que le robé a Ash con un beso. *¿Cómo has podido, Minnie?* Y las cosas no harán más que empeorar si nos separamos. Habré traicionado a mi hermana por nada, por una relación de menos de un año. Ella no volverá a hablarme. Y no puedo permitirme perder a otra Sloe.

Albaricoque

(Una lista creciente de todos los colores que he perdido)

El abrigo de tela rústica que Niko usa en invierno,
el que la hace parecerse a un oso de peluche.
Las rosas que Emmy-Kate sacude de la celosía
todas las noches cuando va a quién sabe dónde.

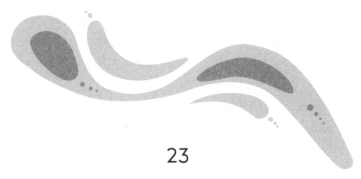

23

NUBES JUNTÁNDOSE

Despierto con el traqueteo del primer tren sobre el jardín y me encojo debajo de las sábanas durante un rato mientras escucho el parloteo suave y musical de los pájaros que cantan. Los grises se han oscurecido de la noche a la mañana, como si hubiera dormido dentro de una chimenea. Se supone que todo se ve mejor por la mañana, después de una buena noche de sueño, pero no es así.

Durante el desayuno, ninguna de mis hermanas se comunica conmigo, y, cuando salgo de casa sola, envío un mensaje a Felix para quedar fuera de la panadería. Él llega antes que yo, y me espera apoyado contra la pared con dos bolsas de papel en la mano. El amanecer todavía se aferra a la mañana y hay un silencio curioso. Somos las únicas dos personas en la calle.

—Hola, Minnie —saluda Felix con una voz sombría y dulce que de inmediato consigue destruir mi determinación de poner un fin a esto.

Su infelicidad vampírica refleja la mía. Aunque no me guste, me atrae, y camino hacia él. Felix se impulsa para ponerse recto, yo me levanto de puntillas y nuestras dos tristezas colisionan incluso antes de que nos toquemos. Hay una oportunidad de una fracción de segundo en la que yo podría decir algo, como:

no puedo

tengo novio

mi hermana

debemos detenernos

pero el momento pasa y la boca de Felix se estrella contra la mía mientras las bolsas de la panadería se aplastan entre nuestros cuerpos descontrolados. Este beso no es como el de ayer. Es pura conmoción. Estamos entrelazados, sus dedos magullan mi cintura a la vez que pasan entre mi pelo; nuestros dientes y lenguas se mezclan. Apenas nos hemos saludado. Ahora que lo pienso, apenas conozco a esta persona, y nunca antes me he besado con alguien en público, no así. Pero parece que no puedo controlarme. Porque mientras nos besamos no importa nada más, porque no *existe* nada más. Vacía mi cerebro, hace desaparecer cualquier pensamiento sobre medicamentos o locura.

Al fin emergemos para respirar y el mundo vuelve a precipitarse sobre mí. Doy un paso hacia atrás con tanta velocidad que es casi un empujón, me tambaleo y pierdo el equilibrio. Las bolsas de *croissants* caen al suelo. El tiempo que tardo en inclinarme para recogerlas me deja recuperar el aliento, ocultar mi cara ruborizada. Eso no ha sido un beso: ha sido un exorcismo. Cuando vuelvo a ponerme derecha, Felix está empujando su pelo de un lado para el otro. Parece salvaje, un maldito desquiciado... y así es como me siento yo. Le devuelvo la mirada y mi corazón amenaza con hacerme explotar las costillas.

Cuando creo que nunca vamos a dejar de mirarnos, sus ojos se mueven hacia el otro lado de la calle y dice:

—Tu hermana.

Me invade una adrenalina enfermiza. Mis piernas tiemblan. Me giro a súper cámara lenta.

Al otro lado de la calle, Emmy-Kate avanza despacio hacia el instituto, un caracol bajo el caparazón que es su mochila gigante. La chica brillante y resplandeciente de anoche ha desaparecido. Mi hermana parece el aislamiento personificado. Me dan ganas de tirar los *croissants* que tengo en las manos hacia el cielo.

No tengo ni idea de si nos ha visto besarnos. Es posible que no —sus ojos están fijos sobre la acera y no me está gritando ni prendiendo fuego el pelo—, pero la bilis me llena la boca de todas formas.

Delirante, y no en el buen sentido, me giro de nuevo hacia Felix. Es el boceto en carboncillo de un chico, sus ojos de halcón me miran a través de una pincelada gruesa de rizos. Juntos, formamos una sombra profunda. Un sitio en el que no existe nada más que la pérdida.

Y yo ya no quiero estar aquí.

No quiero creer que me sentiré así de mal durante toda la vida, o que estar con Felix es la única forma de recuperar mis colores. No quiero que Emmy-Kate parezca una nube o que Niko me odie con todo su corazón. No quiero besar a un chico que conoce el arte de mi madre pero no la conoce a *ella*, que no tiene ni idea de que también hacía cosas comunes como cocinar judías con tostadas. Cuando Ash venía a cenar a casa, exclamaba con alegría: «¡Comida de estudiante!».

Antes de saber qué palabras saldrán de mi boca, ya las he dicho:

—Debemos detenernos, no puedo volver a besarte. No es…
—Empujo las bolsas de *croissants* hacia él como si eso fuera una explicación—. No puedo.

La mandíbula de Felix se tensa. Sus ojos se vuelven más oscuros mientras intenta descifrar qué ha cambiado. No lo culpo: hace veinticuatro horas, estábamos saltándonos el instituto juntos bajo la luz del sol espesa como la mermelada. Hace dos *minutos*, estábamos casi manteniendo relaciones sexuales sobre la acera.

—¿Lo dices en serio? —pregunta, y vuelve a tirarse con tanta fuerza del pelo que me asombra que no esté calvo.

—Sí.

No. No lo sé.

Estamos de pie bajo el mismo poste de luz donde nos abrazamos hace dos noches. Aparto la mirada de la desolación de Felix hacia Meadow Park. Al otro lado de las puertas, la colina está cubierta por un velo de niebla húmeda y tenebrosa, como si alguien hubiera recortado un trozo de pleno invierno de algún otro año y lo hubiera transportado a este día de septiembre.

A lo lejos, en la distancia, Emmy-Kate camina a la deriva hacia el instituto, una mancha de polvo que vuela por el paisaje. Quiero volver al principio de la historia, hacer que la canción suene de nuevo, romper el dibujo y comenzar de cero. Hay algunas cosas que no pueden deshacerse.

—¿Por qué? —pregunta Felix.

—Lo siento —susurro.

Este es el momento perfecto para explicarle que tengo novio, pero aun así no lo digo. No quiero admitir en voz alta lo monstruosa que soy. En vez de eso, me alejo poco a poco con piernas temblorosas, caminando hacia atrás antes de dar media vuelta y emprender el camino de regreso a mi casa. La idea de ir instituto, de crear algo de arte, me parece totalmente inconcebible.

Mientras espero en el semáforo, doy bocanadas gigantes de niebla tóxica londinense mientras deseo-espero-me pregunto si Felix me seguirá para intentar convencerme. Mi decisión no es absoluta: todavía hay una parte de mí que quiere correr hacia sus brazos y seguir haciendo añicos mi vida alegremente. Pero cuando el semáforo cambia, me obligo a cruzar la calle.

Cuando al fin echo un vistazo por encima del hombro, él ni siquiera está allí.

Sigo de pie en la esquina de Full Moon Lane así, desmoronada, cuando un autobús se detiene en la parada que está a diez metros. De forma impulsiva, corro para alcanzarlo, me dejo caer sobre uno de los asientos del piso de arriba y apoyo mi cabeza pesada contra la ventana.

No tengo ni idea de cuál es el número de línea, pero no me importa. Antes lo hacía todo el tiempo: subirme a un autobús al azar y recorrer Londres con él, mirando cómo la cuidad fluía de barrio en barrio. Cruzar el Támesis transformaba mi ciudad en un sitio diferente, como si hubiera pasado al otro lado del espejo.

Mi aliento empaña la ventana y paso mi dedo con un chirrido por encima para escribir:

¿Sabías que era para siempre?

Después soplo sobre las palabras y las froto con el puño. Al otro lado de esa frase borrada, la luz frágil del sol cae sobre los árboles que se vacían cada vez más rápido. Faltan seis días para octubre, todavía no han pasado tres meses desde que la carta de despedida fragmentó nuestra vida, y el invierno ya está tanteando el terreno. Delante de mí se extienden mañanas neblinosas. Nieve. Árboles desnudos, aceras congeladas, cielos vacíos. En un mes estaremos a mitad del trimestre. Después llegará Diwali, la Noche de las Hogueras, Adviento, Janucá, Navidad. El cumpleaños de Niko, después el mío. Año Nuevo. Siempre.

Año tras año tras año, los días seguirán pasando. Yo terminaré el instituto, me convertiré en una artista o fallaré, me enamoraré, viajaré y, en definitiva, me convertiré en una persona completamente diferente. Y ella siempre será la misma.

No sé cómo se supone que debo sobrevivir cada uno de estos minutos sin ella.

Con tan solo hacer algo como podar una rosa marchita, cortarme el pelo, terminar la relación que tengo con el novio que ella ha conocido o estudiar en otro sitio que no sea el SCAD, estaré cambiando el mundo de forma pequeña y progresiva. Llegaré a un sitio que ella no reconocería y al que no podría volver. Ella nunca se enterará de estas nuevas elecciones, y eso me resulta inaceptable.

Por alguna coincidencia cósmica, la línea de autobús que he escogido está rodeando el campus del SCAD. Ahí está mi futuro.

Me encojo en el asiento, doy la espalda a los edificios y envío un mensaje a Ash: «Hola».

Aparecen tres puntitos y después nada.

Salgo de los mensajes y marco el número de teléfono de mi madre con la esperanza, contra todo pronóstico y razonamiento, de que ella conteste y diga: «¡Cariño! Estoy en el taller. Ven, abramos el horno».

Pero en vez de eso, sube la escalera del autobús y se sienta junto a mí con el atuendo de verano en el que desapareció. Una bata con miles de colores de esmalte desparramados, piernas descubiertas, sandalias amarillas, las uñas del pie pintadas de rosa. Ropa demasiado fresca para finales de septiembre. Ya lo sé, ya lo sé: su ropa no importa, porque ella no volverá. Pero ¿por qué es tan malo querer que lo haga?

Nadie responde el teléfono, pero, junto a mí, mi madre imaginaria dice:

—¿Qué tal, Minnie?

—¿Por qué lo hiciste? —pregunto con el teléfono todavía presionado contra la oreja.

Ella hace un ruido como el de un botón en un programa de juegos.

—Pregunta equivocada. Deberías preguntarme... ¿por qué creí que *podría* volver de eso?

—De acuerdo, entonces, ¿por qué...?

Ella inclina la cara hasta ponerla delante de le mía, sube los iris hacia arriba hasta mostrar la parte blanca de los ojos y saca la lengua de forma grotesca, como si fuera una lunática medieval.

—Porque estoy loooooca. Eso es lo que crees, ¿verdad?

—No sé *qué* creer —mascullo.

El pasajero que está adelante echa un vistazo por encima de su hombro; yo le dedico mi cara de «¿Qué diablos haces, amigo?».

Entonces escucho que me interrumpe la voz de mi madre del buzón de voz, y su voz melodiosa me canta al oído, diez veces más real que la de mi imaginación:

«*Soy Rachael Sloe, charlatana y quinta Beatle. No me decepciones: por cuestiones de encargos, contacta con mi agente; podemos solucionarlo. Para todo lo demás,* love me do».

Cuando suena el pitido, hablo con voz ronca:

—Si estoy tan loca como tú, ¿qué pasará conmigo al final de la historia? Después de soportar años de esto... ¿yo también terminaré en cabo Beachy?

Después cuelgo y presiono ambas manos sobre mi cara en un intento por contener el aullido de indignación que ha estado creciendo en mi interior desde el momento en el que los colores han desaparecido.

—¿Esa es tu pregunta?

Mi madre sacude la cabeza y pasa por encima de mi cuerpo en posición de erizo para apoyar la cara contra la ventana. El autobús todavía está serpenteando por los alrededores del SCAD, donde los edificios bajos y anchos proyectan sus sombras. Parecen hornos.

—Me he dado cuenta de que todavía no has enviado tu solicitud —observa ella—. ¿Por qué no? Tienes la admisión asegurada.

—¿Y cómo lo sabes? —mascullo contra mis manos mientras cierro los ojos con fuerza.

—Es obvio, Minnie. Porque eres mi hija.

—¿Ese es el único motivo?

No hay respuesta. Espío entre los dedos. Mi madre salta del asiento, pulsa el botón de parada y corre por las escaleras. Doy un brinco y la sigo fuera del autobús a la vez que intento descifrar por qué la estoy imaginando tan mal. Mi madre era, es, mil cosas —suicida, loca, talentosa, obsesiva, concentrada y difusa a la vez, desordenada, iluminada por las estrellas, pésima cocinera—, pero nunca ha sido cruel.

Siempre nos motivaba, desde que éramos pequeñas y nuestros portafolios eran pinturas hechas con los dedos y sellos hechos con patatas, obras de arte de pastas seca y ángeles de rollos de papel higiénico colgados en el árbol de Navidad. Ella jamás me diría que puedo conseguir lo que quiero sin esfuerzo, solo por ser una Sloe: ella quería que nos mereciéramos nuestro éxito, que lo viviéramos y lo respiráramos.

Ya no la estoy imaginando; me estoy persiguiendo a mí misma.

Cuando bajo del autobús, mi madre no está por ningún sitio, y me encuentro a un par de calles del taller, así que camino hacia allí y veo la porcelana todavía salpicada sobre el suelo.

Parece como si el mar hubiera subido por el Támesis con un rugido y hubiera dado una fiesta descontrolada aquí dentro. El tipo de fiesta a la que Emmy-Kate va todas las noches cuando se escabulle de casa, donde se quita los zapatos y se suelta el pelo.

Desearía que mis hermanas pudieran ver esto.

En realidad, Niko se cabrearía si la trajera aquí y el taller no estuviera limpio. Pero cuando voy a buscar la fregona y el cubo de la cocina, veo que la taza de café de mi madre vuelve a estar en el fregadero, llena de agua. Cierro los ojos y me agarro a la encimera mientras pierdo mi estúpida cabeza. ¿He sido yo la que ha hecho eso o ha estado ella aquí?

No te vuelvas loca, Minnie, me digo a mí misma. Al menos no todavía. No hasta que consigas algunas respuestas...

Necesito hablar con mi madre. Necesito coger su mano, oír su voz, recibir su abrazo, que me diga que todo irá bien. El deseo no correspondido me recorre como una convulsión.

Abandono la fregona e intento invocarla frotándome crema de manos de glicerina entre las palmas y apretando el botón de REPRODUCIR en el equipo de música. Ya hay un disco puesto y, cuando empieza a sonar la canción *I Saw Her Standing There*, de los Beatles, me ato una de sus batas por encima del vestido, cambio mis botas por sus zuecos y hago girar el torno por pura costumbre. Durante todo ese tiempo, siento un *rat-a-tat-tat* de miedo y angustia que recorre toda mi piel, porque no aparece ninguna visión de mi madre. No creo que vuelva a verla nunca jamás, haga lo que haga.

El viento que genera el movimiento del torno hace que un trozo de papel vuele por el suelo. Son las instrucciones de Felix para hacer porcelana. La única evidencia que existe de que él y yo alguna vez hemos tenido un principio. Pero no quiero hacer porcelana, ni arcilla, a decir verdad.

Quiero pensar en la vez que mi madre decidió por primera vez traerme al taller, el año después de haber vuelto al arte de lleno. Era a finales de las vacaciones de Navidad, un par de días después de mi decimotercer cumpleaños. Todas estábamos en la cocina, un poco locas por haber estado encerradas durante varias semanas de lluvia, sobre todo Emmy-Kate, que casi se subía por las paredes.

«Retadme a ir a la piscina», nos desafió con signos extra grandes.

Niko sacudió la cabeza. Estaba recortando un trozo de papel y hacía volar copos blancos en el aire. Yo las miraba a través de una neblina mental.

«Sola, no», ordenó nuestra madre a Emmy-Kate.

«Minnie, ¿vienes conmigo?».

«Tengo la regla».

Era cierto, aunque eso no era lo que me impedía nadar: el hecho de que fuera enero era lo que me impedía nadar. Pero, desde mi primera regla hacía un par de meses, había tenido estos ánimos como borrosos. En ese momento tenía uno: sentía como si alguien hubiera cambiado mi cerebro por melaza. Signaba a cámara lenta.

«Hará muuuuucho frío», dijo Emmy-Kate para provocar.

Cuando nadie le respondió, levantó las manos en alto con un «¡Da igual!» y salió con pisadas fuertes hacia el jardín, bajo el enfadado cielo invernal. A través de la ventana, la vi cobrar vida de inmediato mientras saltaba sobre el césped empapado.

Niko soltó las tijeras y anunció:

«Iré a limpiar la conejera de Salvador Dalí». Salió con paso firme para mangonear a Em.

Yo apoyé la cabeza sobre la mesa. Mi cráneo era tan pesado que parecía como si fuera a hundirse a través de la madera. Tenía ganas de llorar, por ningún motivo y por todos los motivos.

«Rápido, mientras ellas no estén», susurró mi madre mientras acariciaba mi frente con la mano.

Intenté responder. Pero las palabras pesaban demasiado y ni mi boca ni mis manos se movían.

«Cariño, ¿cuándo te lavaste el pelo por última vez?», preguntó al quitar la mano de mi cabeza. «Da igual, he estado esperando este momento. Minnie». Me levantó como si fuera un saco de patatas. «Iremos al taller. Tú y yo».

Esto me hizo soltar una palabra:

—«¿Qué?».

El brillo de Alfa Centauri que desprendían sus ojos me decían que me arrojaría sobre un hombro y me arrastraría hacia allí si fuera necesario. Además: *¿en serio?* ¿Me iba a llevar al taller en ese momento? Era el equivalente a anunciar que iríamos a visitar la cueva de Aladdín o a Disneyland. Pero, en mi estado embarrado, no podía comprenderlo.

Cuando más tarde lo pensé, asumí que había sacado la idea del cielo nocturno, al igual que todos sus demás caprichos, como comprar a Salvador Dalí, volver al mundo del arte, pintar las tablas del suelo de color rosa, hacerse amiga del Profesor.

No me di cuenta de lo obvio. Mi madre no había vislumbrado ninguna habilidad para la cerámica latente en mí, ni me había seleccionado para ser la heredera de su talento. Lo que quería era vigilarme, mantenerme cerca, estudiar mi ánimo.

Ella vio los socavones en mí antes de que yo los viera.

Almendra

(Una lista creciente de todos los colores que he perdido)

La porcelana cocida hasta ser un bizcocho,
cuando todavía no está del todo blanca.
El mazapán. Las nueces tostadas y cortadas
en rodajas que vienen encima de los croissants
perfectos que compra Felix. La expresión pálida
y tensa de su cara cuando me alejé de él.

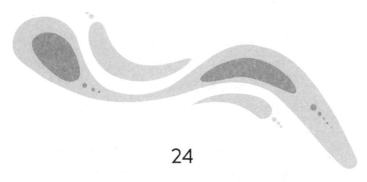

24

EL COLOR DE LAS MORTAJAS

Corro a casa desde el taller a través del espeso aire aterciope-
lado. Las nubes parecen estar lo bastante cerca como para
rozarme la piel, lo cual justifica mi decisión de faltar al instituto
(otra vez). Este es el tipo de día hecho para recostarse boca arriba
en la cima de Meadow Park y nadar en el cielo. Pero antes, revisa-
ré la habitación de mi madre de una vez por todas. Abriré la caja,
encararé su diagnóstico médico, dejaré de llamarlos socavones y
luz de estrella, determinaré por qué se ha zambullido en el mar.
La invocaré una última vez y tendremos una charla de verdad.

La casa está vacía. Con Emmy-Kate todavía en el instituto y
Niko en el SCAD, está desolada como un desierto. Es la ausencia notoria y sobrenatural de cualquier ser que esté vivo o respi-
re, con disculpas para Salvador Dalí, que emerge de debajo del
sillón cuando cierro las cortinas para evitar la mirada curiosa
del Profesor. Él —el conejo, no nuestro vecino— me sigue dando saltos con lentitud a medida que deambulo de habitación en
habitación y termino, por fin, bajo el umbral del dormitorio de
mi madre.

El vacío es infinito. Niko no ha saqueado el espacio, pero le ha quitado toda la vida. Las marcas de la aspiradora forman líneas sobre la alfombra y el espejo brilla de forma impecable. Hasta las huellas de los dedos de mi madre han sido borradas. Abro el armario, rodeo los vestidos y batas con los brazos e inhalo, inhalo, inhalo, pero Niko ha colgado sobres de lavanda entre las prendas y ha dejado la ventana abierta, así que el aroma de nuestra madre se ha desvanecido.

Cada día que pasa, ella desaparece un poco más.

Me pongo de rodillas para echar un vistazo debajo de la cama. Salvador Dalí parpadea hacía mí desde el espacio vacío. La caja de zapatos no está allí. ¿Qué diablos?

—¿Mamá? —Mi voz genera un eco, pero ella no aparece.

Me pongo de pie, sin estar segura de qué hacer, y mis ojos se posan sobre la superficie vacía del tocador. Cuando abro el cajón de más abajo, veo que está lleno de jerséis enrollados con cuidado, envueltos con papel de seda y guardados debajo de bolas de naftalina. No cabría una caja. Dejo el cajón abierto, como si fuera una ladrona, y tiro del de en medio, después de los dos de arriba. No hay nada más que sus cosméticos y un cuenco casi vació con pendientes rotos.

Pienso en Emmy-Kate, saqueando los zapatos de nuestra madre, poniéndose sus joyas, fumando…

Cuando vuelvo al pasillo, espío por el ojo de la cerradura de la puerta de Emmy-Kate. La ventana está abierta de par en par. Junto a ella, sobre un caballete, hay un lienzo enorme cubierto de marcas de manos. Ha estado pintando con los dedos en serio. La puerta se abre con un *clic* suave.

Al diablo con el pacto: atravesar ese umbral me da una sensación reveladora. Estoy redescubriendo a mi hermana, como si fuera una historiadora del arte que raspa a través de años y siglos de pintura, barniz y suciedad para derribar estas paredes que nos separan. Se han acabado los secretos.

—¡Se han acabado los secretos! —grito por la ventana antes de recordar que el Profesor está trabajando en su obra maestra en la casa de al lado y me agacho.

Cuando veo que no está fisgoneando, vuelvo a asomar la cabeza al aire matutino e inhalo grandes bocanadas de jardín hasta que mi pecho se llena del aroma a pino que tiene el sol, como si Poets Corner hubiera aterrizado sobre la playa.

Después me giro hacia el escritorio de Emmy-Kate.

Es más parecido al mío que al de Niko: los cajones están medio abiertos y rebosan de rotuladores secos —sin tapón—, billetes de tren, maquillaje, tarjetas de cumpleaños viejas, envoltorios de caramelos, libretas, una botella de vitaminas vacía. Lo reviso todo y no encuentro nada más que purpurina. El armario revela muy poco, excepto que gran parte de las prendas más glamurosas de nuestra madre han migrado aquí. También entierro la cara en estos vestidos de lentejuelas, pero ahora huelen a Emmy-Kate: perfume de cereza y vainilla, y maldad.

La caja de medicamentos no está oculta en ninguno de los sitios en los que una esperaría, como debajo de la cama o en el armario. No está debajo de una montaña de zapatos o en el apestoso cesto de la ropa sucia. Pero, cuando deslizo la mano debajo del cochón, mis dedos tocan algo. Lo saco.

Un paquete de condones.

Sin abrir.

Dios mío.

Vuelvo a pasar el brazo por debajo del colchón, metiéndolo tanto como puedo, y saco más condones y un paquete de píldoras anticonceptivas. Pienso en todas las veces en que he visto a Emmy-Kate arrastrándose por el jardín en un vestido diminuto, o haciendo salir a un chico a escondidas de su habitación, o parpadeando en dirección a mí, desesperada por hablar, y yo no le he dicho ni una palabra.

Pero ¡esto me supera!

No hay nadie con quien hablar de los condones y las píldoras. Así que vuelvo a meterlo todo debajo del colchón de mi hermanita menor, salgo disparada de su habitación como si me persiguieran cocodrilos y entro de golpe en la de Niko —ignorando el cartel invisible que cuelga de la puerta y dice NO ENTRES, MINNIE—, porque si Emmy-Kate está acostándose con chicos siendo menor de edad, ¿qué diablos estará ocultando Niko?

Mi pulso repiquetea en mis oídos. La habitación de Niko está tan ordenada como de costumbre. Aquí no hay pelusas, ni ocho mil vasos de agua medio llenos, ni ropa interior desparramada por el suelo. Solo hay docenas de velas que han sido consumidas hasta que solo han quedado los restos. No hay pistas y no hay caja: en vista del descubrimiento sobre Emmy-Kate, casi he olvidado el propósito original de mi búsqueda.

Su cómoda no revela nada más que camisetas, planchadas y dobladas en pilas, pañuelos para la cabeza plegados en triángulos regulares. Un perchero lleno de monos idénticos. El cajón del escritorio contiene tijeras, escalpelos y cuchillos, todos con sus tapones de seguridad y atados con gomas elásticas. Aparto todo eso hacia un lado y veo algo brillante debajo que capta mi atención.

Resulta ser una pila de folletos lustrosos de escuelas de arte fuera de Londres —la Escuela de Arte Ruskin de Oxford, la Escuela de Arte de Glasgow— y universidades comunes, opciones lejanas como Manchester, Newcastle, Leeds, Edimburgo.

¿Qué diablos? Niko nunca nos ha dicho nada sobre solicitar una plaza en algún sitio que no sea el SCAD.

Yo ni siquiera sabía que era una opción. Ir a otro sitio. No ir a ninguna escuela de arte, estudiar Letras o Historia en vez de eso. Hay artistas que no tienen título: Frida Kahlo, Basquiat, Yoko Ono... ¡y ella se casó con un Beatle! Yo podría ir a...

Cierro el cajón de los folletos y elimino ese pensamiento a la vez que mi estómago da un vuelco. Aprieto y suelto los puños, abro el cajón siguiente.

Contiene una colección desconcertante de elementos religiosos y supersticiosos. Una pata de conejo real, a pesar de ser vegetariana y de su amor por Salvador Dalí; una figura de Jesús que se ilumina; rosarios; un gato Maneki-neko de la suerte; inciensos; un ídolo pequeño de Ganesh. Es el tipo de cosas que esperaría ver en la oficina que tiene el Profesor en su casa, no aquí.

Resulta que no conozco a mis hermanas ni la mitad de bien de lo que creía.

El próximo cajón es prueba de ello. Rebalsa de papel para acuarelas, hojas que revolotean hacia el suelo.

En vez de estar recortados con formas, los papeles están cubiertos de palabras. Es la letra de Niko, escrita con un boli normal, en el frente y en el dorso, invertida y por todas partes. Líneas de tinta que se cruzan entre ellas y llegan hasta los márgenes. Niko está escribiendo con

Y MAYÚSCULAS EN MEDIO DE LA HOJA

y oraciones diminutas apretadas contra el borde del papel

Fragmentos escalofriantes me llaman la atención: *Mamá* y el *SCAD* y *la oscuridad no es lo que me da miedo* y *ataúd es la palabra más pequeña.*

Estoy de pie en su habitación, pero, dentro de mi cabeza, la veo delante de la mesa de la cocina, garabateando esos ensayos frenéticos y cerrando la libreta cada vez que me acerco. La veo encerrada en esta habitación solitaria durante horas mientras escribe poemas inexplicables que son una mezcla entre Sylvia Plath y e. e. Cummings, con los ojos cerrados y todas estas velas encendidas a su alrededor. En comparación, los condones de Emmy-Kate no son nada: esto sí que no me lo esperaba.

No puedo quedarme en casa ni un minuto más. No cuando las paredes se me caen encima y los secretos repiquetean como si fueran esqueletos. Sin que me importe el pacto, saco los poemas de Niko del cajón, los sostengo entre los brazos y corro hacia la *Serie de Arcoíris I*, donde me enrosco cual serpiente debajo de mi burbuja favorita y me dispongo a leer. Me dispongo a encontrar el camino que me lleve de nuevo hacia mi hermana.

Hola

Escucha. Ni siquiera la luz puede escapar.
He ido a la iglesia, al templo, a la mezquita,
a la sinagoga, al monasterio en busca de
la respuesta. Estaba en otro sitio.

Niko ha dibujado con tinta un reflejo de las palabras, invertidas, como si hubiera un espejo sobre la hoja.

Olvido la realidad de lo que estoy haciendo —¡leyendo el diario íntimo de mi hermana!— y, en vez de eso, me enamoro de su poesía. Pasan las horas de la tarde, el sol se vuelve más largo y, más tarde, a medida que dejo que las palabras desoladoras de Niko me envuelvan, las horas se mezclan y se confunden entre ellas.

Y las sorpresas siguen apareciendo: Niko odia el SCAAAAAD. Está tan celosa de la belleza de Emmy-Kate como yo. Y perder a nuestra madre hace que eche de menos con mayor desesperación la figura de un padre. Está resentida por ser nuestra tutora. Es por eso que no deja de invitar al Profesor, tiene la esperanza de que él nos discipline para que ella pueda dejar de hacerlo.

Son las primeras horas de la tarde cuando leo el último poema y dejo de respirar.

Confesión

Mis hermanas no son las únicas con secretos.
Veo a Minnie y a Felix por la ventana,
suspendidos entre postes de luz naranja.
Es un atardecer de hora mágica...
de esos hollywoodenses en los que la luz parece un milagro
y una quiere atrapar el tiempo en la palma de la mano.

Pero yo no miro el cielo escandaloso.

Yo los miro a ellos.

El chico más malo de Poets Corner,

y la chica más triste.

Excepto que Minnie no está triste. Está sonriendo.

Aparto la mirada cuando el cielo se incendia,

y solo quedan las cenizas de Ash.

Hasta mi cerebro, que es demasiado burro para entender poesía, lo entiende: Niko sabe lo de Felix. Al verlo así, en las palabras infelices y manchadas de cera de vela de mi hermana, la culpa que siento crece hasta alcanzar proporciones astronómicas.

¿Cómo he podido ser tan desdeñosa con el corazón de mi hermana? ¿Con el de Ash?

No es ninguna sorpresa que no pueda ver colores. No soy una chica que merezca el verde. Ni el rosa, ni el amarillo, ni ninguno de los que aparecen en el arcoíris. Es por eso que esta burbuja que está encima de mí y debería de ser turquesa es negra.

Ruedo hasta quedar boca arriba y golpeo la superficie esmaltada con el puño, con el deseo de que se rompa en mil pedazos, que llueva arcilla sobre mí y me entierre bajo el polvo. Cada uno de mis huesos gime y se rompe al pensar en la infelicidad aguda de Niko y en Emmy-Kate acostándose con diez mil chicos.

¿Por qué la vida ha resultado ser tan espantosa?

Para responder esa pregunta, aquí está Felix Waters.

Está caminando de un lado para el otro del jardín amurallado con una intensa actitud de tigre enjaulado. Al igual que la primera vez que nos encontramos, él pasa junto a mi burbuja, retrocede y me echa un vistazo a través de su pelo despeinado, alteradísimo. Guau, es guapísimo.

—Minnie —empieza él, y es pura angustia—. Tú...

—Lo siento. —Sacudo la cabeza de un lado para el otro sobre la tierra. No le estoy hablando a él sino a Emmy-Kate y a Niko. Ahora las revelaciones están estallando como fuegos artificiales, mi familia se está cayendo a pedazos y la única persona que podría arreglarla se ha ido.

Felix se acerca y proyecta una sombra fría sobre mí. Cuando levanto la cabeza, se me ocurre una idea: la conexión que hay entre nosotros se debe a que ambos vamos caminando por la vida después de que nos hayan arrancado las entrañas. Cada uno es solo la mitad de una persona que intenta volver a estar entera. Es la historia de amor de la chica rota: otra persona rota.

Una parte de mí quiere entregarse a esta idea. Entregarse a los socavones, a estar dañada, porque ya estoy cansada de luchar contra todo eso, maldición. Pero otra parte de mí piensa: *Santo Botticelli, qué deprimente que es esto.*

—Minnie —dice Felix con voz ronca. Me dispongo a retorcerme para salir de debajo de la burbuja—. No estoy bien. Mira, lo siento, o lo que sea. Si he hecho algo...

—Tú no has hecho nada. —Vuelvo a sacudir la cabeza.

Estamos de pie, uno frente al otro, rodeados de rosas ridículas y estas piezas imposibles de cerámica flotante. Del bolsillo de sus vaqueros sobresale un pincel, tiene todas las manos manchadas. Quizás haya algo más que tristeza en nosotros: también hay arte.

—Bueno, entonces, ¿por qué? —pregunta Felix—. No lo entiendo, y... —Inclina la cabeza y me dedica una de sus miradas de rayos *X*—. Se suponía que tenías que ser mi gemela en el dolor, ¿sabes? La otra mitad de toda esta mierda.

Su oscuridad de alas de murciélago me cautiva y me atrae en espirales. No entiendo la elección de mi madre de saltar desde un acantilado, o de dejar que pensemos que eso es lo que ha hecho —¿qué clase de persona hace algo así?—, pero me fascina la idea de rendirme ante la tristeza como lo hace Felix. Pero después pienso en Emmy-Kate, en Ash y en Niko, en cada uno de los errores estúpidos e imprudentes que he cometido desde que han comenzado las cases, y digo:

—Ni siquiera sabes quién soy. Nos conocemos desde hace cuánto, ¿tres semanas?

—Yo... —empieza él, y su voz provoca escalofríos en mi pecho, aunque me digo a mí misma que debo resistir—. Yo sí que sé quién eres. Sé que quieres dar una fiesta de té dentro de un dinosaurio, que tu mascota es un conejo surrealista y que usas esas botas tan a menudo que a veces creo que podrían estar pegadas a tus pies. —Bajo la mirada. Mis pies están de nuevo en el calzado correspondiente en vez de las plataformas de mi madre. Cuando me vestí esta mañana, quería ser de nuevo yo misma—. En las escasas ocasiones en las que dibujas, sacas los labios hacia afuera como si fueras el pato Donald. Cuando comes *croissants,* cierras los ojos, como si fueras una niña pequeña. Tu pelo siempre está rarísimo y creo que nunca te he oído decir una palabrota de verdad, dices «maldición» y tienes muchas chaquetas de punto bastante peculiares que no dejas de tirar para que te cubran las manos. Y... —Se interrumpe a sí mismo, encorva los hombros y frunce el ceño.

Mientras tanto, yo estoy por el *maldito* suelo. Ash nunca ha pronunciado un discurso como este. Pero, Minnie, ¿acaso no te ha dado pizzas gigantes, tarjetas cursis de San Valentín, sonrisas deslumbrantes, cientos de canciones de amor con la guitarra? *Cállate*, me digo a mí misma. No quiero oírlo. Quiero quedarme en este momento, con las nubes que pasan zumbando por encima de mi cabeza y la expresión apenada de Felix que es un eco exacto de la mía; ya no somos imágenes en un espejo, sino una única persona megatriste.

He aquí el meollo del asunto: los dos estamos estúpidamente tristes. Doy un paso hacia adelante y presiono mis manos contra el pecho de Felix, donde descubro el tambor lento de su corazón debajo de mis palmas. Su frente cae sobre la mía y yo ya puedo respirar con mayor facilidad. Encajamos. No sé por qué, pero es así.

Y sé que besarlo romperá el corazón de Ash y, después de eso, el de Niko, como si fueran fichas de dominó, pero lo hago de todas formas. Lo beso. Y dejo que él me bese. Felix sabe a cigarrillos y sal, y es la única cosa estúpida que hace que esta chica monocromática sienta que está cerca de ser entendida.

—*Santo Miguel Ángel.*

Cuando oigo las palabras, sé que es Emmy-Kate: solo ella podría sonar tan dulce y tan horrorizada a la vez.

Felix y yo nos congelamos y después no alejamos unos centímetros. Nuestros labios están hinchados y nuestras caras muestran pánico.

Giro la cabeza y descubro que estoy equivocada; no es Emmy-Kate. Al menos, no solo ella.

Todos están aquí.

Emmy-Kate. Ash, sin la guitarra, para variar. Niko, con las manos sobre la boca.

Mi corazón está expuesto en la galería Saatchi. Abierto y clavado con alfileres como si fuera una mariposa, detrás de un vidrio, envuelto en un marco dorado y bajo un reflector, acompañado por una de esas placas que están junto a las obras en las paredes de las galerías:

Minnie Sloe (n. 2001)
«MALDICIÓN, ESTOY TAN PERDIDA» (2019)
Técnica mixta – músculo, venas y sangre
Performance en curso
después de la desaparición de la madre de la artista.
Minnie se comporta de forma imperdonable.

Levanto mis ojos hacia los de Ash. Incluso si por algún milagro no ha visto ese beso grandioso, lo sabe. La verdad está escrita en cada una de mis actitudes raras durante las últimas semanas, el esconderme debajo de la cama, ignorar sus mensajes, volver a casa con los pies sucios y una canción en el corazón, alejarme de cada conversación. Está escrita en estos ojos de hermana Sloe que no pueden guardar secretos.

Sin embargo, de todas las cosas que podría decir, elijo:

—¿Cómo sabíais dónde encontrarme?

Emmy-Kate pisotea el suelo. Está al borde de las lágrimas, pero signa lo que he dicho para Niko.

Niko resopla por la nariz.

—Estabas aquí o en el taller. Pensábamos ir allí después. ¿Has entrado a la habitación de Emmy-Kate?

Por la forma tranquila en la que mueve las manos, me doy cuenta de que (a) no sabe qué es lo que he encontrado en la habitación de Em y (b) todavía no se ha dado cuenta de que faltan sus poemas, que están en el suelo, junto a mis pies. Por supuesto, la brisa elige este momento para cobrar vida, sacudir las rosas y agitar los papeles.

—Ash se merecía saberlo —dice Emmy-Kate con signos y en voz alta y temblorosa.

Le echo una mirada a ella. Tiene la cabeza inclinada en un gesto desafiante y sé, sin ninguna duda, que esta es su confrontación final. Ha traído a Ash como testigo, a propósito.

—Minnie —dice Felix detrás de mí, con una mano sobre mi manga—. ¿Qué está ocurriendo?

Lo ignoro, no interpreto con signos lo que ha dicho, y me dirijo a Ash:

—Lo siento.

Avanzo un par de pasos temblorosos hacia él. Mis hermanas me abren camino, Niko dedica a Ash una mirada indescifrable antes de fundirse con el fondo.

Ash no dice ni una sola palabra. Me mira fijamente con los brazos cruzados, la cara como una pared de ladrillo sin ninguna forma de entrar. No hay nada que se parezca a Elvis en su expresión. No hay ni rastro del chico que brilla como un huevo frito, que es el equivalente a un boleto de lotería ganador, un trébol de cuatro hojas humano. Solo queda esta versión enfadada de mi novio... no, ni siquiera enfadada. No hay rechazo. No hay nada. Solo, *uf*, decepción.

—Lo siento —repito, de forma inútil—. Yo... Felix y yo. Él. No somos. No es lo que parece. No somos nada, pero... —Empiezo y termino mil oraciones cortadas, pero ninguna es una explicación, porque ¿qué explicación podría dar?—. Él lo entiende. —Después suelto un lamento—: Lo de mi *mamá*. —Es lo máximo que puedo acercarme a la patética verdad.

Intento dar un paso hacia adelante, avanzar hacia sus brazos, pero no hay espacio para mí. Ash se aleja, como si ni siquiera pudiera soportar compartir el mismo aire que yo. Y lo peor de todo es que, al mismo tiempo que veo cómo el entendimiento recorre su cuerpo, también noto que Felix pasa junto a mí con una expresión de repugnancia en la cara y sale hecho una furia del jardín.

—¡Felix! —grito, pero lo único que hace es correr más rápido, y enseguida se ha ido.

Me hago añicos. La brisa es cada vez más intensa, sopla de aquí para allá este último suspiro de tiempo veraniego. Los poemas de Niko se arremolinan alrededor de mis pies. Hay un poema que tuvimos que leer el año pasado en el instituto que habla de que la esperanza es una cosa con plumas que se posa sobre el alma. Seguro se refiere a algún loro, un flamenco, uno de los azulillos de Disney: algo bonito con arcoíris en las alas. Lo que yo tengo posado en el alma es un cuervo. Clava sus garras en mi estómago, me picotea el pecho, agita sus alas furiosas contra mis costillas.

—Lo siento —murmuro de nuevo hacia la pared que Ash mantiene levantada. Sé que soy la que está equivocada en esta situación, pero la ley del silencio empieza a irritarme—. Al menos déjame explicarme, ¿no?

Él me mira fijamente, me mira y me mira, y sigue sin decir nada, hasta que un rugido de frustración bestial emerge de mí y hace girar todas las cabezas:

—¡RRRRRRRRRRRRRRRRRRAAAAAAAAAAAAAAA-AAAAAAAAHHHHHHHHHHHHHHHHHH!

Y, ups, espera un momento, todavía hay más; es la ira que sube a la superficie después de semanas y meses de haber sido contenida. No puedo controlarme, esta Minnie monstruosa abre la boca y da inicio a la devastación, lo descarga todo sobre Ash: toda la ira que debería haber estado dirigida a mi estúpida hermana menor por no saber nada de la carta de despedida, por ser feliz; a Niko por encerrar sus sentimientos en estos poemas, que ahora vuelan por el cielo a nuestro alrededor como si fueran confeti; al Profesor por sus intromisiones incompetentes; y más que nada a nuestra madre, por dejarnos cuando no debería haberlo hecho, cuando podría haber decidido otra cosa.

—Aaaaaahhhhhhh, ¿por qué no dices naaaaaaada? —despotrico, y sueno como Emmy-Kate en sus momentos más quejumbrosos—. ¿Y qué haces aquí? Es como cuando siempre apareces por casa y actúas como si pudieras animarme con esa estúpida guitarra, *la la la la la* hagamos ver que todo va bien, ah, vayamos a Italia, ¿estás bien, Minnie? Y no, claro que no estoy bien, Ash, claro que no lo estoy, así que, ¿por qué me haces esa maldita y estúpida pregunta y por qué no dices nada ahora? *Dios.*

Me detengo abruptamente, con el pecho agitado. Estoy tan eufórica como horrorizada. ¿De dónde ha salido todo ese proyectil de vómito verbal?

Es curioso, pero gritarlo todo en voz alta ha hecho que me sienta un poco mejor, hasta que veo que la cabeza de Ash está inclinada hacia abajo después de la arremetida. Por un momento, parece como si estuviera rezando, después, como si estuviera enfadado. Sus hombros suben y bajan como montañas. Después lo veo: está llorando. Sale del jardín a tropezones sin mirar la versión de mí que es una mezcla entre una troglodita, un hombre lobo y Grendel.

Me invade el arrepentimiento.

Casi olvido a mis hermanas. Me giro para ver que ambas me están mirando furiosas.

Los poemas caen como copos de nieve a nuestro alrededor, blancos contra el cielo cada vez más negro.

—¿También has entrado a mi habitación? —pregunta Niko—. Cuando Emmy-Kate me escribió un mensaje, yo...

Sus manos se separan para decir algo más, pero Niko se detiene, niega con la cabeza porque se ha rendido conmigo y da media vuelta sin decir otra palabra.

Emmy-Kate la sigue y gira sobre esos zapatos de plataforma ridículos que lleva puestos. Niko la rodea por los hombros con un brazo y las dos se alejan.

Dejo caer la cabeza sobre las manos y me dejo caer entera debajo de la burbuja, donde me encierro de todo el estúpido mundo.

25

TODOS Y CADA UNO DE LOS COLORES DEL UNIVERSO A LA VEZ

Mis hermanas no vuelven a buscarme. Me quedo tumbada bajo la arcilla a la espera de una noche que no llega tan pronto como querría. El sol arroja sus lazos por el cielo durante horas y espanta las nubes en forma de pluma.

Todas las burbujas de la *Serie de Arcoíris I* son negras. No son brillantes ni reflectantes, sino mate, y forman un agujero en el mundo. Y, dentro de cada una, hay un recuerdo. Felix y yo intentando huir de los demonios del otro. Ash, derrotado. La solitaria Emmy-Kate acostándose con chicos durante todo el verano sin que yo lo haya hecho ni una sola vez. Yo robando la propiedad privada de Niko —que ahora está desparramada por todo Meadow Park— y, lo peor de todo, el hecho de que haya presionado el botón de autodestrucción a propósito. ¿Por qué otro motivo iba a saquear las habitaciones de mis hermanas y a dejar indicios a la vista, o a besar a Felix en sitios públicos tan obvios? Una parte de mí se estaba esforzando para que esto sucediera, para encontrar una salida.

Después hay un recuerdo que se repite una y otra vez: mi madre, saludándome con alegría, sin mostrar ningún indicio de lo que está a punto de hacer.

No soporto verla irse, así que me enrollo en una bola y cierro los ojos.

Pero eso hace que tenga la sensación de estar cayendo, así que los vuelvo a abrir.

El color me da una bofetada en la cara.

Rápidamente, como un chasquido de dedos. Como si Dios hubiera presionado el interruptor y hubiera inundado el mundo con un tecnicolor a toda potencia, ridículo como un arcoíris, generador de migrañas y fluorescente como un subrayador de neón.

Vuelvo a cerrar los ojos, entierro la cara entre las manos, intento borrarlo todo de mi cabeza, intento hacerme desaparecer de esta existencia con solo desearlo, intento hacerme desaparecer de este estúpido jardín, de mi vida. No puedo. Abro los ojos y veo colores como los de un payaso de pesadillas.

Es una pintura fauvista. El mismísimo Matisse ha abierto un paquete de rotuladores y ha tirado la casa por la ventana, lo ha pintado todo de los colores equivocados: los troncos de los árboles son verde lima, el césped es azul y los senderos son naranja eléctrico. Los colores hacen que el aire sea ruidoso, como si chocaran unos platillos. Puedo oírlos.

Ash y Felix y Niko y Emmy-Kate y mi madre.

¿Cómo has podido, Minnie?

La verdad.

Ojos abiertos: colores.

Ojos cerrados: yo.

Y ella.

Esto es lo que he temido durante meses, desde el momento en el que vi el horno cerrado y la carta de despedida dirigida solo a mí, porque ella sabía que yo era la única persona que entendería de inmediato qué había querido decir con el cabo Beachy y las palabras «desaparecer hacia el cielo».

No puedo escapar.

Saltar de un acantilado no es lo más normal del mundo, ¿verdad? Ni tampoco lo es hablar con madres imaginarias, ni ver en blanco y negro, ni caminar a ratos con un peso como el de una roca dentro del pecho.

Vuelvo a cerrar los ojos y la veo, cayendo desde más de cien metros.

Su ropa sale volando a cámara lenta, disparada hacia las nubes. Su bata, sus zapatos, su vestido. Después se le desprende la piel. Cada uno de sus huesos se libera y después su pelo hace lo mismo, hasta que, a mitad de camino hacia el cielo, desaparece del todo.

Mi madre se esfuma.

Y sin ella, solo quedo yo y esta verdad aterradora: estoy tan loca como ella.

Blanco
(Una lista creciente de todos los colores que he perdido)

El beso, *de Rodin, una erección en mármol*
pentélico. El papel grueso y con textura de Daler-
Rowney en el que Niko ha escrito sus poemas.
Las salpicaduras de porcelana sobre el suelo.
Pinceles nuevos. Lienzos en blanco. Pinturas y
esmaltes: titanio, cinc, transparente, albayalde,
plomo, iridiscente, para mezclas, todos blancos
diferentes, todos han desaparecido.

Gris

(Una lista creciente de todos los colores que he perdido)

La acera. La lluvia. Las maniobras
conversacionales del Profesor. Lápices de dibujo.
A veces, todo todo todo. El color del para siempre.
La soledad. El esperar a que ella vuelva.
Mi corazón vacío.

Negro
(Una lista creciente de todos los colores que he perdido)

La esperanza. El mar en su punto más profundo.
Un ataúd debajo de la tierra. La noche.
Las mortajas. Los crematorios.
Esta eternidad eterna. Yo.

SEGUNDA PARTE

UNA CANCIÓN DE AMOR PARA UNA CHICA LOCA

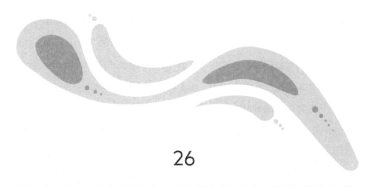

26

EL COLOR DE LA FALTA DE ESTRELLAS

Después de pasar un par de horas encogida en las esquinas del jardín amurallado, el miedo empieza a dar paso a la tranquilidad. Mi respiración vuelve a ser regular. Los colores que estaban patas arriba vuelven a convertirse en una monocromía profunda y oscura. Me retuerzo para salir de mi escondite y echo un vistazo a mi alrededor. Es una tarde encantadora: el atardecer gris brilla y convence a las rosas de entregar sus sombras. No estoy bien —nunca estaré del todo bien, ni aunque lo diga con el acento de Ash y junte todas las palabras—, pero estoy más o menos estable.

Los poemas de Niko están esparcidos por el jardín amurallado: anidados en los árboles, flotando entre las flores, aferrados a la *Serie de Arcoíris I*. Me dispongo a recogerlos y mi pie aplasta algo. Levanto la suela y veo una barra de cera pastel dura en un tubo de papel, triturada entre los adoquines y mi bota. *Felix*.

Pero mis pensamientos se vuelcan hacia Ash, y hacia el hecho de que hemos cortado de forma final y definitiva. Se ha acabado y no podemos volver atrás ni reparar la relación. Siento una ola de alivio, como si hubiera saltado sobre una pila enorme de hojas crujientes, seguida de inmediato por un arrepentimiento tan fuerte que me tumba a un lado. Ash es tan encantador y amable, y yo he jugado al yo-yo con sus sentimientos, con sus besos, lo he apartado, lo he alejado con mis chillidos. He roto cualquier esperanza de reconciliación, de volver a hablar. Y él es una de las pocas personas a parte de mis hermanas que ha conocido a mi madre: es como perder otra parte de ella.

Por un instante, considero esconderme entre la *Serie de Arcoíris I* durante la próxima... no lo sé, eternidad. Pero prefiero afrontar las consecuencias antes de permitir que Niko vuelva pisoteando hasta aquí para llevarme a rastras, así que echo a andar en dirección a casa. El sol se oculta con rapidez y, al pie de la colina, la taberna Full Moon brilla radiante en contraste con la noche invasora.

Felix Waters. El anhelo me recorre a trompicones cuando recuerdo ese beso tumultuoso como un ciclón. Su discurso, la forma en la que ha notado mis detalles y, quizás, se ha enamorado de ellos. Pero también lo he roto a él. Dos corazones de chicos en una misma noche, debe de ser un récord: apuesto a que ni siquiera Emmy-Kate y sus millones de condones lo han conseguido.

Un tren pasa por debajo con un pitido que parece el rebuzno de un burro y me abstrae de mis pensamientos. Entonces veo al Profesor, de pie a mitad de camino hacia la cima de la colina, como en la canción infantil sobre el Duque de York. Se ha llevado una mano a la frente y está inspeccionando el horizonte; la otra mano sostiene una linterna. Ah... ha organizado un equipo de búsqueda para encontrarme. Saber que le importo lo suficiente al Profesor como para venir hasta aquí me hace sentir una pizca de pertenencia, de seguridad. Qué raro, ¿no?

Avanzo hacia él con paso lento, él tose contra su puño y se guarda las manos en los bolsillos.

—Ven conmigo, ven conmigo —murmura, como el Conejo Blanco de Alicia. Yo lo sigo hasta casa en un silencio avergonzado.

El Profesor me apresura para que entre en mi propia cocina. No hay señales de Emmy-Kate ni de Niko, pero la guirnalda de luces está encendida y la habitación es un capullo cálido y acogedor. Huele a pizza para llevar y hay un par de cajas dobladas junto al cubo de la basura. Me he perdido la cena. El Profesor hace un gesto para indicarme que tome asiento y después se dispone a preparar té de forma lenta y laboriosa. Deja una taza delante de mí, se sienta al otro lado de la mesa y apoya las manos a ambos lados de su té.

—Bueno. —Su voz hace un ruido chirriante, como el que podría hacer la puerta vieja de una iglesia, como si se estuviera abriendo para darme algún tipo de sermón.

Clavo los ojos en mi taza, abochornada. Después de un par de minutos inquietos en los que espero el próximo «bueno» que nunca llega, levanto la mirada. El Profesor está sorbiendo su té. Hay surcos profundos alrededor de su boca que parecen casi tallados. Ha envejecido unos cien años desde el verano.

Después de un rato, habla:

—Tu hermana me ha pedido que te buscara. Me ha pedido que hable contigo. Otra vez.

Estoy confundida, y después recuerdo la charla sobre la boleta de la tarjeta... y los poemas de Niko en los que desearía poder pasar la tutela al Profesor. Me preparo para la reprimenda sobre Ash, pero en vez de eso, me pregunta:

—¿Cómo van las solicitudes de ingreso a la universidad? ¿Ya estás lista para el SCAD?

Me retuerzo en el asiento. Todavía no me he registrado en la página web del servicio de admisión a las universidades, por no hablar de terminar aunque sea una obra para el portafolio. Eso sin mencionar que he faltado al instituto dos días seguidos. Sea como sea, la fecha límite no es hasta enero, pero, con solo pensar en todo el trabajo que me supondrá, tengo ganas de tumbarme y dormir durante cien años.

—Bien —miento mientras rodeo la taza con las manos y tiemblo. Justo ahora me doy cuenta del frío que tengo. Este ha sido el día más largo de la historia.

El Profesor asiente con la cabeza. Un poco incómoda, observo la caída de su cara: los carrillos, la barba, los hombros, todo encorvado en una avalancha de abatimiento. No parece que quiera regañarme de parte de Niko.

—El Prof... —Me interrumpo a tiempo y vuelvo a comenzar—. ¿Profesor Gupta?

—¿Sí?

Parpadea del mismo modo que Ash lo hace a veces, con un revoloteo de pestañas y una pequeña sonrisa. Casi me hace reír lo parecidos que ese gesto los hace por un instante. Quizás hay algún buen motivo—quiero decir, escondido *muy* profundamente— por el cual mi madre ha elegido al Profesor como mejor amigo.

—Qué, eh... —continúo—. ¿Mi madre... alguna vez le habló a usted sobre... su... sobre estar enferma? —Tartamudeo y tropiezo con las palabras hasta detenerme, insegura sobre cómo formular la pregunta—. Como por ejemplo sobre el hecho de estar loca, quiero decir.

—¿Loca? —exclama él cuando malinterpreta lo que he dicho, y me observa con una expresión alterada. Después, con más gentileza, añade—: Eh... Minnie. No estoy seguro... tu madre no siempre era feliz, era complicada, de eso no hay ninguna duda, con frecuencia... eh... era una persona con altibajos.

Pienso en *El álbum blanco* y la *Serie de Arcoíris I*, obras de arte asombrosas y opuestas que han sido aclamadas en todo el mundo. La acción espectacularmente egoísta de desaparecer y dejar atrás tres hijas adolescentes. La entrevista en la que dijo que la sinestesia era un tipo de locura; la caja de debajo de su cama, llena con medicamentos recetados que no estoy segura de que siempre tomara; los días en los que estaba iluminada por las estrellas y los días en los que caía en un socavón y no encontraba ningún propósito para sonreír. «Altibajos» no sirve ni para empezar a describirlo todo.

—¿Cree que...? —pregunto con vacilación. He conocido al Profesor casi toda mi vida y jamás hemos tenido una charla como esta. Es como intentar hablar con un maletín—. ¿Cree que solo consiguió tener éxito... quiero decir, cree que su arte era bueno porque ella era, eh, complicada?

El Profesor tira de su pajarita, busca una salida con la mirada, sopla el té aunque ya se lo ha bebido todo. Este es el tipo de conversación que a mi madre le hubiera encantado —¡los orígenes del arte!—, pero él parece como si lo estuvieran estrangulando poco a poco. Al cabo de un momento, carraspea y habla:

—El talento de Rachael estaba separado de su... eh, uh, su mente. Tenía sus momentos, pero jamás creaba arte cuando estaba infeliz, ¿verdad? —Su cara revela un pequeño «¡ajá!» de triunfo al presentar ese argumento.

—No, hacía arte cuando estaba un poco... —Muevo los brazos por encima de mi cabeza, después intento hablar en el idioma del Profesor y cambio la palabra «desquiciada» por—: hiperactiva.

Él se acaricia el mentón y empieza lo que reconozco como una de sus clases académicas sobre teología. Suelen tener lugar durante cenas demasiado largas con mi madre, y nunca les presto atención, pero ahora lo escucho con interés cuando dice:

—Ah, aquí está el problema. ¿Qué es la locura en realidad? Quizás no sea más que un comportamiento que no entendemos. Históricamente, los mártires han sido acusados de locura... y después, por supuesto, han estado los juicios por brujería...

Dejo de prestar atención a esa información que no me ayuda en nada. Porque hay artistas que, sin ninguna duda, están o han estado locos: Vincent van Gogh, no solo por todo ese asunto de cortarse la oreja, sino también porque se disparó en el pecho. Edvard Munch tenía visiones y alucinaciones, Georgia O'Keeffe fue hospitalizada por ansiedad, Francisco Goya deliraba y grafiteó las paredes de su casa con la serie de las *Pinturas negras*, imágenes surrealistas de desesperación.

Todos ellos estaban locos de remate. Pero también eran genios.

Quizás ambas cosas van siempre de la mano, así como no puedes tener alegría sin tristeza, no puedes tener amor sin arriesgar aunque solo sea un poco de tu corazón, no puedes despertar sin dormir; el invierno y el verano, el fracaso y el éxito, Emmy-Kate y Niko.

Por otra parte, muchos de mis artistas favoritos consiguieron ser tan estables como la vida en una urbanización, así que ¿quién diablos sabe?

—Ahora, eh... Minnie. —El Profesor concluye sus divagaciones y empuja la silla hacia atrás con un chirrido—. Debo despedirme. Mañana —añade— ¡me espera un día entero de investigación en la Biblioteca Británica!

—Eh, ¿genial?

—Sí que lo es. —Sonríe mientras se balance sobre los talones. Me sorprende sentir una repentina ola de afecto por su actitud de nerd absoluto.

Lo acompaño hasta la puerta principal mientras repaso nuestra charla sin estar más cerca de conseguir ninguna respuesta. Él está a mitad del camino que está entre la calle y la puerta cuando de repente le pregunto:

—¿Usted estaba enamorado de mi madre?

—Ah. —El Profesor se gira y tira de su pajarita—. Eso sí que habría sido algo notable, ¿verdad? —Echa una mirada hacia la noche, hacia los años que han quedado en el pasado—. Estaba impresionado por tu madre. ¿Quién no lo estaría? Y la quería... aunque no en el sentido que tú supones.

Para variar, cuando responde lo hace sin tartamudear, ni dar rodeos, ni tropezar con las palabras. Es la verdad.

—Entonces... si no es por eso, ¿por qué sigue viniendo a casa? —pregunto.

Él sacude la cabeza, perplejo.

—Minnie —comienza con suavidad, y es la primera vez que lo dice sin un «eh»—. ¿Por qué no iba a hacerlo? Tu madre era una mujer encantadora con muy poco sentido de la practicidad. Ella no os ha dejado ningún tutor, Niko me ha dicho que tenía problemas y aquí estoy. ¿Qué otra cosa podría hacer? No es más que mi, eh, responsabilidad.

Nos miramos entre nosotros, los dos igual de confundidos. Para él, eso tiene todo el sentido del mundo. Pero es el único amigo de nuestra madre que se ha comportado de ese modo. Las celebridades del mundo del arte, los Young British Artists, los profesores del SCAD: todos ellos han dado entrevistas en las noticias sobre su arte, pero ninguno se ha acercado a ver cómo estábamos ni siquiera una sola vez. No nos han preguntado por las clases, ni han comido huevos con patatas fritas todos los domingos, ni nos han regañado por usar su tarjeta de crédito.

En una película cursi de Hollywood, este sería el momento en el que me daría cuenta de que, todo este tiempo, he tenido una figura paterna presente. Pero no. No es tan simple. Él no es más que la persona que está aquí. Y sorprendentemente estoy feliz de que lo esté. Y con eso es suficiente.

—Bueno, eso es todo —declara el Profesor, más o menos para sí mismo.

Arrastra los pies hasta la acera. Un momento más tarde, oigo el chirrido de su propia verja y después el sonido de su puerta que se abre y se cierra con suavidad. Me quedo en el camino durante un par de minutos, con la mirada levantada hacia el cielo sin estrellas, después doy media vuelta y entro.

Beis
(Una lista creciente de todos los colores que he perdido)

La vida sin una madre que es un torbellino.
Probablemente, la vida sin estos altos altos y estos
bajos bajos. Y quizás eso sea lo que me asusta
en realidad. Que si arreglo mi cerebro roto,
si apago los socavones monocromáticos y las
extravagancias de neón, entonces, de alguna
forma... ¿no seré un poco beis? El color de una
caja de zapatos guardada debajo de la cama.

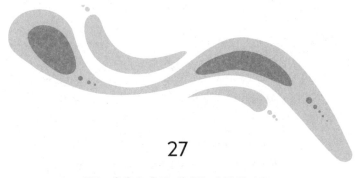

27

EL COLOR DEL HUMO

A la mañana siguiente, sopla un viento frío que trae de vuelta la vida normal. Tal vez debería ir al instituto.

Durante el desayuno, me dejo caer sobre la mesa de la cocina y echo un vistazo a las pinturas abstractas de Emmy-Kate con la mente en blanco. He pasado toda la noche pensando en mi madre y la locura. El Profesor está seguro de que solo era complicada; la caja de zapatos que ha desaparecido de forma misteriosa sugiere que tiene o ha tenido un diagnóstico específico. Creo que por ahora estoy más cómoda con la idea de pensar en socavones y luz de estrella, algo único de ella, algo no medicalizado.

De todas formas, si sospechaba que yo tenía lo mismo, quizás debería haberme dejado algunas respuestas.

Cuando Emmy-Kate entra a la cocina, giro la cabeza y la saludo esperanzada con la mano:

—Hola…

Ella se detiene, entorna los ojos hasta que no son más que una rendija. No puedo creer que se esté acostando con chicos.

—*Uf*, ¿por qué no tomas una foto, Minnie? Te durará más tiempo —resopla con una mano sobre la cadera huesuda.

Inhalo profundo y digo:

—Emmy-Kate, lo siento...

—Mi habitación está libre ahora si quieres ir a hurgar entre mis cosas privadas —me interrumpe, y suena como una manzana envenenada, una que puede hablar.

—No quiero, te lo prometo. Pero ¿puedo hablar contigo de eso?

Es demasiado tarde para asumir el papel de hermana mayor responsable —sobre todo cuando el sexo es un tema sobre el que no sé nada—, y Emmy-Kate trina un «¡Nop!» a la vez que hace el gesto de cerrar sus labios brillantes con cremallera. Pero una confesión está bullendo dentro de ella. Tiene los ojos saltones y es como si hubiera una rana salida de un cuento de hadas lista para saltar de su lengua. Después lo piensa mejor, se sirve lo que parece ser un sinfín de cereales Frosties en un bol y me ignora de forma obvia mientras se sienta sobre la encimera, balancea las piernas largas y juguetea con el teléfono.

Bajo la mirada hacia mi propio teléfono sin vida. Anoche mandé un mensaje a Felix para explicar lo que había sucedido, pero no me ha respondido, ni llamado, ni descendido sobre la calle como un Conde Drácula con gorro. Y no me sorprende: todo lo que he hecho con él, lo he hecho mientras tenía novio. Y hablando de mi novio: marco el número de teléfono de Ash, pero me salta el contestador de inmediato, tal como lo hizo anoche. Una y otra vez.

Cuando Niko entra, Emmy-Kate está sorbiendo con ruido y yo estoy perdiendo todas mis esperanzas. Va de un lado para el otro dando golpes, hace un estruendo al quemar el pan tostado y se deja caer sobre la silla que está enfrente de mí con los brazos cruzados y una mirada de odio dirigida a la nada. Intento sin éxito establecer contacto visual con ella. Anoche dejé las hojas de poesía rescatadas apoyadas contra su puerta junto con una nota de disculpa. Esa mañana, ya no estaban allí, pero es probable que eso se deba más a su aversión al desorden que al perdón.

Casi doy gracias por salir de casa. Emmy-Kate se aleja a toda velocidad hasta estar a kilómetros de distancia, pisotea con esos zapatos que tienen el tacón demasiado alto y su pelo se balancea de un lado para otro como si fuera un poni de las Shetland enfadado. Y después me encuentro cara a cara con la taberna Full Moon. Me detengo y levanto la mirada hacia las ventanas del primer piso, donde juraría ver el movimiento de una cortina. Felix no estaba en la panadería esta mañana. Está allí arriba, mirándome, estoy segura.

La puerta principal del *pub* está cerrada, bloqueada, pero, sobre el callejón lateral, hay una puerta más pequeña para los empleados que está abierta. Un hombre con aire de director de funeraria y una mata de rizos canosos está apoyado contra la verja con los ojos cerrados; el único indicio de que no se trata de una estatua es el humo que sale del cigarrillo. Apuesto a que es el padre de Felix: parece que a los dos la vida les hubiera dado una paliza.

Me acerco hacia él con sigilo. Las hojas se arremolinan sobre la acera cuando me escabullo delante de sus ojos cerrados y entro por la puerta a toda velocidad.

El *pub* está vacío, las sillas están apoyadas boca abajo sobre las mesas. El sol entra por las vidrieras emplomadas e ilumina un montón de motas de polvo. El aire parece una pintura puntillista. Detrás de la barra hay una puerta de vidrio con un cartel de PRIVADO. Me trago los nervios, la atravieso y subo las escaleras que están al otro lado.

Cada escalón que piso emite un crujido tenebroso. Estoy lista para abandonar esta misión de intriga cuando llego a la cima y veo la habitación de Felix justo delante de mí.

No hay ninguna duda de que es la suya.

La puerta abierta revela paredes cubiertas de arte. Entro hipnotizada a la cuarta habitación que espío en pocos días. Cada centímetro de pared tiene algún boceto, y el techo también. Los estudios de los dinosaurios, *El beso* —y nuestro beso (!)—, la *Serie de Arcoíris I*; retratos. Retratos deprimentes. Todas las caras están atravesadas por líneas gruesas e irregulares. Vuelvo a pensar en mi teoría de las personas rotas, la afirmación de Felix de que soy su gemela en el dolor.

El escritorio es igual de caótico, con pilas de cuadernos de dibujo, tarros y tarros de pinceles y bolígrafos. Aquí hay un autorretrato: Felix en crisis. Líneas negras que cruzan la hoja y capturan sus rizos y la boca plana en un rugido de dolor. Guau. Es muy posible que haya dibujado esto con un carboncillo en una mano y un enchufe en la otra.

Y después están los retratos de mí. A decir verdad, hay cientos de ellos: el día de los dinosaurios, bajo el sauce, tumbada bajo la burbuja, despatarrada sobre el banco, cubierta de porcelana, incluso huyendo de clase el primer día. ¿No será un poco obsesivo todo esto para un chico que solo me conoce desde hace tres semanas…? Por otro lado, soy yo quien se ha colado en su habitación sin invitación.

Justo entonces oigo el retumbar infeliz de la voz de Felix a mi espalda:

—¿Qué quieres, Minnie?

Giro sobre mis talones. Está inclinado contra el marco de la puerta: es como si el autorretrato hubiera cobrado vida, un rebelde sin causa con círculos oscuros debajo de los ojos recelosos. El pelo, mojado y apartado hacia un lado, gotea sobre la camiseta y los vaqueros, y sus pies están descalzos.

—Hola... —saludo vacilando. La última vez que lo vi, nuestras lenguas estaban entrelazadas. En realidad, la última vez que lo vi, él acababa de darme la espalda y estaba huyendo sin decir ni una palabra—. No contestabas el teléfono.

Sus ojos se apartan un momento y vuelven a los míos. Pasa un instante, lo que tarda el corazón en dar un latido. Mis pies se disponen a avanzar hacia él por voluntad propia cuando Felix levanta una mano para detenerme.

—No lo hagas.

Me detengo con paso tambaleante.

—Quería hablar contigo —explico.

Felix levanta los hombros hasta la altura de sus orejas y se frota el mentón con una mano. Con la cara retorcida, los ojos cerrados y mucha dificultad, consigue pronunciar:

—No hay nada de qué hablar. Tienes novio.

Niego con la cabeza.

—En realidad... ya no lo tengo.

Felix inclina la cabeza hacia atrás y habla al techo con un movimiento de la nuez de adán.

—Pero lo tenías. Y nunca me lo dijiste. Me hiciste creer... Y ahora, ¿qué? —Deja caer la cabeza, sus ojos están en llamas—. Déjame adivinar: él nos ha visto besándonos y ha cortado contigo. Estás aquí porque tienes un agujero en forma de «novio de Minnie» que quieres llenar.

—No ha ocurrido exactamente como dices. Y no estoy buscando novio. —O, por lo menos, creo que no lo estoy buscando—. Quería explicarme.

—«Felix y yo. Él. No somos. No es lo que parece. No somos nada» —recita. Las palabras que le dije a Ash junto a *Serie de Arcoíris I*—. Y —añade en una voz tensa, estrangulada— tienes razón. No somos nada. Tú estás con él. Entonces, ¿qué es lo que quieres de mí?

—Quiero... —Dejo la oración inconclusa.

Y allí es donde está el problema, y se trata de uno grande. No tengo ni idea de qué quiero, y Felix lo sabe. Me muerdo el labio inferior mientras recorro la habitación con la mirada. Ahora que me he acostumbrado al arte feroz que nos rodea, otros detalles empiezan a emerger del desorden. Las camisetas dejan un rastro al estilo de Hansel y Gretel por el suelo —Felix es tan alérgico a los cestos de la ropa sucia como yo— y la cama deshecha está llena de libros abiertos. Me dan ganas de contarle lo que hace Emmy-Kate para marcar hasta donde ha leído: arranca la esquina de cada página y se las come a medida que las lee. No quiero que lo nuestro acabe antes de poder tener conversaciones estúpidas como esa, en las que nos lo contamos todo.

—Te quiero a ti. —No consigo hacer que esa frase suene tan bien como lo haría si Emmy-Kate la pronunciara.

—No, gracias —responde Felix, como si estuviera pateando una piedra.

Ufffff. Al enfrentarme al mal humor de Felix, algo de la ira de ayer vuelve a mí. Se abre un pozo de marea emocional: tristeza, celos, confusión, irritación, lujuria. ¿Por qué no puede besarme en este instante en vez de mirar la alfombra de manera tan taciturna? O al menos hablarme, decirme qué está pensando.

No lo sé porque tú no me lo dices.

La frustración que Ash tenía conmigo, la que yo tengo con Felix.

Siento que se aproxima otra crisis, pero me la trago y murmuro: «Olvídalo», más que nada a mí misma, antes de pasar a un centímetro de Felix, que permanece inmóvil, porque no puedo soportar otra confrontación.

Desando mis pasos por la escalera antigua que cruje, vuelvo a pasar por el pasillo angosto, atravieso el *pub* polvoriento y vacío —donde el padre de Felix da un salto y me mira incrédulo— y salgo a la ventosa mañana en blanco y negro sin que mis piernas dejen de temblar en ningún momento.

Quiero desgarrar el mundo en jirones con mis propias manos.

Vainilla
(Una lista creciente de todos los colores que he perdido)

Vainilla. Un sabor tan poco interesante como
siempre he sospechado que soy yo. Niko hace arte
con cortes afilados y ahora escribe poemas llenos
de dolor. Emmy-Kate pinta en una liga propia
de cinco estrellas. Mi madre es famosa.
Felix dibuja como si fuera un puño apretado.
Yo todavía no tengo ni idea de lo que se
supone que debería hacer.

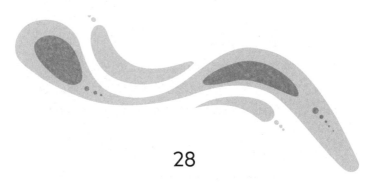

28

EL COLOR DE LA NOCHE

El instituto no me atrae ni lo más mínimo, así que, de nuevo, no me molesto en ir. Llamo a la oficina y les digo que estoy enferma y que no iré a clase. Aunque la tos que dejo en el contestador es falsa, lo cierto es que me encuentro mal: tengo un nudo en la garganta.

La casa zumba en silencio, con la misma atmósfera abandonada de ayer. Y, cuando me retiro a la Cueva del Caos, el desorden me echa para atrás.

Ordeno desganada, llevo montones de ropa sucia a la lavadora que está en el piso de abajo y apilo el material de arte sobre el escritorio. Guardo los azulejos de arcilla fuera, en el cobertizo. Durante todo ese tiempo, pienso: *Aunque mi madre hubiera perdido todos los colores, ¿por qué se fue? ¿Por qué no fuimos motivo suficiente para que se quedara?*

Me enfrento a una vida sin púrpura. Si voy al SCAD en este estado, si intento ser una artista cuando no puedo ver bien… ¿serán suficiente mis hermanas para ayudarme a mantener los pies en la tierra?

Debajo de una chaqueta de punto, encuentro los libros que tomé de la habitación de mi madre. Me escondo con ellos y Salvador Dalí en un capullo en la cama y apoyo la edición de tapa dura de Georgia O'Keeffe sobre mi regazo.

—De acuerdo —digo—. Veamos qué estaba haciendo mi madre.

O'Keeffe pintaba flores vistas desde muy cerca: lirios y lilas de color rosa-lavanda-amarillo- verde azulado. Los Post-it de mi madre señalan tantas páginas que resulta imposible descifrar qué estaba marcando; no puede ser que todas estas flores sean rosadas, no puede ser que todo sea investigación para *Schiaparelli*.

Un cuadro está totalmente cubierto de Post-it, todos engalanados con su letra, que dicen cosas como «¡¡¡SÍ!!!» y «¡ESO ES!». El pie de foto que aparece debajo de la obra dice:

Música azul y verde (1919-1921). Óleo sobre tela.
Instituto de Arte de Chicago. O'Keeffe creía que la música podía ser «traducida en algo para los ojos».

Ha sido una de mis pinturas favoritas desde siempre, pero nunca antes había pensado en el título. Música azul y verde...

—Suena muy similar a la sinestesia, ¿verdad, Salvador Dalí?

El siguiente libro es el de Yves Klein. Fue famoso por inventar un tono de azul nuevo. Un ultramar sintético llamado International Klein Blue. Este tipo inventó el *cielo*. Despertó un día y anunció: «El cielo azul es mi primera obra de arte».

Imagina inventar una arcilla nueva, inventar el mundo, o un color diferente, así como lo hice la semana pasada después de besar a Felix, cuando el sol se transformó en un amarillo violeta. Yo crearía el

Naranja Internacional Minnie Sloe

Quizás esto es lo que mi madre planeaba hacer con *Schiaparelli*. Estaba buscando un rosa nuevo y, al hacerlo, perdió los colores. Ese es el riesgo, ¿no? Si te entregas al arte, si te abres del todo y buscas el brillo en la piedra o aceptas los momentos de luz de estrella, entonces eres vulnerable.

Un tsunami de dolor enorme me golpea.

Antes de darme cuenta, estoy destrozando los libros, rompiendo los lomos, arrancando los Post-it, intentando sacudir los colores de las páginas para que caigan en mis manos. Y escucho el retumbar de una orquesta gigante, cada vez más fuerte; la banda sonora de este frenesí de violines aterradores al estilo de *Tiburón* que suenan tal cual —*tal cual*— como debería sonar una música verde y azul…

Música en blanco y negro.

El aire parece reírse de mí, de lo idiota que soy al creer que existe la posibilidad de que haya alguna respuesta, pero las lágrimas no llegan. Así que, después de agarrar los libros estropeados y tirarlos a la basura, corro por la casa y abro todas las ventanas; dejo entrar el aire otoñal. Es media mañana, el sol, alto en el cielo, se refleja en The Shard y The Gherkin, los rascacielos que se encuentran a la distancia, y, más cerca, contra los edificios del campus del SCAD.

Iré allí ahora mismo, decido, al fin.

Voy a descubrir a qué le he temido toda mi vida.

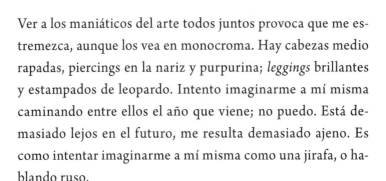

Ver a los maniáticos del arte todos juntos provoca que me estremezca, aunque los vea en monocroma. Hay cabezas medio rapadas, piercings en la nariz y purpurina; *leggings* brillantes y estampados de leopardo. Intento imaginarme a mí misma caminando entre ellos el año que viene; no puedo. Está demasiado lejos en el futuro, me resulta demasiado ajeno. Es como intentar imaginarme a mí misma como una jirafa, o hablando ruso.

Sigo los carteles con indicaciones hasta llegar al edificio de Diseño de Cerámica. Es donde mi madre estudió, creó la *Serie de Arcoíris I*, se graduó, enseñó. Una placa colocada sobre la puerta proclama su fama. Espero a que salga a zancadas por las puertas dobles y baje los escalones de dos en dos con el pelo rubio en el aire mientras aleja a los admiradores con un «¡Ahora no! Debo ir a casa, con mis hijas».

Pero no lo hace. Siento un golpe de horror al darme cuenta de que no la he visualizado desde ese momento espantoso en el autobús ayer, cuando me dijo que solo entraría al SCAD por estar emparentada con ella. Tiene razón: todos los demás van armados con portafolios, cámaras, instrumentos y, en un caso, un soplete. Yo ni siquiera he traído un lápiz. Desde que el trimestre ha empezado, he dibujado un par de flores y eso ha sido todo.

Y este es el territorio principal de Niko: preferiría que no se enterara de que me he saltado el instituto.

Salgo sin rumbo del campus y ando a la deriva; no quiero ir a casa pero tampoco me atrae el taller. La predestinación, o la culpa persistente, me guía hacia la zona de Peckham en la que vive Ash. Al menos, creo que es aquí donde vive. Me envió la dirección por mensaje durante el verano.

¿No es horrible? Él se ha esforzado por entrar en mi vida y yo ni siquiera he visitado su nuevo piso de estudiante.

Toco el timbre y cruzo los dedos hasta que Ash abre la puerta. Está descalzo, lleva unos vaqueros ajustados y una camisa a cuadros arremangada hasta los codos; está tan guapo como el día en que nos conocimos. Pero también está muy diferente, la expresión de su cara es lo opuesto a una sonrisa.

—Ash —suelto—. Hola.

Él mantiene una mano sobre la puerta y apoya el otro brazo contra el marco para crear una barrera entre los dos. Recibo el mensaje alto y claro: no estoy invitada a pasar.

—Quería decirte que lo siento —empiezo, y ya estoy temblando.

—De acuerdo, entonces dilo —me desafía, con esa actitud peleadora de Manchester.

—Lo siento.

—Fabuloso, ahora ya se ha arreglado todo.

Bajo la mirada. Sus pies no se mueven. No hay ninguna canción dentro de él. ¿Quién ha inventado la expresión «lo siento»? Ocho letras, no es ni de lejos una disculpa suficiente.

Continúo a trompicones:

—El profesor Gupta, tu tío... bueno, eso ya lo sabes. —¿Me lo estoy imaginando o eso ha sido un revoleo de ojos? No es una sonrisa, pero es mejor que una expresión vacía—. Vive en la casa de al lado... bueno, eso también lo sabes. —Retuerzo las manos, que sudan—. No quiero que sea raro si quieres venir a Poets Corner. —No responde—. Además, Emmy-Kate está desconsolada, Salvador Dalí también. —No me animo a mencionar los sentimientos de Niko.

—Eso es culpa tuya, Min. —Levanta una ceja, incrédulo.

Respiro profundamente y deseo que todo esto fuera más fácil, aunque sé que no tengo ningún derecho a desearlo. He roto su corazón y, todavía peor, lo he hecho a propósito.

—No debería haberte hablado de esa manera —señalo—. De todos modos, espero que sepas que no se trataba de ti.

—Ya lo sé. —Su cara se está suavizando—. No puedo decir que fuera divertido, Min —confiesa—, pero al menos al fin estabas hablando. Eso lo entendí. Pero el chico con el que estabas... —Niega con la cabeza.

—Felix.

—No quiero oír nada al respecto —interrumpe—. Tú...

—Soy tan infeliz —lo interrumpo yo ahora. Ahí está, la verdad. Soy muy infeliz—. Eso es todo, es todo lo que tengo. Soy infeliz y lo siento. Desearía tener algo más, pero yo... —Me cubro la cara con las manos y suelto un quejido en ellas—. Todas esas cosas que te he dicho, yo... soy un desastre —concluyo, sin estar muy segura de estar diciendo algo coherente.

Cuando emerjo de mis manos, Ash tiene la cabeza apoyada con pesadez contra el marco de la puerta.

—Quizás podría haberlo entendido todo si alguna vez hubieras hablado conmigo —dice después al cabo de un rato—. Sobre cualquier cosa. En todo este tiempo.

La luz débil del sol otoñal motea nuestros alrededores con su luz difusa. Esto es todo. Él no me perdonará y yo no estoy segura de merecer ese perdón. Esta charla espantosa es todo lo que queda.

—Estoy hablando contigo ahora —ofrezco, de pronto muy muy ansiosa por hablar con alguien—. Y...

—*Min* —interrumpe Ash, con firmeza pero sin crueldad. Levanta la cabeza—. Es demasiado tarde.

Me mira durante un segundo largo y lleno de tristeza y me cierra la puerta ante las narices con suavidad. Y me voy andando a casa. El sol brilla a mis espaldas, las sombras se extienden hacia delante.

Azul grisáceo
(Una lista creciente de todos los colores que he perdido)

*El crepúsculo. Un azul semejante al acero que
aparece durante menos de una hora en un puñado
de días. El nombre en latín de este color es* lividus,
*que significa negro y azul, un hematoma,
un cuerpo frío en la morgue.*

Rubio oxigenado

(Una lista creciente de todos los colores que he perdido)

Un color entre el blanco y el amarillo,
como el que tenía Marilyn Monroe.
Su pelo que brillaba en la oscuridad.

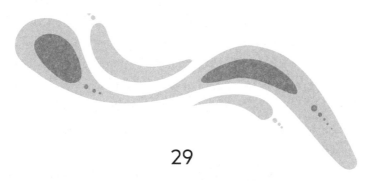

29

TODOS Y CADA UNO DE LOS COLORES DEL MUNDO A LA VEZ (OTRA VEZ)

Es la mitad de la noche y estoy estirada junto con Salvador Dalí sobre el suelo recién ordenado de la Cueva del Caos mientras recuerdo aquella vez que Niko y yo practicamos como besar con nuestras manos y muñecas y nos hicimos chupetones a nosotras mismas. Cuando ella me enseñó a usar el delineador líquido y me pinchó el ojo con tanta fuerza que vi estrellas durante una semana. El sostén usado de copa C que me entregó con el consejo de «Rellénalo con calcetines»; el día en Meadow Park en el que Emmy-Kate estaba discutiendo demasiado sin ningún motivo y Niko la empujó al estanque de patos, en mitad de una frase, casi sin interrumpir sus andares.

Saco mi teléfono y hago algo que no he hecho desde la desaparición: busco «Rachael Sloe» en Google. La Rachael famosa es una persona diferente a mi madre, pero esta noche necesito verla, oír su voz, aunque solo sea en vídeos en mala calidad de entregas de premios subidos a YouTube. Paso de imagen a imagen y noto que no hay ni una sola foto en la que mire a cámara.

Siempre tiene el pelo brillante y blanco revoloteándole delante de la cara, los ojos están arrugados por la sonrisa, está riendo con alguien o de algo que está fuera del encuadre, una figura borrosa que se acerca al borde de la imagen, que se esfuma.

La ausencia de la desaparición es la misma que la de la muerte.

No me atrevería a decirlo en voz alta delante de nadie —y mucho menos delante de Felix Waters— pero creo que la desaparición es un poquito peor. No hay ningún sitio en el que pueda guardar todas estas emociones desenfrenadas que siento. No puedo arañar la tierra de su tumba porque no existe. No hay ninguna lápida contra la que pueda martillar mis puños. No puedo arrancar los pétalos de las flores de un funeral, ni arrojar un puñado de cenizas al viento, ni ir al mar de debajo del cabo Beachy para coger su cuerpo con los brazos abiertos. No puedo culpar esta existencia monocromática a un cáncer, ni a la vejez, ni a un conductor ebrio, ni a nada que no sea ella.

Y hacerlo duele demasiado.

No quiero odiarla.

Del mismo modo que Ash y Felix me odian de maneras muy diferentes, del mismo modo que mis hermanas me odian.

Pensar en la expresión de Niko ayer en el jardín amurallado me da ganas de trepar por la ventana, subir por una escalera hacia el cielo sin estrellas de esta noche y tirar de nuestra madre para que baje de nuevo a la tierra, donde debería estar.

Ella es la única persona que podría mejorar las cosas entre nosotras. Ella sabría, sin ninguna duda, que estoy despierta, y me sacaría a rastras de mi habitación hasta la cocina para comer helado, aunque sean las 02 a. m. Por la mañana, se negaría a dejarnos ir a clases hasta que no lo arreglásemos. Lo solucionaría todo con una canción de los Beatles.

O quizás no haría ninguna de esas cosas si estuviera ocupada creando arte.

Ding. La idea aparece en mi cabeza como si fuera una piedrecilla que alguien hubiese tirado contra mi ventana.

Tengo el panegírico perfecto para mi madre agitadora, brillante como el rubio oxigenado y fosforescente, la que a los veinte años construyó un horno de ladrillos con las manos para poder hacer burbujas de arcilla tan grandes como un caballo; y también la manera de reconciliarme con mis hermanas.

Hurgo entre los materiales de mi escritorio y reúno lo que necesito antes de bajar las escaleras en silencio. La luz de unas velas se filtra por debajo de la puerta de Niko; no tengo ninguna duda de que está escribiendo un haiku sobre lo mucho que odia a Minnie.

Una luna grande y redonda como un botón me ilumina como si fuera un reflector mientras voy volando por la calle, lo más rápido que puedo, en dirección a mi futuro. Me escondo bajo el arco del ferrocarril que está al principio de Full Moon Lane, una explanada amplia de asfalto iluminado por postes de luz, saco mis pinturas, pinceles, ceras pastel y óleos, y entonces escribo con aerosol sobre la acera en letra lo más grande posible: «NO PUEDO SOPORTARLO».

No puedo ver el color, pero sé que es un cetrino verde alimonado bastante llamativo, un tono que hará que mis hermanas se detengan cuando salgan de casa por la mañana.

Paso a las tizas y leo las etiquetas para garabatear «LO SIENTO» en turquesa, azul lavanda, azul marino, cerúleo, añil, cian,

International Klein Blue. Cuando estoy a mitad del decimoquinto «lo siento», un radiotaxi se arrastra por la calle con la
radio a todo volumen. Me escabullo entre las sombras hasta que
termina de pasar.

Cuando la música deja de oírse, uso el rosa para preguntar a
mis hermanas: *¿Dónde está la historia de amor para las chicas
rotas?* El verde es el color de los jardines, los dinosaurios y los
celos. Cubro cubos de basura, semáforos, señales de tráfico, la
parada del autobús, la acera, incluso el arco del ferrocarril, y
solo me detengo para verificar los nombres de los colores bajo el
brillo espeso de los postes de luz: fucsia, cobre, menta, lavanda,
coral, crema de mantequilla, plateado, amarillo, más cetrino.

Mientras trabajo, me imagino el poema que estoy creando, la forma en la que será una exploración lánguida de Poets
Corner:

De repente.
No puedo soportarlo.
Lo siento, lo siento, lo siento.
¿Dónde estás?
Te echamos de menos. Vuelve.
¿Dónde está la historia de amor para las chicas rotas?
¿Sabías que era para siempre?
Escucha. Ni siquiera la luz puede escapar.
Naranja Internacional Minnie Sloe.
LLENEMOS LA CIUDAD DE ARTISTAS.

Las tizas se consumen en mis dedos, la pintura se seca, los
aerosoles repiquetean y se quedan sin colores. Uso los restos que
quedan del último aerosol, que lleva la etiqueta de NARANJA

SANGUINA, para añadir un «FELIX + MINNIE» de último momento sobre una de las mesas que están fuera del *pub*. Después cierro los ojos y me giro hacia la calle mientras imagino los colores: rojo-naranja-amarillo-verde-azul-violeta.

En mi cabeza, el poema brilla como el neón en contraste con la acera. No está en tonos de gris, sino en tecnicolor, una explicación vívida de todo lo que he perdido, y es la primera obra de arte que he terminado. Algo que podría fotografiar para mi portafolio, una pieza que acompaña la *Serie de Arcoíris I*, el tipo de debut que sacude al sistema y me convierte en una artista verdadera.

Abro los ojos y de inmediato tengo ganas de vomitar.

No hay colores. Tampoco hay ninguna genialidad. El radiotaxi ha restregado los «lo siento» sobre el asfalto; y, al ser todo gris, no distingo la mayoría de mis palabras. Se funden con la acera, desaparecen. Pero, aquí y allá, algunas letras individuales resaltan con un blanco falso que contrasta contra el fondo oscuro. Deletrean:

De repente.
No puedo soportarlo.
Lo siento, lo siento, lo siento.
¿Dónde estás?
Te echamos de menos. Vuelve.
¿Dónde está la historia de amor para las chicas rotas?
¿Sabías que era para siempre?
Escucha. Ni siquiera la luz puede escapar.
Naranja Internacional Minnie Sloe.
LLENEMOS LA CIUDAD DE ARTISTAS.

Mi reacción es instantánea. Salgo disparada de Full Moon Lane en un intento por escapar de mi propia acusación. Vuelo como un murciélago que ha huido del infierno, pisoteo mi estúpido poema con la planta de los pies y dejo este desastre a mis espaldas. Y mientras corro, la rabia crece. Es más grande que cualquiera de los ataques de ira más pequeños que Minnie ha tenido hasta el momento: ¿Por qué soy *yo* quien ha heredado la locura de nuestra madre?

La furia me transporta hasta Peckham y el taller, donde irrumpo por la puerta —cuesta creerlo, pero no la he cerrado con llave— y me abalanzo contra los hornos, golpeo el panel de control, tiro del asa, salto hacia atrás cuando la puerta del horno se abre y revela…

Nada.

Está vacío.

Todo este tiempo largo y solitario, ha estado vacío.

Donde debería haber uno de los mastodontes de cerámica de Rachael Sloe —una obra de arte gigante, etérea, punk, genial, fuera de este mundo; un rosa furioso—, no hay nada.

Giro, agitada, todavía furiosa. Las luces fluorescentes zumban como moscardones —no recuerdo haberlas encendido, pero da igual— y destellan sobre las estanterías llenos de piezas de prueba, incluidas las pilas de mis azulejos abandonados. Mis ojos se posan sobre el cubo de reciclaje lleno de arcilla seca.

La levanto, resoplo por el peso, y después la lanzo contra las estanterías.

El estruendo es tan satisfactorio que lo vuelvo a hacer. *Pum.* Por estar loca. *Pum.* Por haber hecho un grafiti con ese poema. *Pum.* Por pensar que podría crear arte asombroso.

En poco tiempo, el cubo está tan vacío como yo y deja de ser efectivo. En su lugar, levanto un molde de yeso de París y barro otro de los estantes con él, casi como si fuera un experimento. Algunos trozos repiquetean contra el suelo. La sensación es fabulosa, así que levanto una pieza entera y la arrojo hacia el otro lado de la habitación. Mis manos cobran vida propia, lanzan, golpean, rompen, empujan y destruyen, pasan como una tormenta por la basura que es mi vida. *Plaf.* Doy un golpe por mi madre desaparecida, quien podría haber dejado una carta de despedida en cualquier sitio pero eligió dejarla aquí, donde solo yo podía encontrarla. *Bum, bum, bum, bum,* voy rompiendo una serie de pruebas de terracota, arrojo las piezas contra la pared de una a una por mis hermanas llenas de secretos. Por la talentosa y bellísima Emmy-Kate que navega por la vida con tanta facilidad. Por Niko y su enamoramiento con Ash. Por el hecho de que Ash ya no esté enamorado de mí. Destrozo cerámica tras cerámica por los humores cambiantes de Felix, arrojo pieza tras pieza contra el suelo por el sexo y el SCAD y el amor y la locura, y después apunto mis manos rabiosas hacia esta monocromía aterradora con la que temo tener que convivir durante toda la eternidad.

Es lo más grande de todo.

Lo único que queda intacto: un cuenco gigante sin esmalte y una burbuja de prueba de *Serie de Arcoíris I.*

Intento levantar el cuenco, pero no puedo, pesa demasiado. Así que, en vez de hacer eso, concentro todo mi peso y toda mi ira y EMPUJO, empujo y empujo, odio y lloro, hasta que cae con un estruendo contra el frío suelo de hormigón y se rompe en un millón de trozos enormes y horribles junto con mi corazón estúpido y esperanzado.

Me giro hacia la burbuja de *Serie de Arcoíris I*, una bola de Navidad casi tan alta como yo, ante la cual Felix exclamó «guau», cuando de repente una figura borrosa sale corriendo por detrás de los hornos sacudiendo los brazos y gritando:

—¡Detente! Minnie, ¡detente! ¿Qué estás haciendo?

Me detengo, agitada. Emmy-Kate está en el centro de la habitación con un vestido demasiado pequeño y manchas de rímel en la cara mientras mira a su alrededor el desastre que he causado.

—Detente, Minnie —repite con un pisoteo pequeño y patético de sus tacones. Y las palabras hacen que se encoja de pronto hasta volver a ser mi hermanita menor.

Oro rosa
(Una lista creciente de todos los colores que he perdido)

Emmy-Kate.

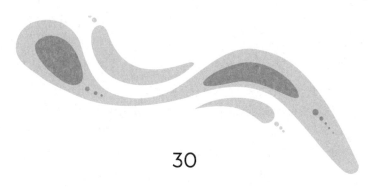

30

EL COLOR DE LAS SLOE

Cada una de mis moléculas se presiona contra la última burbuja que queda de la *Serie de Arcoíris I*. Las manos y el esmalte se han fusionado, listos para tirar y empujar y hacerla añicos, para destrozarla contra el maldito suelo. Hay. Que. Romperlo. Todo. Quiero lanzar un meteorito sobre el taller y eliminarlo como a los dinosaurios. Quiero borrar nuestra historia, borrar nuestra cerámica, borrar a mi madre, chamuscarla hasta que desaparezca del mapa. Quiero romper y romper y romper toda esta vida desgraciada hasta que sea polvo, hasta que no quede nada: ni recuerdos, ni arte contra el que sea imposible competir. Puedo ser libre.

Pero Emmy-Kate tiembla a un par de metros, con ojos llorosos, y estas piezas son tanto suyas como mías. Mi madre pertenece en igual medida a mis hermanas. Del mismo modo que sus cosas no pertenecían a Niko para ser ordenadas, del mismo modo que tengo el mismo derecho a usar las prendas robadas que Emmy-Kate lleva puestas. Está enfundada en el vestido de fiesta con lentejuelas de nuestra madre, los tacones de aguja de piel de serpiente más escandalosos, un cigarrillo manchado de pintalabios que le tiembla en la mano.

Cuando veo el atuendo ridículo, también veo la verdad de las últimas semanas.

La llave del taller que se caía del alfiler en mi habitación, a pesar de que se trata de mi posesión más valorada.

Emmy-Kate debió de haberla robado y hecho una copia.

No fue mi madre a quien vi correr por la esquina el otro día. El fantasma que dejaba rastros de Noix de Tubéreuse en el aire, canciones de los Beatles en el equipo de música, galletas azucaradas de bonitos colores pastel junto a la tetera —que se bebía su café, se fumaba sus cigarrillos— era Emmy-Kate. Lo veo escrito en su cara manchada de lágrimas.

Retrocedo de la burbuja y levanto las manos en un gesto de disculpa.

Pero este pequeño movimiento es el momento de quiebre. Literalmente. He concentrado semanas y semanas de ira sobre la herencia más invaluable que nos ha dejado nuestra madre y ahora está rodando hacia el suelo. Veo cómo la cerámica se rompe a cámara lenta y estalla en miles de trozos imposibles de arreglar.

Me uno a la devastación que ha quedado sobre el hormigón. Ya no hay nada. No queda ni un ápice de Rachael Sloe. Emmy-Kate se echa a llorar, suelta un lamento grave y sobrenatural que me provoca escalofríos y me asusta tanto que me devuelve a mi cuerpo. El tornado que era la Minnie furiosa de hace unos momentos ha desaparecido. Respiro profundamente, me pongo de pie, camino hacia mi hermana y le toco el brazo.

—Lo siento —murmuro.

Ella se me quita de encima con una sacudida y un resoplido y echa un vistazo más allá de mí hacia el patio. En cierto modo, parece inevitable que Niko aparezca corriendo hacia nosotras en la oscuridad. Está claro que algún poder superior ha proyectado una Batiseñal para reunirnos a todas aquí esta noche. Niko se detiene con un giro y sus manos vuelan a la boca mientras absorbe la escena: Emmy-Kate emperifollada en exceso, las obras de arte fragmentadas y yo, el diablillo destructor que ha orquestado todo esto.

Apenas tengo tiempo de parpadear una vez antes de que avance hacia mí con un zumbido de manos.

—Por dios, Minnie, ¿estás loca? —*Sí*, pienso, pero todavía no ha acabado—. Déjame adivinar, engañar a Ash no era suficiente, ser la única que tenía permitido entrar al taller no era suficiente, también tenías que destruirlo. —La tengo pegada a mi cara, con las fosas nasales hinchadas, echando humo, sacudiendo la cabeza, golpeando las manos—. ¿En serio nos odias tanto?

La pregunta me ha dejado tan sorprendida que no puedo responder. ¿Piensa que las odio? Intento procesarlo, pero estoy demasiado concentrada en el atuendo de Niko: un abrigo echado sobre el pijama.

—¿Cómo has…?

—¡Emmy-Kate me ha enviado un mensaje de texto! —responde, furiosa.

—¿No estabas dormida?

—Siempre estoy despierta. —Frunce los labios.

Pienso en la luz de las velas que se filtraba alrededor de su puerta cuando me fui. En Emmy-Kate y sus fiestas de pijamas solitarias aquí en el taller. En la manera en que Niko consigue sacar tiempo para el SCAD, su poesía y su calendario de limpieza obsesivo. Por supuesto que no soy la única insomne de la familia Sloe. Todas estas noches, las tres hemos estado despiertas juntas, pero solas. Habría sido tan fácil bajar y compartir mi carga con ellas. No puedo creer que no lo haya hecho.

—No os odio —corrijo a Niko.

Ella me ignora con un gesto de la mano mientras inspecciona el suelo con el pie para intentar encontrar un sitio seguro donde pisar. Me recuerda a un caballo que se prepara para trotar. Al cabo de un rato, se da por vencida y atraviesa los escombros en línea recta para llegar junto a Emmy-Kate y rodearla con sus brazos. Trago saliva y aparto la mirada hacia las ruinas del taller. Nos rodean cuencos partidos y estropeados, todo está partido y estropeado. Es peor que el Blitz. Ni siquiera recuerdo haber hecho ni la mitad de todo esto. Quizás estoy poseída.

Nada puede arreglarse; todo está demasiado roto. Hay algunas cosas que nunca se podrán reparar. Es posible que mis hermanas y yo entremos dentro de esa categoría.

—¿Emmy-Kate? —digo—. Niko también.

Emmy-Kate presiona el brazo de Niko, me señala y ambas se giran hacia mí con la cara pálida.

—Lo siento. —Es la milésima vez que hago este signo esta semana—. En serio.

Emmy-Kate se cruza de brazos y se apoya contra los hornos. Niko vuelve a resoplar por la nariz.

—¿Lo sientes? —repite con la cara llena de sarcasmo. —¿Lo sientes? —Se está acercando a mí de nuevo, los añicos crujen y crujen bajo sus zapatos, tiene la cara roja, los ojos como dos llamas, y está a punto de estallar—. *Lo siento.* —Me imita y frunce la cara en una réplica de mi expresión, incluso tira de las mangas del pijama para cubrir las manos y completar el efecto Minnie—. Cambia el discurso, Min, este ya lo he oído antes.

Su desdén me quita el aliento. Toda esta noche (toda esta vida entera) me quita el aliento. La gravedad llega a su máxima potencia y me empuja hacia atrás cuando Niko se me echa encima con manos que no dejan de agitarse.

—¿Qué se supone que haga yo, que haga Emmy-Kate, con tus «lo siento»? ¡«Lo siento» no arregla nada, Min! ¿Cómo has podido hacer esto? ¿Cómo has podido ser tan egoísta?

El primer tren de la mañana pasa por encima de nuestras cabezas y hace vibrar las paredes. Yo también estoy vibrando con el retorno de una parte de la adrenalina que sentía antes. Niko se hace la santurrona, pero yo no soy la única egoísta.

—¿Y qué hay de ti? —pregunto con señas.

—¿Yo? —Sus cejas se elevan sorprendidas.

—Sí, tú. Te dije que no quería que limpiaras la habitación de nuestra madre y lo hiciste de todos modos. Ya ni siquiera huele a ella, ¿y qué derecho tenías, Niko? ¿Qué pasa si yo quería mantener la habitación tal y como estaba?

—Tampoco era exactamente un santuario —responde ella—. Tú y Emmy-Kate os ocupasteis de ello.

—¡Solo me llevé un par de libros! —El tornado enfadado amenaza con volver a aparecer—. No es mi culpa que Emmy-Kate haya estado tratando la habitación de nuestra madre como si fuera su tienda de ropa personal, ¿y qué hay de la caja...?

—¡Oye! —interrumpe Emmy-Kate, que se acerca entre los trozos de cerámica y cuyos zapatos de tacón aguja resbalan con los restos y los desechos. Se tira de los pendientes plateados gigantes y me los lanza. Estoy demasiado sorprendida como para agarrarlos, así que rebotan y ruedan sobre el suelo—. Ahí los tienes, si es que son tan importantes. Quédatelos y vuelve a dejar de hablarme.

—No son *tuyos*, Emmy... —empieza Niko, pero Emmy-Kate no ha terminado.

Sus manos tiemblan cuando hace las señas:

—Tú vas todos los días al SCAD y Minnie puede venir aquí, pero ¿yo no puedo tener nada de ella? —Da una patada a un trozo de escombro de la burbuja con el zapato de tacón, el zapato de tacón de nuestra madre. La arcilla rebota contra mi tobillo, lo cual me molesta.

—Ay, por favor —exclamo, ignorando el hecho de que acaba de verme enloquecida—. Tú lo tienes todo, ¡todo! T-O-D-O. Y he visto tu armario, está lleno de sus cosas...

—Así es, has entrado a mi habitación...

—Sé que tú también has entrado a la mía, tonta. Me robaste la llave del taller...

—No te la *robé*, la tomé prestada, y...

—Dime algo, Emmy-Kate, ¿has venido aquí todas las noches o solo las noches en las que no invitabas chicos a tu habitación?

Las dos hemos estado dando círculos alrededor da la otra con paso acechador y lento, los dientes expuestos, las manos moviéndose a la velocidad de la luz, pero ahora nos hemos detenido. Me he pasado. Los ojos de Niko están muy abiertos, lo cual me indica que ella no sabía ese detalle.

—¿QUÉ? —pregunta.

—Vaya problemón. —Emmy-Kate hace puchero con los labios—. No me estoy acostando con ninguno de ellos, si eso es lo que te preocupa.

—¡Eso es precisamente lo que me preocupa, Emmy-Kate! —Signo y dejo que mi frustración emerja de mis manos.

Ella me interrumpe antes de que pueda mencionar los anticonceptivos.

—De acuerdo, no me creas solo porqué tú te estás acostando tanto con Felix como con Ash.

En cuanto signa esas palabras, Emmy-Kate pasa de una expresión de maldad a una de horror. Echa un vistazo a Niko. Yo hago lo mismo. Toda la sangre de Niko se le ha drenado de la cara, tiene la piel del mismo color blanquecino que la noche en la que nuestra madre no volvió a casa, y los tendones de su cuello sobresalen. En mi cabeza, vuelvo a leer todos esos poemas de amor escondidos en el cajón y vuelvo a ver su nombre: *el cielo se incendia, y solo quedan las cenizas de Ash*. Ella lo ama, y cree que nos hemos acostado.

—Niko, no es cierto —intento decirle.

Pero ella no me mira. El suelo se mueve y se pulveriza bajo mis pies al acercarme a ella y tocarle el brazo. Me aparta la mano con la suya y se muerde el labio. Tengo que agacharme y acuclillarme para forzar que mis palabras le lleguen a su cara infeliz.

—No. Niko, no nos hemos acostado.

—¿No? —Su expresión es escéptica.

Me pongo recta, niego con la cabeza y hago el signo de «Nunca», extática de ser la última virgen sobre la tierra. Si hubiera estado lista para acostarme con Ash, quizás habría perdido a mi hermana para siempre.

—N-U-N-C-A —repito deletreando con la mano.

Su cara se hunde en una expresión que reconozco: alivio.

Niko se desliza sobre uno de los asientos de la mesa de trabajo. Empieza a acercarse fragmentos de porcelana y a intentar unirlos como si fueran un rompecabezas. Me siento junto a ella. Al cabo de un momento, Niko deja caer su cabeza sobre mi hombro con un golpe seco. Inhalamos y exhalamos.

Con la palma abierta sobre la porción de mesa que está entre nosotras, deletreo:

—Lo siento. Ojalá no lo hubiera besado nunca.

—No, no deberías haberlo hecho. —Se vuelve hacia mí.

Me muerdo el labio. Está equivocada, pero no estoy segura de querer señalar ese hecho: la ira no se ha ido de la habitación, solo está suspendida. Pero ya no puedo guardar más secretos.

—Él no te pertenecía, Niko —digo con suavidad. Su cara se vuelve amarga—. Escucha, quizás no debería haberlo besado sabiendo que te gustaba a ti... pero tú nunca se lo dijiste. No puedes pedirte una persona.

Niko se lleva dos dedos hacia el puente de su nariz durante un momento, tal y como lo hace cuando tiene dolor de cabeza, y después se pone a signar:

—Ojalá... —En vez de completar la oración, deja caer las manos sobre su regazo, donde las usa para formar acordes de guitarra.

—No sé qué hacer ahora —confieso.

—Pues ya somos dos.

Nos examinamos la una a la otra, casi entendiéndonos y entonces Niko bosteza. Se hace una almohada con los brazos y yo hago lo mismo.

La noche casi ha terminado. El amanecer comienza a trepar por el jardín y convierte las sombras en una mañana londinense, neblinosa y azul.

Azul de verdad, una luz como en polvo.

No tiene nada de raro ni descolorido; no son acuarelas de colores pastel ni neones extravagantes. De hecho, en retrospectiva, me doy cuenta de que toda esta discusión ha sido a color. Desde el pintalabios rojo de Emmy-Kate hasta el peinado cobrizo y hollywoodense de Niko. A pesar de mi agotamiento, mi corazón se hincha.

El dónde y el cuándo del retorno de los colores es irónico: un patio de hormigón, un día nublado. Pero mis hermanas son tan coloridas como un par de loros.

¿Cuándo fue la última vez que estuvimos aquí todas juntas? Es probable que fuera cuando éramos pequeñas. De vez en cuando, nuestra madre nos traía los días de lluvia para corretear por el taller, pintar con sellos de patata y hacer esculturas de plastilina. Cuando el arte todavía era algo divertido y no una soga alrededor del cuello.

—Niko. —Toco su brazo para llamar su atención—. ¿Recuerdas cuando nuestra madre intentó enseñarte a usar el torno?

—Sí. No dejaba de aplastarme las manos.

—Y tú te la quitaste de encima y usaste las manos para decirle «¡Déjame hacer signos!».

—La echo de menos. —Niko exhala y parpadea con rapidez hacia el techo.

Emmy-Kate toma una bocanada de aire. Mis huesos se desmoronan. Aunque sea difícil de creer, esta es la primera vez que alguna de nosotras lo ha expresado con signos.

—¿Sí? —pregunto.

—Por Dios, ¿tú no? —Se sienta derecha, estira la mano para levantar una esquirla de cerámica, la hace girar y el esmalte rojo refleja la luz. Forma parte de la *Serie de Arcoíris I*. Las palabras fluyen como el agua—. Me he estado volviendo loca —confiesa con señas, y yo pienso: *No eres la única*—. A veces convierto mi habitación en una sala de espiritismo e intento comunicarme con ella. No dejo de escribir poemas con los ojos cerrados mientras finjo que ella ha estado allí, charlando conmigo. Pienso: de acuerdo, bueno, ¿qué diría ella en este momento y qué pensaría ella sobre esto? Pero nunca logro capturar del todo cómo era en realidad, ¿sabéis?

Es asombroso: su historia se parece muchísimo a la mía, las dos hemos estado intentando revivir a nuestra madre de cualquier manera posible. Emmy-Kate también, con la ropa y el perfume. Todas la hemos estado buscando.

—Bueno. Supongo que tú sí que lo sabes. ¿Era necesario que leyeras todos y cada uno de mis poemas?

—Lo siento. —El signo consiste en golpearse el pecho con una mano y frotarlo en círculo. Terminaré erosionándome los pechos si tengo que seguir signando disculpas, pero lo haré. Diría que lo siento mil veces si pudiera.

Niko se pone en pie y se abre camino a patadas hasta un trozo de cerámica gigante que, de alguna forma, he esquivado la tempestad y solo se ha partido en dos, no en miles de añicos. Es una curva cóncava, como si fuera un plato poco profundo, y Niko lo empuja con el pie. Se balancea un poco hacia atrás y hacia adelante.

Niko se inclina y lo levanta bien arriba, por encima de la cabeza. Entiendo lo que está haciendo justo antes de que lo haga: lo arroja al suelo, donde explota.

El grito ahogado de Emmy-Kate retumba en el silencio.

—Hermanas Sloe. —Niko hace la seña y nos mira con los hombros encogidos en un gesto de disculpa a medias—. Compartimos la misma mente. ¡Dios! —Echa una mirada a su alrededor para volver a asimilar la destrucción—. Parece como si hubiéramos purificado este sitio de espíritus malvados.

Recuerdo toda la parafernalia de su cajón.

—Sí, con respecto a tu nueva experimentación religiosa... Creo que has estado pasando demasiado tiempo con el Profesor.

La sonrisa de Niko es misteriosa.

—Ah, si tú supieras... Bueno. Iré a buscar café. Después hablaremos. Hablaremos en serio. Nada de secretos, Min. Lo digo en serio, ¿de acuerdo? —Echa un vistazo a su pijama—. Salir así parece algo que haría nuestra madre.

—Es cierto —concuerdo. Nos sonreímos.

Cuando se va, observo a Emmy-Kate. Se tambalea por el taller y examina los restos. De vez en cuando, se inclina, barre el polvo con el pelo, y levanta un trozo de cerámica. Envuelve cada uno con la mano antes de devolverlo a su sitio, como si hubiera encontrado el último caballito de mar del mundo.

Ahora que tiene el maquillaje corrido por las lágrimas y la risa, vuelve a parecer una niña de unos doce años. Eso me hace pensar que hicimos lo correcto al no contarle nada sobre la carta de despedida. El único problema es que ahora nunca podremos decirle la verdad. Nunca puede enterarse.

Cuando vuelve cargada de vasos reciclables llenos de café y rollitos de canela, Niko me lee la mente. Se desliza sobre el asiento que está junto a mí, me da un café y un rollito de canela, y me dice, telepáticamente, mandona incluso dentro mi cabeza: *No podemos decírselo. ¿O sí?*

Yo respondo, también en silencio: *No lo sé.*

—¿Por qué os estáis haciendo ojitos entre vosotras? —Emmy-Kate deja de pasear y se acerca a nosotras, escoge su comida y vuelve a dejarla para signar—. ¿Entonces?

—Nada. —Niko hace los signos mientras se concentra en soplar por la tapa del café.

—Es sobre nuestra madre —admito, y uso la seña acortada de las hermanas Sloe.

Emmy-Kate se mordisquea la uña con esmalte rosa del pulgar en vez del rollito de canela. Se posa encima de la mesa y se pone a desenrollar el espiral hasta convertirlo en una cuerda de masa larga y pegajosa.

—Sé que no va a volver —indica con signos después de un rato sin mirarnos—. Escuché el mensaje de voz de Minnie. Pero no me digáis nada más, ¿vale?

—¿El mensaje de voz de Minnie? —pregunta Niko, y mueve los ojos entre nosotras dos—. ¿Acaso quiero saberlo?

—Lo dudo —respondo—. Em. Lo siento. ¿Has sido tú... has sido tú quien se ha llevado la caja?

No necesito especificar qué quiero decir. Ella asiente.

—Todavía no la he abierto. Está debajo de uno de los tablones de mi habitación. Solo quería algo...

Sus manos flaquean y Niko se acerca para apretarlas. Las suelta para signar:

—No pasa nada.

Después sacude la cabeza, se pone de pie y se abre camino a la cocina con los pies. Cuando regresa, trae la escoba.

—No es necesario que siempre estés limpiando, ¿sabes? —señalo.

—Lo sé. Lo harás tú. —Me da la escoba.

El amanecer da paso a la verdadera mañana mientras me pongo a barrer y pienso en que este es un final estúpido para la historia de mi madre. O quizás sea el final perfecto. El sol brilla sobre la cacofonía de colores, gotas pequeñas de esmalte blanco, violeta y rosa, y hace que parezcan un parterre fabuloso en el que florecen hibiscos de aroma espeso, budleias y geranios.

Así es como suena *Música azul y verde*. Es una sinfonía para una madre.

Rojo
(Una lista creciente de todos los colores que
he ~~perdido~~ encontrado)

*La ropa interior de Emmy-Kate y su pintalabios
de payaso a juego con las mejillas de Niko cuando
están salpicadas de irritación. La original y
primerísima pieza de prueba de* Serie de Arcoíris
I. *Inestimable. Invaluable. Más valiosa que un
par de gafas mágicas inútiles (deuda todavía
pendiente). Y ahora lo único que queda de ella
es el polvo.*

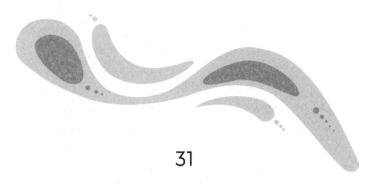

31

CIENTO VEINTE COLORES DE CRAYOLA

U nos minutos más tarde, subimos al autobús para volver a casa. Apoyo la cabeza contra la ventana sin dejar de maravillarme por cada uno de los colores que pasamos y pensar en lo tonta que ha sido nuestra madre al perderse todo esto. Casas victorianas de ladrillos naranjas que marcan el camino a lo largo de Full Moon Lane; rosas color crema-rosa-amarillo-lila que florecen como espuma en los jardines; puertas principales que montan guardia en sus tonos de mostaza y negro. Los buzones de un rojo vibrante salpican las aceras grises, los peatones llevan abrigos azul marino.

Cuando nos bajamos a trompicones en nuestra parada, el frío aire matutino es punzante. Al igual que esta idea: la monocromía puede deshacerse, pero la muerte no. No sé si alguna vez podré dejar de rebobinar la decisión que tomó en una fracción de segundo, verla volar hacia el cielo en vez de hacia abajo. Lo que me mata es el hecho de que no tenía por qué terminar así.

Si tan solo hubiera dicho algo. A nosotras, al Profesor, a alguien. Si hubiera llamado al médico, o al teléfono de la esperanza que apareció cuando busqué en Google, o a la policía, o si hubiera ido a emergencias. Desearía que hubiéramos mantenido la caja de zapatos abierta cuando la encontramos, en vez de volver a guardarla para no verla. Desearía que hubiera tomado cualquier otra decisión excepto la que tomó.

No la culpo, pero, por dentro, comienzo a entender que yo también puedo elegir. Puede que mi madre y yo compartamos el cerebro, pero eso no significa que nuestras historias sean la misma, que tengan el mismo final. Y tampoco es que esté loca de remate. Lo empecé a pensar en cuanto vi a Emmy-Kate en el taller y me di cuenta de que mi madre nunca me había perseguido. El dolor me convirtió en una pésima detective: interpreté mal cada una de las pistas. Así que quizás lo que dijo el Profesor sea cierto: la locura no es más que un comportamiento que la gente no entiende.

Niko me abstrae de mis pensamientos con un codazo.

—Minnie… ¿Qué es esto?

Está mirando horrorizada mi poema callejero, gloriosamente estridente a la luz del día. Las disculpas garabateadas en tonos brillantes de azul cubren la acera y trepan por las paredes de ladrillo de las vías del tren. Le devuelven el azul a la Biblia. Las personas que están haciendo cola para entrar a la estación de Poets Corner están sacando fotos; el padre de Felix está limpiando el naranja de la mesa que está fuera del *pub*.

De acuerdo, quizás sí que estoy un poco loca.

Emmy-Kate está encantadísima. Se sujeta de un poste de luz cetrino, gira a su alrededor y salta para hacer signos gigantes:

—¡Qué cosa más Toulouse-Lautrec que has hecho!

—¿No te paraste a mirarlo cuando corriste al taller? —pregunto a Niko.

Ella niega con la cabeza.

—Tú y Emmy-Kate estabais en problemas: ni siquiera me detuve a mirar el tráfico.

Creo que estamos teniendo un momento importante, pero después suelta un quejido.

—¿Era necesario que lo firmaras con tu nombre? Tu nombre completo... Tendrás muchos problemas...

Su cara palidece a toda velocidad, todo un logro para una Sloe: es difícil que nuestra piel sea más blanca.

—¿Problemas con quién? —pregunto—. Tú estás a cargo de mí. Te encanta mangonearme; esto debería ser una alegría para ti. ¡Podrías castigarme! Deberías obligarme a ir al instituto en este mismo momento.

—Minnie... —protesta Emmy-Kate.

—No tienes que ir hoy si no quieres —dice Niko con las manos, y después suelta un bostezo—. Os escribiré una nota a ambas.

—¡Sí! —exclamo, sabiendo que puedo modificar la fecha de la nota y cubrir toda la semana de ausencias. De vez en cuando, el universo me sorprende. Niko frunce el ceño y yo respondo con señas más tranquilas—: Quiero decir, sí, por favor y gracias.

Ella asiente, distraída, con la mirada fijada al otro lado de la calle. El Profesor se une a la cola de la estación de tren y avanza con la nariz en un libro. Está claro que es hora de otra emocionante excursión a la aburrida biblioteca. Ni siquiera se ha dado cuenta de los grafitis.

Le doy un codazo a Niko.

—¿Es por esto que has estado invitando al Profesor a casa?

Niko niega y asiente con la cabeza a la vez.

—A decir verdad, me ha ayudado mucho con todos los temas legales —explica con signos—. Y, no lo sé, creo que en cierto modo me gusta. Es poco convencional. Ser vuestra tutora es mucha responsabilidad. He pensado en pedirle al Profesor que se haga cargo...

—Dios mío. —Emmy-Kate se separa del poste de luz y agita los brazos como si fuera uno de los Muppets—. ¡No dejes que me adopte!

El Profesor levanta la cabeza desde la cola y, al fin, se percata del paisaje colorido. Se tambalea, confundido, echa un vistazo a su alrededor y nos ve. Debemos ser una imagen bastante ridícula: Niko en pijama, Emmy-Kate vestida de fiesta, yo con manchas de pintura. Ninguna de nosotras va de camino al instituto o al SCAD, como deberíamos estar haciendo. Sin embargo, en vez de saludarnos con la mano, el Profesor sacude la cabeza de forma poco convincente, como si una abeja lo estuviera molestando. Después se esconde: pretende no vernos, se abre paso entre la multitud y sube los escalones que llevan a la estación en un claro intento por evitar quedar vinculado a nuestra excentricidad. Sin ninguna duda, me estoy encariñando con él: después de todo, es humano.

—¿Acaba de...? —pregunta Niko con la boca abierta.

—¿Qué Caravaggio ha sido eso? —exclama Emmy-Kate.

Yo soy la primera en estallar en risas. Después, Niko suelta una carcajada enorme que parece el graznido de un ganso. Sigue haciendo ese ruido, plegada en dos de la risa mientras agita las manos. Emmy-Kate se une con su risita de Campanilla y hace ruido con los tacones que le quedan grandes hasta que las tres estamos juntas, mareadas y sin aliento por la risa, sosteniéndonos entre nosotras para no caer.

Las tres tenemos los brazos entrelazados como espaguetis y el cuerpo voluptuoso de Emmy-Kate se retuerce entre los nuestros, que son delgados. Detecto el aroma a cereza y vainilla de Emmy-Kate debajo del perfume de nuestra madre; veo la luz del sol jugar sobre las pestañas sin maquillaje de Niko —es raro verla sin el delineado negro de ojo de gato— y me siento como si estuviera en mi propia piel por primera vez en una eternidad. Somos una chica de seis piernas y tres cabezas, triste y contenta, que ríe y llora, que está de luto y que está redescubriendo a sus hermanas, todo a la vez.

El polvo de este día raro se asienta. La luz de la tarde se está filtrando entre las nubes cuando Niko me encuentra en la Cueva del Caos. Estoy sentada en el escritorio con el ordenador portátil de nuestra madre mientras intento reunir el coraje para buscar en Google información sobre este cerebro tan particular que tengo. Para ver si hay alguna solución. Lo más lejos que he llegado ha sido a encender el ordenador. Estado actual: mirando el protector de pantalla, una pintura de Vanessa Bell titulada *Conversación*. Tres mujeres pelirrojas con las cabezas unidas mientras intercambian secretos.

Niko irrumpe en la habitación con las dos manos ocupadas con tazas de té.

—Lo siento —dice cuando la puerta rebota contra la pared, aunque no parece decirlo en serio. Ha cambiado su pijama por una camiseta de la Granja Urbana de Vauxhall y unos vaqueros adornados con garabatos de bolígrafo, y lleva el pelo en dos cuernos sujetos con lazos.

Yo todavía estoy vestida con mi vestido manchado de grafiti. Llevar esta multitud de colores contra la piel me hace sentir como si estuviera canalizando las mejores partes de mi madre en vez de cargando con el peso de su cuerpo como lo he estado haciendo.

Nos recostamos sobre la cama, con las tazas apoyadas sobre el alféizar y Salvador Dalí estirado entre las dos, y Niko dice:

—Quiero preguntarte una cosa.

—De acuerdo... —Sé lo que se avecina, así que levanto la taza para tener algo de apoyo moral, doy un sorbo de té y lo escupo. *Puaj,* es de hierbas.

Niko hace un movimiento seco con la cabeza y tamborilea con los dedos mientras absorbe el orden inusual de mi habitación y examina todo lo que tiene a su alrededor menos a mí.

—Sé que sabes que me gusta Ash. —Sus mejillas recorren todo el espectro de los rojos: carmesí, carmín, cereza, y si hubiéramos estado hablando de cualquier otro tema, me habría deleitado con esos colores—. Quiero invitarlo a salir.

Soplo ondas sobre la superficie del estanque que es mi té sin estar muy segura de qué responder.

—No es que necesite tu permiso —añade en tono irritado.

Quizás Ash y Niko siempre hayan tenido más sentido que Ash y Minnie: tienen una edad más similar, a ninguno le importan tanto el arte, siempre han tenido una relación agradable. Me imagino a Ash estudiando la lengua de signos con mucha aplicación; encontrando la manera de enseñarle a Niko a tocar la guitarra: al fin y al cabo, Beethoven era sordo. De todas maneras, me dolería que le dijera que sí tan pronto después de mí. Pero si la rechazara, Niko saldría herida.

Quizás esa es su intención. Lo único que sé es que las personas no siempre consiguen un final perfecto para sus propias historias. Las consecuencias no pueden controlarse, no importa la cantidad de veces que revivas un mismo momento. Yo puedo volver a la Galería Nacional y a la Noche de las Hogueras una y otra vez dentro de mi cabeza, pero no puedo cambiar el pasado... ni evitar que el futuro se complique.

—Sí, claro, hazlo —respondo, mientras por dentro pienso: *Puaj, uf, besos de lengua de segunda mano.*

Nada más decirlo me aprieta en un abrazo de boa constrictor y derrama té sobre el edredón. Mi hermana huele como una catedral, a incienso y aceites esenciales. Es tan reconfortante como el olor a casa, como la nube de ámbar y glicerina que rodeaba a nuestra madre. O como la manera en que Felix huele a madera de cedro...

Niko me lee la mente y retrocede para signar.

—¿Qué hay de ti y Felix?

—Me parece que no quiere tener nada que ver conmigo. —Niego con la cabeza.

—No lo creo. Vosotros dos estabais en plan... —Niko silba, abre los ojos bien grandes y hace ruido de besos. Después recoloca las almohadas y se recuesta mientras sujeta la taza en la palma de la mano. La vieja actitud imperiosa de Niko regresa y se pone a emitir comandos con un movimiento de la mano—:

Habla con el chico. Usa palabras, no grafitis; algo legal, Min. Dile que te gusta.

Me he dado por vencida con el té tibio, así que lo vierto por la ventana. Un chillido pequeño e indignado me avisa de que Emmy-Kate está colgada de la celosía un poco más abajo.

Cuando vuelvo a mirar a Niko, tiene los ojos fijos sobre el lema del SCAD que está escrito en la pared. Las palabras están escritas en rotulador verde y en la letra en forma de burbuja que tenía la Minnie más joven:

Creemos que el arte y el diseño pueden cambiar mentes y mover mundos. Nuestra propuesta es inmersiva, imaginativa y práctica: porque la teoría sin la práctica es como aprender a nadar sin agua. Desatemos el caos.

—¿Todavía planeas ir? —pregunta.

—Ah. Eso. —Quito el papel de la pared y releo las palabras que han vigilado mi cuerpo dormido durante cientos de noches. *El arte puede cambiar mentes...* Ha cambiado la mía; y ha cambiado la de nuestra madre—. No necesito ir a una escuela de arte; ya tengo suficiente caos. Sea como sea, ¿tú no odiabas ese sitio?

Niko exhala y se estira sobre la cama. Yo me tumbo junto a ella. El sol ya se está poniendo y la habitación tiene un brillo dorado. Esta cama podría ser una alfombra voladora. Me hace pensar en los días que hemos pasado juntas en la piscina, mirando el cielo mientras Emmy-Kate nadaba, las nubes que se movían tan rápidamente que notábamos la rotación de la tierra debajo de nosotras, la manera en que el tiempo sigue girando hacia adelante como lo hace siempre.

—No lo odio. Odio a los estudiantes que me preguntan por ella, y que no haya una comunidad sorda grande como en otras universidades. Y... —Levanta mi mano y cambia las señas por el alfabeto manual—: Q-U-I-E-R-O E-S-C-R-I-B-I-R. —Sonríe—. No creo que sea una artista. No como Emmy-Kate, ni como tú.

—¿Yo? —Me giro de costado con los ojos desorbitados.

Teoría: ¿es posible que todo el mundo vea a todos los demás de una manera diferente a la que nos vemos a nosotros mismos? ¿Que todos vayamos por la vida malinterpretándonos y sin tener ni idea de qué piensan nuestros familiares y amigos? Las personas deberían venir acompañadas de una placa como las que aparecen junto a las obras en las galerías, como subtítulos para el alma.

—Ni siquiera sé qué es lo que quiero hacer —confieso.

—Para eso sirve la escuela de arte, tonta —responde con señas—. Siempre has hecho un poco de todo, eres multidisciplinaria. Así es el primer año. Te metes de lleno, pruebas cómo son las cosas, aprendes.

Hace un gesto con la mano en dirección al alféizar, a nuestras tazas vacías, doradas por la luz de la tarde. Fueron lo que creé el primer día que nuestra madre me llevó al taller. Las líneas parecen un atardecer alegre, pero carecen de la chispa mística que tiene la *Serie de Arcoíris I* o la melancolía particular de *El álbum blanco*. No son nada trascendental-genial-ambicioso-guau. Son tazas.

Siempre he creído que una persona preparaba el portafolio para entrar en la escuela de arte y, una vez dentro, se especializaba. Pero ¿y si pudiera ir allí para aprender? Para descubrir qué tipo de artista sería si no fuera la hija de Rachael Sloe.

Creo que no elegiría la arcilla. Está demasiado cerca del borde del acantilado. Pero una idea comienza a tomar forma: una vida más ordinaria. Algo tranquilo, sin rodeos. Avanzar a mi propio ritmo, intentar determinar quién seré sin darme prisa por llegar a la respuesta como ha hecho ella. Es curioso, pero esto no parece un fracaso. Parece como si un nuevo camino estuviera emergiendo sobre el mapa, apartando los árboles y los edificios a medida que se abre paso hacia algún destino nuevo.

—Oye, Min. —Niko me toca con el codo—. ¿En qué piensas?

—Me gustaría ir al SCAD... —confieso. Tan pronto como hago los signos, sé que es cierto—. Pero no para hacer cerámica. Bellas Artes. Sin centrarme en nada por ahora. —Las palabras salen de mis manos más rápido de lo que mi cerebro es capaz de procesarlas—. Y quizás no al SCAD, sino a otra escuela de arte... —añado al pensar en los folletos que están en el cajón del escritorio de Niko; páginas brillantes con docenas de resultados posibles...— ¡Ah! —exclamo antes de girarme hacia Niko y signar—. Tú estabas pensando en dejar el SCAD e ir a otro sitio este año, ¿no?

Ella asiente.

—La Universidad de Edimburgo tiene una asociación de lengua de signos. Durham se supone que es fabuloso para estudiar literatura inglesa. Tengo una amiga del instituto en Newcastle; ella habla con signos. Algunas personas del SCAD también saben lengua de signos, pero no muy bien.

—Pero entonces nuestra madre... y te has convertido en la tutora de Emmy-Kate...

Niko vuelve a asentir.

—No puedo ir a ningún sitio.

Esto es algo muy gordo. Y significa que yo tampoco puedo irme, pero eso no importa, porque no puedo imaginar a ninguna versión de mí misma que no sea la que adora el sur de Londres. No hay ningún otro sitio en el que preferiría estar que no fuera aquí, ahora, siempre que mis hermanas también lo estén. Conclusión:

—Ahora que lo pienso, sí, iré al SCAD.

Niko me dedica una sonrisa radiante y quizás hasta se caiga de la cama del placer. Escondo mi cara entre mi pelo.

—Esto es algo *bueno*, Min —señala ella con las manos—. Entonces, ¿cuál es el problema?

—El problema es que no tengo un portafolio. He gastado todas mis pinturas en ese grafiti estúpido, todo lo demás está hecho añicos, ninguno de mis dibujos está terminado...

Claro que no, pienso cuando al fin lo comprendo. Terminar algo habría significado admitirme a mí misma que sí quiero esto. No puedo fracasar si ni siquiera lo intento.

—Entonces, será mejor que te organices. —Niko acaricia el pelaje de Salvador Dalí con los dedos del pie.

—Dijo la obsesiva del orden.

—Y precisamente por eso la escuela de arte no es el sitio para mí: desatemos el caos, ¿recuerdas? Además, si quieres que te acepten donde sea, quizás deberías ir al instituto en algún momento... hoy ha sido una excepción —me advierte.

Asiento y echo un vistazo por la ventana hacia el sol feroz y las nubes que reorganizan el rojo-naranja-violeta como si fueran tiras de tocino. La *Serie de Arcoíris I* debe estar más que guau en este momento con esta épica hoguera en llamas que es el cielo. Mis manos están ansiosas por dibujarla.

Niko aparta los pies del conejo y los acerca hacia mí. Sus dedos, pintados de un color berenjena brillante, tamborilean contra mi pierna.

—¿Qué? —La alejo con la mano.

—Tienes tu expresión de artista en la cara—explica con signos—. Sea lo que sea que quieras dibujar, ve.

Clementina

(Una lista creciente de todos los colores que he ~~perdido~~
encontrado)

Mi pelo, un pelirrojo sólido de Pantone.
Una de las primeras series de mi madre,
Tigres de Terracota. *La línea del tren*
de cercanías de Londres en el mapa del metro,
desde Poets Corner hasta Peckham.
Naranja Internacional Minnie Sloe.
Este atardecer, este momento, aquí, ahora.

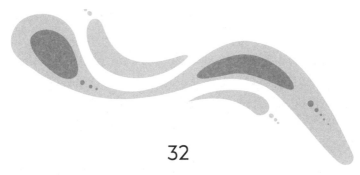

32

BOLÍGRAFO DORADO METALIZADO

El color me embriaga al saltar desde el escalón de la cocina y quiero, a la vez, correr hacia *Serie de Arcoíris I* y pausar la rotación de la Tierra en este mismo sitio y momento para absorberlo todo. Las rosas como una nube de albaricoque-naranja-ámbar; el jardín trasero en llamas bajo este atardecer.

—¡Qué noche! —diría ella en este momento—. Minnie, qué *vida*.

Sí, y tú la has dejado ir.

Pienso en esto y vuelvo a abrir la puerta de mi corazón para que el dolor entre con un rugido.

Este cielo ardiente es el mismo al que ella saltó. Esta es la misma ciudad a la que ella dejó atrás, el mismo sol, la misma luna, las mismas nubes. Yo soy la única que ha cambiado, la que seguirá cambiando, momento tras momento, creciendo y floreciendo donde ella se ha detenido. Este es el mismo mundo estúpido en el que existe el suicidio y en el que hay que esperar siete años para dar sepultura a una persona desaparecida.

Por otro lado, siete años no son nada; es un abrir y cerrar de ojos. Y no importa cuántos minutos, horas o días envejezca, lo mucho que cambie... siempre habrá una parte pequeña de Minnie enterrada aquí en el pasado. Ahora tengo esta certeza: pasaré el resto de mi vida mirando por encima del hombro, dando un brinco cada vez que suene el teléfono, preguntándome para siempre si algún día reaparecerá, tirará de mi mano y me dirá: «Vamos, Minnie, ¡hay dinosaurios a la vuelta de la esquina!».

Esta esperanza durará toda mi vida, porque así es como funciona un corazón sano.

No tienes por qué sentirte mal todo el maldito tiempo. Pero habrá muchos momentos en los que no podrás rehuir ese sentimiento. Es así. Y si solo ocurre a veces, bueno. Entonces, será soportable. Porque tiene que serlo.

El césped está empapado, arranco la última margarita solitaria del jardín y me dispongo a quitarle los pétalos. Caen de mis manos a medida que avanzo por la calle, más allá de mi grafiti y la taberna Full Moon.

Y allí, sobre la mesa que está afuera, hay un añadido a mi poema. Donde yo he pintado nuestros nombres con aerosol de color pomelo, Felix ha añadido, en carboncillo: «...CONTINUARÁN (QUIZÁS)». *Mmm*. Sonrío mientras camino, entro a Meadow Park y subo la colina.

Paso a paso, pétalo a pétalo, los tacones de mi madre golpean el camino junto a mí. El pelo rubio ondea en la brisa. Una canción de los Beatles zumba en el aire: «Ella te quiere». ¿Ella no te quiere?

Cuando llego al jardín amurallado, me detengo fuera, respiro profundamente y me preparo para invocarla una última vez. Esto será todo. El lunes, volveré a clases, empezaré a completar el portafolio y la solicitud para el SCAD, hablaré con el consejero del instituto, pediré una consulta con el médico, quizás me lleve la caja de zapatos conmigo y destape la verdad.

Pero por ahora, me giro hacia ella. Está inclinada contra la pared de piedra con la bata salpicada de arcilla. Uno de sus brazos rodea su propia cintura y el otro sostiene un cigarrillo en el aire. Se la ve… no en paz precisamente, pero tranquila. Ni hundida ni iluminada por las estrellas. Como si al fin estuviera bien.

—Ah, Min, ¿otra vez? —exclama—. Estoy en un descanso.

—Sí, uno de los que duran para siempre…

Mi madre sopla humo y sonríe de un modo que me aplasta los huesos. Deja caer el cigarrillo, lo pisotea con la punta de los tacones de aguja con piel de serpiente rosa.

—Entonces, ¿qué te parece? ¿Estás lista para dejarme ir?

Nunca. Hay tantas cosas de las que quiero hablarle. Pero si este momento es todo lo que tengo, hay algo en particular que me molesta.

—¿Lo del autobús lo dijiste en serio? ¿Qué solo entraría al SCAD porque tú eres famosa?

Ella se acerca y se detiene delante de mí. Cada una inspecciona la cara de la otra y la memorizamos. Hay líneas pequeñas alrededor de sus ojos, la piel de la mandíbula ha comenzado a aflojarse. Está envejeciendo. Jamás envejecerá.

—Eso no fue para nada lo que quise decir. Ay, mi niña naranja. —Me coloca un mechón suelto de pelo detrás de la oreja pero vuelve a soltarse—. Eres mi hija, lo que significa que me perteneces, y que eres lista, graciosa y trabajadora. Y sí, eres una Sloe, pero eso no tiene nada que ver con la fama. Significa que soy tu madre y que estoy ridículamente orgullosa. ¿Lo entiendes?

Ella no espera mi respuesta. Pasa junto a mí y me deja atrás junto con la *Serie de Arcoíris I*; siento un soplo de Noix de Tubéreuse en la mejilla cuando susurra:

—Ella te quiere. No hay ninguna duda.

No sé si ha sido ella o la brisa, pero, después desaparece.

El sol desciende en el cielo con rapidez. Los árboles desnudos levantan sus ramas esqueléticas y, extendido debajo de mí, Londres está vivo. Los restos de mi poema brillan en contraste con la acera oscura. Quiero comerme todos los colores de la ciudad.

Entro al jardín amurallado y me siento sobre un banco —no en un parterre, para variar—, saco el cuaderno de dibujo y un lápiz: es lo único que me queda para dibujar. Trazo tras trazo, bosquejo un retrato de mi madre hecho con líneas grises y suaves. El mundo es a color y el recuerdo de ella es monocromático, como debería ser. Dibujo con lentitud y cuidado, no a toda velocidad y con furia como lo hace Felix: pero encaja mejor conmigo, es más Minnie.

Lo que funciona para él no funciona para mí. Y otra cosa: necesitaré un funeral. Será malísimo, pero quiero uno de todas formas. *Rachael Sloe: La Retrospectiva*. Quiero que elijamos un vestido de fiesta salpicado de lentejuelas —o mejor aún, una bata cubierta de arcilla— para enterrar en un ataúd vacío. Pediremos recomendaciones teológicas al Profesor sobre cómo llevar a cabo una ceremonia sin un cuerpo. Quiero que haya una lápida con su nombre entre el césped alto y verde. Aunque nunca la encontremos, será un sitio al que podremos señalar y decir: allí está.

Cuando estoy a punto de terminar el retrato, ya ha oscurecido. Un aroma húmedo me hace saber que el invierno está de camino. Pero la noche no es negra. Las sombras son demasiado complejas, tienen demasiadas texturas. Y después está este cielo rosa-plateado-amarillo de Londres que Emmy-Kate describe como romántico, Niko, como contaminación y yo, como Color.

Decido dejar el retrato inconcluso. Quizás encuentre la forma de hacer que las pinturas incompletas del portafolio parezcan una decisión deliberada: lo llamaré *Historias inconclusas*. Apoyo el cuaderno de dibujo sobre las flores del homenaje. La pila es más pequeña de lo que solía ser; poco a poco, todo el mundo se va olvidando de su vida menos nosotras. Después me recuesto sobre el banco mientras pienso en Felix Waters y ese «...CONTINUARÁN (QUIZÁS)».

Si quisiera que fuera mi novio, podría invitarlo a meternos dentro de uno de los dinosaurios de Crystal Palace Park. Le compraría todas las pastas de la panadería Bluebird. Lo llevaría a ver algunas obras de arte sensacionales. Pero ¿estoy lista para él? Algo me dice que las cosas con Felix irían tan rápido como el Correcaminos: *pim, pum*, beso, amor, sexo, el paquete entero.

No tengo ni idea de quién soy, y creo que necesito tiempo para conocerme a mí misma, sola, para saber quién es Minnie Sloe, quién soy yo: una pelirroja. Una hermana. Una no novia. ¿Una artista? Alguien de casi dieciocho años. Una persona posiblemente desquiciada, demente, loca de remate.

La hija de Rachael Sloe *y* su propia persona.

No tanto una historia con un final diferente, sino una historia que todavía no tiene un final...

Cetrino

(Una lista creciente de todos los colores que he ~~perdido~~ encontrado)

Pintura acrílica en aerosol de Montana Gold en tono G1040 Asia, un amarillo dorado que se seca sin chorrear, es resistente al agua y tarda muchos muchos meses en salir de los postes de luz de Poets Corner.

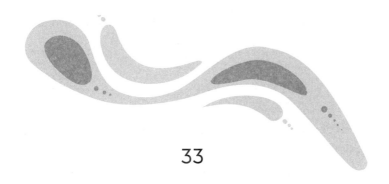

33

LLENEMOS LA CIUDAD DE ARTISTAS

A sí es cómo se celebra un funeral para una persona que no está muerta. Así es cómo lo pintas de negro... y de todos los demás colores. De todo el maldito espectro.

Mis hermanas y yo estamos en el parque, de pie al borde de la piscina, a punto de saltar.

Todo el camino hasta aquí, Emmy-Kate ha sido grandilocuente en sus declaraciones de que el agua no estará tan fría como creemos, pero incluso ella está temblando bajo el sol invernal. No hay nadie más aquí. Es como si todo Poets Corner hubiera entendido por instinto que esto no se trata de Rachael Sloe, la Artista Famosa. Esto es para nosotras. Está bien, y también está helado. Hasta los pingüinos se lo pensarían dos veces.

Rodeadas de vacío y hormigón gris y húmedo, ella debería parecer más ausente que nunca. Pero está presente en el pintalabios rosa fuerte de Emmy-Kate; en el movimiento decisivo de las manos de Niko; en nosotras tres, balanceándonos al borde de la histeria, desafiándonos a saltar de bomba, hablando de forma infinita y silenciosa para retrasar el momento. Hablando de cualquier cosa menos de ella. Por ahora.

—Deberíamos invitar al Profesor más a menudo —opina Niko—. Creo que se siente solo.

—Estoy de acuerdo —respondo con signos. Desde la noche en la que vino a buscarme a Meadow Park, le he perdonado sus torpezas. Aunque quizás no su comida—. Pero no esta noche.

—Claro que no. —Niko sonríe y estira los brazos por encima de la cabeza, lo que revela el vello de sus axilas que parece anunciar que ella es más feminista que el resto. Deja caer los brazos para añadir—: Y esta noche será la última vez que comeremos pizza, ¿de acuerdo? Aprenderemos a cocinar. Con verduras.

—Pero comer pizza todas las noches es un sueño, es muy Andy-Warholiano. —Adivina quién ha dicho eso.

—Ojalá comiéramos pizza todas las noches —señalo—. Emmy-Kate, la sorpresa de sopa de letras de ayer fue nauseabunda.

Niko ha empezado a dividir las tareas del hogar y a soltar un poco sus responsabilidades como tutora. Hasta el momento, yo he roto la aspiradora, Salvador Dalí se ha escondido en el cobertizo y Emmy-Kate ha impuesto una dieta que consiste, casi en su totalidad, en postres. Ayer fue su primer intento de preparar algo que no fuera dulce.

—Cállate. —Suelta una risita y después hace puchero con los labios—. Ash sabe cocinar. ¿Recordáis aquella vez que hizo huevos revueltos con cúrcuma el año pasado? Él podría enseñarnos…

Niko y yo intercambiamos miradas nerviosas. No he visto a Ash ni he hablado con él desde aquel día en su casa. Nuestra historia ha terminado; él es un capítulo en mi vida, no es el libro entero. No sé si Niko se ha animado a invitarlo a salir. Quizás se conforme con que yo ya no esté con él.

—De acuerdo, basta de postergar esto —declara Niko para cambiar de tema—. ¿Listas?

Emmy-Kate desliza su mano entre mis dedos y aprieta, vamos.

—Tres, dos, u...

Ella salta antes de su propia señal, Niko la sigue y después salto yo: una, dos, tres hermanas Sloe; *splish, splash, splosh*.

El agua me golpea o yo la golpeo a ella, pero, sea como sea, tomo una bocanada, mis pulmones se llenan y una hilera de burbujas emerge con mi tos. Las veo subir a la superficie y emerger. El tiempo está de mi lado; la gravedad también, porque todo esto está sucediendo a cámara lenta: tres hermanas hechas una bola flotan a la inversa y aterrizan sobre el fondo de la piscina. Mis lentillas quedan a la deriva, así que lo veo todo borroso, pero no me importa. Cuando echo un vistazo hacia arriba, todo es luz.

Después caminamos por el parque con el pelo húmedo y vasos de chocolate caliente. El sol hace que los árboles parezcan extra verdes en contraste con el cielo magullado. Todo brilla y no lo soporto.

—*La Passeggiata*, de Marc Chagall —anuncia Emmy-Kate, y deletrea el título con los dedos.

Es una pintura cubista con un paisaje verde, un árbol azul y una casa rosada. Un hombre con un aspecto similar al Profesor está de pie junto a una manta de pícnic roja llena de flores, de la misma manera que las mochilas que cargamos están llenas de trozos diminutos de arcilla del taller. Y, en el cielo, hay una mujer vestida de púrpura.

—¿Sabéis que no creo que cayera? —confiesa Niko con signos—. Creo que flotó.

—Sí. —Emmy-Kate, que a esta altura sabe que «desaparecida» es más o menos un eufemismo, está encantada con la idea—. Como si fuera una madre globo.

Subimos, subimos y subimos la colina. A medida que llegamos más arriba, el cielo se abre como la vela de un barco que se infla para avanzar hacia adelante. Mis bolsillos ya no tienen rocas. Corrección: tengo un poco de peso que me tira para abajo, pero en este preciso instante, mi tristeza pesa lo mismo que un par de guijarros, no como continentes enteros.

Dejamos las mochilas con un golpe seco dentro del jardín amurallado y captamos la atención de algunos turistas extraviados cerca del cartel. *Marchaos*, pienso y, como por arte de magia, lo hacen. Puede que también tenga algo que ver con la mirada fulminante de Emmy-Kate y los agresivos movimientos de manos de Niko.

Da igual, ahora estamos solas.

Nunca estamos solas. Los recuerdos no pueden ser borrados, no pueden borrarse de la cabeza como si fueran un grafiti, no pueden ser rotos en mil trozos como la cerámica. Y la presencia de mi madre que todavía persiste es reconfortante. Ella ya no cae del cielo una y otra vez: flota, como ha dicho Niko. Nos prepara panqueques con forma de corazón todos los días. Nunca dejará de estar ganando el Premio Turner, de tener tres hijas, de reír con el Profesor, de preparar comidas en el microondas, de aprender la lengua de signos, de comprar un conejo, de beber té, de caer en un socavón, de emerger como una supernova, de trabajar mucho; ignorándonos, a veces; bailando al ritmo de los Beatles, siempre.

Y hablando de eso...

Emmy-Kate busca un vídeo de YouTube en su teléfono, aprieta REPRODUCIR y una versión subtitulada de *In My* Life, de los Beatles, sale por el altavoz con un sonido algo metálico. La letra habla sobre recuerdos, personas, amor, y sobre pensar en el pasado, pero, en el fondo, de seguir adelante. Nos parece la canción indicada. Sería mejor si Ash estuviera aquí para tocarla con la guitarra, pero así es la vida. Emmy-Kate apoya el teléfono sobre el banco.

—Hagámoslo —ordena Niko. Así que lo hacemos.

Acompañadas por John, Paul, George y Ringo, abrimos nuestras mochilas. Dentro, cada una tiene un tercio de las piezas de arcilla destruidas en el taller. Sin ella, esto es lo que tenemos para enterrar. Y descubro que a una parte pequeña y secreta dentro de mí le gusta esto. El hecho de no saber.

Camino entre las burbujas y los arbustos de rosas desnudos y espinosos mientras vuelco *La retrospectiva de Rachael Sloe* sobre el parterre y cubro las raíces con un manto para el invierno. Ha sido idea mía. No le he dicho a Niko que lo más probable es que la arcilla cree una barrera impenetrable en el suelo que desvíe el agua de la lluvia, destruya el ecosistema del parque entero, mate a todas las abejas y genere una catástrofe ambiental...

Pero, ¿acaso no es eso el arte? ¿No es eso de lo que trata la vida y el amor? De arriesgarse. De mirar la muerte a los ojos, con el corazón bien abierto.

Recuerda, no hay alegría sin tristeza (y viceversa).

No puedes morir a menos que hayas vivido.

El amor va de la mano con la pérdida.

La luz del sol se derrama mientras el polvo asfixia la tierra. La mayor parte es gris. Pero, desparramados por aquí y por allá, hay pequeños fragmentos esmaltados, puntiagudos y brillantes. Reflejan la luz y se vuelven color rojo-naranja-amarillo-verde-azul-añil-violeta. Se vuelven luminosos.

Ultravioleta
(Una lista creciente de todos
los colores que he ~~perdido~~ encontrado)

*A veces, la vida es como mirar directamente
hacia el sol.*

FIN

Nota de la autora

Si estás luchando con pensamientos y sentimientos suicidas, es importante que hables con alguien.

Hay canales de ayuda y apoyo disponibles. También hay líneas de asistencia gratuitas y confidenciales para que hables sobre tu salud mental y cualquier problema que estés teniendo. Además de estos números de teléfono, puedes pedir una consulta de emergencia con tu médico de cabecera, llamar al Centro de Atención Primaria o al hospital, o contactar con tu equipo de atención en caso de crisis, si es que tienes uno. Si sientes que quieres terminar con tu vida, por favor busca ayuda inmediatamente en los servicios de emergencia.

Sobre la autora

Harriet Reuter Hapgood es una periodista independiente que ha trabajado en el Reino Unido con *Marie Claire*, *ELLE* e *InStyle*. *La raíz cuadrada del verano* se inspiró en su abuelo alemán que era matemático y en su obsesión de toda la vida con los romances juveniles, en los que se incluye *Dawson's Creek*, que formó parte de su tesis sobre comedias románticas en la Universidad de Newcastle. Reside en Nottingham.

¿TE GUSTÓ
ESTE LIBRO?

Escríbenos a

puck@edicionesurano.com

y cuéntanos tu opinión.

ESPAÑA  /MundoPuck /Puck_Ed /Puck.Ed

LATINOAMÉRICA /PuckLatam

 /PuckEditorial

¡Gracias por vivir otra
#EXPERIENCIAPUCK!

 PUCK